Shattered Dreams

by Laura Landon

かなわぬ夢を抱いて

ローラ・ランドン

田中リア=訳

マグノリアロマンス

SHATTERED DREAMS
by Laura Landon

親愛なる友人、メアリー・シュバーナへ。
彼女の協力がなければ、この本は完成しませんでした。

主な登場人物

エリッサ・プレスコット――――通称エリー。公爵の娘。
ブレンタン・モンゴメリー――――通称ブレント。チャーフィールド伯爵。
ハリソン・プレスコット――――フェリングスダウン侯爵。エリーの兄。
ペイシェンス&リリアン・プレスコット――――双子。エリーの妹。
ジョージ・プレスコット――――エリーの双子の兄。
ジュールズ・プレスコット――――エリーの弟。
スペンス・プレスコット――――エリーの弟。
カサンドラ・ウェバリー――――通称キャシー。レイザントン侯爵夫人。
ジェレミー・ウェバリー――――キャシーの亡き夫の従兄弟。

かなわぬ夢を抱いて

1

一八五八年四月六日イングランド、フェリングスダウン

チャーフィールド伯爵ブレンタン・ジェイムズ・モンゴメリーは尾根の頂上で栗毛の愛馬ダンザの足を止めた。眼下にシェリダン公爵の屋敷、フェリングスダウンがその威容を見せていた。彼は息をのみ、しばらくのあいだその場にとどまっていた。すばらしい眺めだ。フェリングスダウンはシェリダン公爵家の住まいなのだが、考えてみれば、どうしてもっと小さく、威厳に欠けるものを自分が想像していたのかわからない。だが、この通称〝ザ・ダウン〟がこれほどまでに壮大な屋敷だとは思ってもいなかった。公爵やその子息がいままでなぜこの場所で客をもてなそうとしなかったのかが不思議なくらいだ。ザ・ダウンはどこからどこまでも一流だ。

ゆるやかな丘のてっぺんに立つ美しい四階建ての石造りの屋敷は、シェリダン公爵本人の権力と優雅さを象徴するかのようで、U字形の屋敷を囲むようにみごとな芝生と庭が広がっている。鮮やかな色彩にあふれたその庭は、ブレントがこれまでに見たこともないような華やかさだ。

もっとも、咲き誇る花々も完璧に刈りこまれた灌木も、ほんとうに彼の興味を引くもので

はなかった。

ザ・ダウンのどこかに、シェリダン公爵家の後継ぎであるフェリングスダウン侯爵ハリソン・プレスコットが真の宝を隠している。アラブ馬の厩舎だ。

馬たちに間もなく対面できると思うと、ブレントの胸は高鳴った。二週間後に手に入るはずのものを思い、さらに脈が速くなる。

実際のところ、ハリソンから夢のような申し出を受けたときはにわかに信じられなかった。ふたりは同じ学校に通い、学業の面では競いあっていたが、互いを親友と考えたことはなかったし、競争相手とも見なしていなかった。ただ、ともに知的水準が平均以上というだけの理由で親交があっただけだ。

だからこそ、ハリソンの話には心底驚いた。フェリングスダウンのアラブ馬のなかでも選りすぐりの名馬であるエル・ソリダーの繁殖権を与える、つまり、ブレントの馬と交配させてくれるというのだ。代わりに求められたのは、二週間にわたるパーティのあいだ、引きこもりがちなハリソンの妹にじゅうぶんな好意を示すことだけ。家族が交際を許すわけにはいかないある男性を、彼女が忘れられるように。

はじめブレントは、妹との結婚が条件なのだと思った。そして、フェリングスダウンの優秀なアラブ馬を父に持つ子馬を手に入れるという夢を、実現する直前であきらめざるをえないのかと思い、全身から冷たい汗が噴きでるのを感じたのだった。

だが、あきらめるしかなかっただろう――結婚が長年の夢をかなえる唯一の手段なのだとしたら。

地獄を旅してもいい。だが、いくらフェリングスダウンのみごとなアラブ馬の子孫のためでも、結婚だけはごめんだった――ましてや愛してもいない女性との結婚は。

しかし驚いたことに繁殖権の条件とは、ほんの二週間だけ、彼の妹を楽しませてやることだという。

ブレントはハリソンの弟たち全員と一度か二度会っているが、厳しい基準に照らしても、彼らはそろって非常に端正な顔立ちをした青年たちだった。だから妹にしても、同じように恵まれた容姿を受け継いでいるにちがいなく、おそらくは高い知性も持ちあわせているはずだ。

もちろん、彼女が三重顎で、顔中に毛の生えたほくろがあっても気にしない。この先二週間、献身的に相手をつとめればいいだけのことだ。そのあとは、エル・ソリダーの血を引く子馬がわがものとなる。

ブレントは馬にまたがったまま体の力を抜き、もう一度行く手に目をやった。坂をおり、パーティに加わる頃合いだった。従者のウェルズリーはもう屋敷に着いているはずだ。早々にハリソンに会い、妹に紹介してもらえば――そして約束どおり優しく接して、好ましからざる求愛者のことを忘れさせてやれば――その分早く仕事が片づくというものだ。

馬を数歩ばかりザ・ダウンの方角へ進めたところで、左目の隅をなにかが横切った。

はじめ、フェリングスダウンの馬が一頭逃げだしてきたのかと思ったが、馬は単独ではなく、巨大な背に小さな人間がうずくまるように座っていた。スカートが後ろにはためいている。女性だ。馬がとてつもない速度で走りだし、制御しきれなくなっているにちがいない。

「なんてことだ」ブレントはつぶやき、ダンザをうながして疾走させた。馬の向かっている先へ斜めに突っきる形で走れば、開けた草地に出る前に止めることができるだろう。いったん開けた場所に出たら、馬の速度をゆるめるものはもうなにもなくなる。その先に低い茂みがあるが、馬なら飛び越えようとするはずで、巨大なアラブ馬がそのあとも人を背に乗せているとは思えなかった。

あの鹿毛馬に追いつくことができるとしたら、ダンザしかいない。ブレントは全速力で馬を走らせた。だが、放れ馬に近づくにつれ、説明のしようがない妙な感覚が胸に引っかかりはじめた。

馬上の女性は、落馬の危険がありそうにはまるで見えなかった。それどころか、ほっそりとした体は馬とまさに一体となっていて、手の位置にしても、体を支えようと馬の首にしがみついているのではなく、熟練によって自然な均衡のとり方を習得した者らしくしっかりと鞍に置かれている。

それでもブレントは、いま目にしている光景が現実のものだとはどうにも信じられなかった。ハイドパークにも威勢のいい馬をみごとに乗りこなす女性はいたし、彼女たちの多くは男性同様に鞍にまたがった姿で乗っていた。けれどもこれほど巧みに、かつ自信を持って馬を駆る女性ははじめて見た。

彼女のすらりとした体をじっと見つめる。乗馬帽はとうになくしたか、もともとかぶっていなかったかのどちらかだろう。長い赤褐色の髪が風になびいていた。その姿はどこか現実離れしていて、魅惑的だった。驚異の念と同時に、彼女を守りたいという強烈な思いがわきあがり、ブレントの心をわしづかみにした。

放れ馬が茂みにたどり着く前に追いつこうと、ダンザをさらにせきたてる。女性がこの速度で馬を走らせているということが、彼にはまだ信じられなかった。茂みの前まで来たら、当然ながら馬は飛び越えようとするだろう。正気の人間が——ましてや、こんなか弱げな女性がすることとは思えない。

ブレントは頭を低くして距離をつめていき、手が届くくらいまで近づいた。必要とあらば彼女を馬から引っぱりあげるつもりでいた。彼女がこちらを向くまでは。

馬は首差で走っていた。彼女を助けるためならできることはなんでもする覚悟で、ブレントはダンザをさらに寄せた。

脇に目を向けると、彼女がこちらを見ていた。

ふたりの視線がからみあい、その瞬間、かつて味わったことのない激しい感情がブレントを襲った。

彼女の顔は天使さながらだった。繊細な顔立ち。興奮から紅潮し、薔薇色に染まった頬。唇は決意をこめて引き結ばれている。が、ブレントの心をまともに射抜いたのは瞳の大きさと色だった。彼は心臓が止まったように感じ、息をのんだ。

その大きく丸い瞳は、黒にも見える茶色だった。気持ちが昂ぶっているせいで黒味がかって見えるのだろう。情熱のただなかにあるときもこの瞳はきっとこんな色をしているにちがいない、とブレントは思った。

とはいえ、彼をひるませたのは瞳の大きさと豊かな色合いだけではなく、そこに浮かぶ表情だった。ほんの一瞥で、彼女は語りかけてきた。ただし、助けを請うたわけではなく、レースを挑んできたのだ。

その輝く瞳で。自信に満ちた挑戦的な彼女のまなざしを見て、ブレントとしても無視できなくなった。

「なんてことだ」口に出したかどうか、自分でも定かではなかったが、挑戦に応じたと彼女が受けとったことはわかった。なぜなら……。

彼女がほほ笑んだから。

いまや太陽は一段と輝きを増している。

空気も一段と清らかに澄み渡っている。

草地の緑も一段とみずみずしく、青々と見える。

すべて、彼女がほほ笑んだからだ。

ほんの一瞬、ブレントは集中力を失った。彼女は自分の笑みの効果を承知していたかのように、彼のためらいに乗じて先頭に立った。

ブレントも負けじと追いかけた。二頭の馬はほぼ互角で、鍛えあげられた脚はともに歩幅も長く、おそらく彼女が最初から終着点と考えていたであろう茂みまでの距離を縮めていく。

二頭は疾走を続け、蹄が地面を蹴る音が周囲にとどろき渡る。ほかに聞こえてくるのは、頑丈な肺から吐きだされる馬の荒い息遣いだけだった。

アラブ馬は勇気と忍耐力で知られ、馬のなかでももっとも強靭な種だ。それでも、この小柄で華奢な女性はみじんも恐れるそぶりを見せない。主人が召使いに対するような自信を持って馬にまたがり、巨大な動物を完全に支配下に置いている。感嘆と敬意の念がブレントをのみこみ、それとは別の、説明のしようがない熱い感情とせめぎあった。

行く手をさえぎる茂みはもうすぐそこだ。ブレントは気持ちが高揚してくるのを感じ、いまほど全身の血が速く、激しく駆け巡ったことはこれまでなかったような気がしていた。ふたりは――二頭は、ほぼ同時に茂みに迫り、ためらうことなく前足を高く持ちあげ、力強い後ろ足で同時に思いきり地面を蹴って、宙に跳んだ。

そして、茂みを越えた。

時間の歩みが突然ゆるやかになった。彼と、隣の美しい女性と、ふたりが乗るすばらしい馬は重力をなくしたかのように宙を舞った。ブレントの胸のうちにかつてない興奮がわき起こった。

やがて二頭は同時に頂点を迎え、一瞬ときが止まった。千秒も経ったかと思われるあいだ高みにとどまったあと、あふれんばかりの高揚感とともに下降をはじめる。

着地は滑らかだった。完璧な旅の、完璧な終着点だった。こんなふうに感じたのは、ブレントにとってはじめてのことだった。

茂みはいまや背後にあり、前方には平らな草地を囲むように深い木立があった。彼女が速度をゆるめるのを感じ、ブレントもそれにならった。

さらにしばらく馬を走らせ、呼吸を整えさせてから、彼女はぐいと手綱を引いた。ブレントも隣に馬を止めた。

ようやく彼女がこちらを向いた。大きな黒っぽい瞳が興奮に輝き、頬はさらに赤味を増している。ふっくらした唇は開いていて、ブレントが見たこともないような喜びにあふれた笑みを浮かべていた。口を開くと声は深く豊かで、この声で魔法にかけられたら永久に目覚められないにちがいないと思わせるほどだった。

「すばらしいわ！」女性には珍しいくらい気取りのない興奮に満ちた口調だった。「あなたって、ほんとうにすばらしい！　あなたの馬も！　これほど楽しんだのって……たぶん生まれてはじめてよ！」

ブレントは驚いて目を見張った。体のいたるところから熱いものがわきあがってきた。稲妻より強烈ななにかに打たれたような感じだ。彼女はまちがいなく、彼がこれまで出会ったなかでいちばん美しい女性だ。そばにいると――声を聞き、興奮にきらめく瞳を見つめ、開けっぴろげで魅力的な笑みを目にすると、かつてないほど心を揺さぶられた。

「ぼくがすばらしい？」信じられない思いでブレントはきき返した。「きみはぼくにぴたりとついてきた。道に転がってる石ころをまたぐみたいに茂みを飛び越えたじゃないか」

ブレントは鞍に寄りかかり、彼女の顔を見つめた。これほど優雅さと美貌を兼ね備えた女性には会ったことがない。馬上でこれほど自然体でいられる女性にも。「みごとな腕前だったよ。どこで馬の乗り方を覚えたんだい？」

彼女はまたにっこりとほほ笑んだ。続く笑い声が、彼を天にものぼる気持ちにさせた。

「すばらしい馬がいれば、馬術なんてたいしていらないわ。ちょっとした合図を送れば走ってくれるんですもの」

「それだけじゃないことはお互いにわかっているはずだ」

「そうね。でもわたしは馬に囲まれて育ったの。幸運なことに」彼女はアラブ馬の首を愛おしげになでた。「子供のころはいつも厩舎で過ごしたものだわ。このすばらしい馬たちと親友になるには、さして時間がかからないの。そうやって生まれた絆のすばらしさは、アラブ馬を持っている幸せな人にしかわからないものだと思うけれど」

ブレントは興奮した。生まれてはじめて、自分がなにより大切にしているものの価値をわかってくれる人間と出会った。自分と同じものを愛する人間と出会ったのだ！

「きみはフェリングスダウン卿の客かい？」ブレントはたずねた。粗末な服からして客だとは思えなかったが、アラブ馬の世話係を見下すような物言いはしたくなかった。自分にしても、爵位に伴う多大な義務がなければ、一日中馬と過ごしていたいくらいなのだ。

彼女が笑った。「いいえ、客じゃないわ」

「フェリングスダウン侯爵は、きみが大切な馬に乗ることを許可しているというわけかい？」

彼女がいたずらっぽく目をきらめかせるのを見て、ブレントは笑いたくなった。

「それがわたしの仕事ですもの」

「うらやましいな」

彼女の完璧な形をした眉が物問いたげに持ちあがる。「どうして？」

「自分の時間を好きに使えているからさ。毎日馬に好きなだけ乗っていられるなら、ここの滞在もすばらしく楽しいものになるのはまちがいないんだが」

「なら、フェリングスダウン卿があまり予定をつめこんでいないことを祈るしかないわね。乗馬を楽しむ時間がとれるように。こんなすばらしい馬を見ているだけなんてもったいないもの」

「たしかにそうだ」

彼女は立ち去ろうとするかのように手綱を動かしたが、ブレントはもう一度会う約束をしないままで彼女と別れたくはなかった。「よく厩舎にいるのかい？」

「ええ。だいたいこの時間に毎日」

「では、また会えるね」

「たぶん」

「そしてもう一度、きみにレースを挑むことができる」

彼女はほほ笑んだ。

「楽しみにしているわ」

言った。

「屋敷まで送ろうか？」なんとかいっしょにいられる時間を引きのばそうとしてブレントは
彼女が首を振った。そのしぐさにはにかみや遠慮はまるでなかった。「戻る前にちょっと用事をすませなくてはならないの」

「そうか」ブレントはしぶしぶ言って馬を屋敷のほうへ向けた。「では、また今度」

答えはなかった。ブレントは立ち去りながら、ハリソンとの約束を思いだしていた。引きこもりの妹をくどき、輝く鎧をまとった騎士を忘れさせる——彼女を悲しませることなく。

思わず笑いがもれた。自分がハリソンの妹に恋する可能性は皆無だ。彼女を本気にさせるわけにもいかない。

この世にまたとない、理想の女性と出会ってしまったいまとなっては。

2

フェリングスダウン侯爵ハリソン・プレスコットは、部屋にいる三人――末の妹たちである双子のペイシェンスとリリアン、年齢的にもそのほかの面でもプレスコット家のなかでハリソンといちばん近いジョージ――を見渡した。残る弟ふたり、ジュールズとスペンスは、ハリソンがこの先二週間続くパーティの最後の準備にかかっているあいだ、招待客たちを出迎えていた。

「準備は万端か?」

ハリソンは双子の妹たちの神妙な顔をじっと見つめた。今度ばかりはふたりの類いまれな美しさにも、ふだんなら愛さずにいられない純真さにも、心を動かされなかった。ザ・ダウンに客を招かざるをえなくなったのはそもそもこのふたりのせいなわけで、彼が不機嫌のあまり口調もきつくなったとしても、いたしかたないことだった。

ペイシェンスがはじめに口を開いた。「ええ。お客さまはもう着きはじめていて、部屋に案内されているところよ。わたしたちが戻るまで、ジュールズとスペンスが主人役をつとめているわ」

ハリソンは机のうえの招待客リストに目をやった。面倒なことになったが、彼としてはこの計画がうまくいってくれればと願うしかなかった。でないと……。

「エリーはどうしてる?」

ペイシェンスとリリアンはゆっくりと顔を見あわせた。

ハリソンの胸にふと不安がよぎる。「なんだ?」

「いないの」ペイシェンスが答えた。

「外で馬に乗ってるんだと思うわ」リリアンがつけ加えた。

「くそっ! おまえたち、今日は一日エリーから目を離さないはずだっただろう。家から出すなと言っておいたじゃないか」

ペイシェンスとリリアンは、兄がめったに口にすることのない悪態と容赦ない非難にひるんだが、ハリソンは気にしなかった。これはふたりのせいなのだ。このふたりが……。

「すぐに戻ると思うわ」ペイシェンスが言った。「階下におりてお客さまを出迎える時間までには用意しておくと約束したもの」

ハリソンはいらだたしげに髪をかきあげた。「エリーが馬に乗ると時間を忘れるということはよく知っているだろう。日が沈む前に戻ってきたら幸運というところだ」

「心配しないで、ハリソン」リリアンが言った。「この大きなパーティがお兄さまにとってとても大事だってことは、エリーも知っているはずだもの」

「ぼくにとってだと? これは彼女のためなんだ! そもそもおまえたちふたりがあんな無責任なことをしなければ、パーティを開く必要もなかったんだぞ」

「ハリソン」ジョージが制した。

妹たちの目には涙がたまっていたが、ハリソンは無視した。

「そのことはもう謝ったでしょう」ペイシェンスが大胆にも言った。「わたしたち、エリーに幸せになってもらいたかっただけなの」

ハリソンは椅子をぐいと後ろに押しやって立ちあがった。そして机のうえにてのひらをつき、妹たちのほうへ身を乗りだした。「おまえたちふたりが恋に落ちて結婚したからといって、エリーが同じ夢を持っているとはかぎらない」

「あら、女性ならだれだって恋と結婚にあこがれていると思うわ」リリアンが声をあげる。

「わたしたちはただ、すてきな男性に関心を持たれるというのがどういうものか、お姉さまにも教えてあげたかったのよ」

「実在しない崇拝者をつくりだしてか？　それでエリーが喜ぶとでも思ったのか？」

「だけど、なにかしなきゃ」リリアンが珍しく果敢に口答えをした。「お姉さまは男性とおつきあいしたことがないのよ。ザ・ダウンに閉じこもりっぱなしで」

ハリソンは机にこぶしを打ちつけた。「エリーが男性に関心を寄せてもらいたがっていると言わんばかりだな。しかも、ぼくらがわざと彼女を遠ざけ、ここに閉じこめてるみたいだ」机の角をまわりこんでふたりに近づく。「エリーに関心を寄せている人間は大勢いる。イングランド中探しても、これほど多くの人から愛されている女性は――いや、多くの男性から愛されている女性はいないはずだ」

「でも、四人とも兄弟じゃない！」リリアンは叫んだ。「兄弟はまた別だわ」

ハリソンが険しい目つきでひと睨みすると、妹はびくりと身を縮めた。優しい夫の腕のなかに飛びこみたいと思っているのはまちがいないが、残念ながら夫であるバーキンガム伯爵はここにいない。ハリソンとジョージ、そして今回の茶番劇の原因となった妹ふたりだけだ。

「言っておくが」彼は続けた。「おまえたちがどうしてそう無責任なことを思いついたのか、ぼくには想像もつかない」

「エリーにも恋を知ってほしかったの」ペイシェンスがまたしても同じ説明を繰り返した。「だれかに特別だと思われるのがどういうことか、知ってほしかったの」

「架空の人間に心を捧げることで？」ハリソンは問題となった手紙を振った。

「こんなことになるとは思わなかったのよ」双子のうちで勝気なほうのペイシェンスが答える。

「この手の文通が最後にはどういう展開になるか想像してみなかったのか？　エリーがいずれはこの――」ハリソンは恋文を握りつぶし、火のなかに投げこんだ。「美徳と男らしさの権化みたいな男に会いたいと言いだすとは、ちらとでも考えなかったのか？」

「ええ」ふたりは声をそろえて答えた。

「エリーって男の人に興味を示したことがないんですもの」ペイシェンスが続けた。「お兄さまたち四人が、ああもがっちりとまわりを固めていては無理もないけれど」

「どういう意味だ？」

ハリソンは階下にいるジュールズとスペンスのことを思った。ふたりともジョージや自分同様、背が高く肩幅も広い。たしかに四人そろえば迫力ある護衛に見えるだろう。しかも全員が、みずからの命に代えてもエリーをあらゆる害悪から守ろうと決意を固めている。それは、彼女が特別な存在だからであり、彼女がああなった責任の一端が自分たちにあるからなのだ。

「エリーがわたしたちの説得に負けてロンドンを訪れたときだってそうだったわ。お兄さまたち四人が親衛隊みたいにとり囲んでいるんですもの。あんな手ごわい護衛を突破してエリーと会話をしようなんて思える勇気ある男の人が、このイングランドにいるはずがないわ」

「いつだって公の場に出たがらないのはエリーのほうだ。彼女がなぜ人目にさらされることを嫌うのか、忘れたのか？」

「それを忘れられないのはお兄さまたちのほうよ、ハリソン。お兄さまとジョージとジュールズとスペンスス。あなた方四人はいつも、不快な言葉がエリーの耳に入らないよう、公の場で彼女がじろじろ見られないよう、気を使ってばかりいる。エリーがああなったことで自分を責め続け、とても過保護になっているのよ。リリアンとわたしはただ、お姉さまが見逃してきた世界をちらとでも見せてあげたかったの」

「そのために匿名の求愛者を創造し、いっときの夢を見せてやろうと考えたわけか？」

「自分はすてきな男性に思われているんだって、感じてほしかったの」リリアンが言った。

「女性ならだれだって、一生に一度くらいは愛されたいと願うものなの」ペイシェンスは無謀にもあとを続け、みずから深みにはまっていった。「エリーももう二十七歳よ。とうに婚期は過ぎているとみんな思って――」

「もういい！　ともかく、おまえたちはばかなことをして、とんでもない悲劇を引き起こすところだったんだ」

ジョージはそれまで無言だったが、ハリソンが激昂しはじめると椅子から身を乗りだした。

「ここで二週間客をもてなすということを、父上と母上には伝えてあるのか？」

「もちろんだ」

双子の妹たちは目を見開いた。「その必要があったのかしら」ペイシェンスと心配そうに顔を見あわせたあと、リリアンがおずおずときいた。「問題が起きたと思われるわ」

「事実、問題が起きているんだ」ハリソンが噛みつくように言う。「大きな問題が」

「でも、お父さまにもお母さまにもわからないかもしれなかったのに」

「最初の招待状が発送された時点で、母上の友人が手紙で知らせてるさ。これだけ大きな催しをやって、あのふたりに隠しておけるはずがない。自分の両親がどういう人間か忘れたわけではあるまい」

ペイシェンスが床に視線を落とした。リリアンもそれにならう。

「シェリダン公爵夫妻の耳に入らずにすむできごとなどない。しかも、たいていは事前に耳に入っているはずだ」最後のひとことは、ハリソンを知らない人間なら冗談と誤解しそうな響きをかすかに含んでいた。「だが、すべてが計画どおりにいき、エリーがおまえたちのつくりだした内緒の恋人のことをきれいさっぱり忘れてくれれば、父上も母上もこのパーティは必要悪だったと認めてくださるだろう」

　ハリソンはくるりと向きを変え、今度は部屋を端から端まで行ったり来たりしはじめた。ペイシェンスとリリアンは、あろうことか求愛者を装ってエリーにせっせと恋文を送っていた。その内緒の恋人のことを、なんとしてもエリーに忘れさせなくては。事実を知ったら彼女は打ちのめされてしまうだろう。

　妹にこれ以上の苦しみを与えるくらいなら、自分の心臓に杭を打たれたほうがましだ。

「さて」ハリソンは肺いっぱいに空気を吸いこみ、それを吐きだしてから言った。「茶番劇の幕開けだ。ジョージ、階下へ行ってジュールズとスペンスを手伝ってやってくれ」双子に視線を移して続ける。「エリーを捜して、時間までに用意をさせるんだ」

　ペイシェンスとリリアンはうなずいて扉に向かい、ペイシェンスが取っ手に手をかけたところで振り返った。

「お兄さまふたりがご招待したお客さまはほとんどわかっているし、ジュールズとスペンスのお客さまも知っているわ。でも、エリーのためにどなたをご招待したのかは聞いていないじゃない。お兄さまが個人的にどなたをお招きしたのかも」

　ハリソンは視線を上向けた。そろそろエリーの相手を演じるのに完璧な男性、ペイシェンスとリリアンがつくりだした架空の求愛者を忘れさせるために選んだ男性の名を明かしてもいい頃合いかもしれない。いまとなってはみな、この決定を受け入れる以外ないのだから。

「個人的にはエスター伯母を招待した。当然ながらグッシー伯母もいっしょだ。この屋敷で催しをするとなったら、あのふたりを招待しないわけにはいかない」

「でも、お兄さまはめったに催しなんて――」

ハリソンは鋭い一瞥でリリアンを黙らせた。エリーがよく冗談半分に、テムズ川をも凍らせるくらい冷たいと評するまなざしだ。「縁結びをしようなんて考えるんじゃないぞ。このパーティの第一の目的はエリーを傷つけないことだ。繰り返すが、おまえたちがこんな面倒を起こさなかったら、開く必要もないパーティだったんだからな」

妹たちの頬が真っ赤になったのを見て、ハリソンはささやかな満足を覚えた。

「で、エリーのためにだれを選んだんだ？」ジョージがきいた。

「そうよ」リリアンも下唇を噛みながらきいてきた。「エリーの心をつかむのはどんな男性にとっても簡単じゃないってことは、みんな知ってるでしょう」

「それはまた、ずいぶんと控えめな言い方だな」ジョージが笑った。

「ありきたりな男性というわけにはいかないわ」ペイシェンスがつけ加える。

「当然よ」リリアンが部屋のほうへ向き直りながら言った。「社交界でも飛び抜けて望ましいと目されている男性じゃないと」

「たしかに」ジョージも同意した。「腰抜けじゃつとまらないな。一日も経たないうちにエリーに八つ裂きにされてしまう」

「頭の鈍い人もだめよ」ペイシェンスがハリソンをまっすぐに見て言った。「エリーと議論をして負けないのはお兄さまくらいだもの」

ハリソンはいらだちを抑えて言った。「わかってる。しかも、ぼくだって毎回勝つわけじゃない」

「なにより」ジョージが重いため息とともに言った。「内緒の恋人を蹴落とすくらい完璧な男でなくてはいけないんだ。そんな条件のそろった男なんてほんとうにいるのか？　何者なんだ？」

ハリソンは背筋をいっぱいにのばし、きょうだいのうちの三人の顔を見つめた。みな、いちばんうえの兄がエリーにふさわしい相手を選んだにちがいないという確信と期待に満ちた顔をこちらに向けている。それはいつものことだった。助けが必要となると、きょうだいたちは決まってハリソンのところにやってくる。兄は決して彼らを失望させない。そうやって昔から、弟や妹の面倒を見てきたのだ。一度の例外を――エリーを死なせかけた日を除いて。

「まず言わせてくれ。エリーの相手役に必要な条件についてのおまえたちの意見は正しい」

「その条件を満たす男性を見つけたということ？」リリアンがきいた。

「ぼくが思うに、女性を魅了することにかけては右に出る者がいないという評判が知れ渡っている男はひとりしかいない」

「だれなんだ？」

ジョージの問いに、ハリソンはすぐには答えなかった。答えられなかったのだ。ひとたびその名を明かしたら、大騒ぎになるのは目に見えている。

「どうもいやな予感がするのはなぜなんだろう」ジョージが眉間に皺を寄せた。

「まちがった予感だからさ」

「それで、だれなの？」ペイシェンスがジョージに近づき、三人は答えによっては徹底攻撃にかからんとしているかのように身を寄せた。

ハリソンはさらに背筋をのばした。「イングランド中でいちばん魅力的な男を思い浮かべてみるといい。莫大な財産を持ち、信じられないような幸運に恵まれている——カードにおいても、女性においても。その行動は社交界中に注目され、公私問わず常に意見を求められる存在でもある」

「そんな完璧な人間がいるはずがない」ジョージがげらげらと笑いだした。

「わたしもそう思うわ」ペイシェンスとリリアンが口をそろえる。

「なら、適齢期の女性という女性がつかまえようと追いまわしている男の名前をひとりあげてみるといい。どんな催しも彼が出席すれば成功と言われる男だ」

ようやくわかってきたらしく、ペイシェンスが目を見開いた。しばらくしてリリアンの表情も変わった。

「本気じゃないんでしょう？」ペイシェンスはささやくような声で言った。

「本気じゃないと言って」リリアンが恐れをなした顔で懇願した。

ジョージはますます眉根を寄せた。「だれだ？　だれのことを言ってるんだ？」

「毎日のように気の毒な女性の心をずたずたにしてると言われる放蕩者よ」

「自分でも数えきれないくらい愛人を抱えてるという噂の人」

「だから、だれなんだ？」ジョージが大声で問いただし、ようやく双子の注意を引いた。

「チャーフィールド伯爵よ！」ふたりが声をそろえて叫んだ。

ジョージが口をあんぐりさせる。やっとのことで口を閉じると、彼は一歩前に出た。「なんてことだ、ハリソン。本気じゃないんだろう？」

「エリーにふさわしい相手とは言えないわ」リリアンがきっぱりと言った。

「紹介することすら避けたほうがいい人種よ」ペイシェンスも語気を強めた。

ハリソンが両眉をつりあげる。「そうか？　まだ墓場に入っていない女性ならだれしも、彼をこの世でもっとも魅力的な男性だと思っている。適齢期の娘を持つ父親ならだれしも、もっとも望ましい婿だと思っている」

ジョージはそばのテーブルの角にこぶしを打ちつけた。「でも、こっちはエリーの話をしているんだ！　チャーフィールド伯爵にエリーを紹介するなんて、飢えた狼に羊を差しだすようなものじゃないか」

「自分の役割はエリーの相手を完璧につとめることで、唯一の仕事は家族が好ましくないと思う恋人を忘れさせることだ、と狼が前もって承知している場合はそうはなるまい」

ハリソンは両のてのひらを机のうえに置き、身を乗りだした。「そして、万が一彼女を悲しませた場合、彼女の兄弟が順番に自分の手足をもぎとっていくにちがいないと承知している場合も」

「それにしても、どうやって彼の了解をとりつけたんだ？」

ハリソンは肩をすくめた。「チャーフィールドはすばらしいアラブ馬を所有していると言われている——ただし、ぼくにはかなわない。うちの馬と交配させる機会と引き換えなら、彼はなんでもする覚悟でいる」

ペイシェンスとリリアンはこれ以上立っていられないとばかり、近くの長椅子にへたへたと座りこんだ。「でも、彼は女たらしよ」とリリアン。「きっとエリーを傷つけることになるわ」

「おまえこそ、エリーの内緒の恋人を装う前にそういう事態を考えなかったのか？」

妹は打ちのめされたように肩を落とした。その姿を見て、さすがのハリソンもきつい口調を後悔した。「いまさらそんなことで責めてもしかたがない。言い争いはやめよう」

彼は机をまわりこみ、妹たちに手を差しだした。「もう行くぞ。ほら、笑いなさい。ザ・ダウンに客を招くのはずいぶんひさしぶりなんだ。そのことだけでも、成功を約束されたようなものさ」

双子は立ちあがり、明るい笑みを浮かべた。「もちろん、うまくいくわよね」ペイシェンスが言った。「成功させなくちゃ。エリーのために」

「そう、エリーのために」

3

午後に出会った見知らぬ男性のことを思いだし、エリーは深いため息をついた。自分にあるとは思わなかった感情が胸の奥でうずいている。こんなことは生まれてはじめてだ。

あの男性が招待客であることはまちがいない。この先二週間、幾度となく顔を合わせることになるだろう。夢のような美しいひととき、あのすてきな男性は自分を人とちがったところのない女性として扱ってくれた。ほかの女性に対するのと同じように接してくれたのだ。

もちろん、そんなものはいっときの幻想だとわかっている。数時間もすれば彼と再会することになり、すべてが変わってしまうのだ。茂みに向かって馬を走らせ、同時に飛び越えたあの特別な瞬間だけ、エリーは魅力的な男性の目に普通の女性として映っていた。

あれほどの幸福感に満たされたことはいままでなかった。

この気持ちを大切にとっておけるよう二週間一歩も部屋から出ないでいられたら、とエリーは心の隅で願った。

しかし、そんなことは許されない。

最後に髪形を確かめると、エリーは深く息を吸った。早く階下に行けば、その分早く招待客への挨拶をすませてしまえる。先刻出会った男性を別にすれば、人々の反応は気にならなかった。これは彼女のためのパーティではなく、だれひとり、彼女には気づきもしないだろう。

湿った手をスカートでぬぐった。エスコート役がいないわけではなかった。双子はそんな思いやりに欠ける子たちではないし、必要とあれば兄弟のだれかが常にそばにいてくれる。彼らがいないときは、バークレイ卿が相手役を買って出てくれた。バークレイ卿は父方の伯父で、いっしょにいて楽しい人だ。ハリソンがここでパーティを開くというなら——二週間エリーに苦痛を強いるというなら——彼女は彼女で愉快に過ごせる相手を探すつもりでいた。

もっとも、このパーティの趣旨がどうもわからない。ハリソンによると、パーティを開くことにしたのは、兄弟のだれかがある女性と恋に落ちたからだという——ジョージかジュールズかスペンスか、それとも当のハリソンか——。

彼女はあわてて否定した。ハリソンのはずはない。兄にはもう一度愛を見つけてほしいと思うが、彼でないことだけはたしかだ。ジョージかもしれない。

エリーはため息をついた。ジョージとも思えなかった。エリーとジョージは双子で、言葉が話せるようになったころから、互いになんでも打ち明けあってきた。彼が恋をしているなら話してくれるはずだ。それに、愛する女性を家族に紹介するのに、ジョージがわざわざパーティを口実に使うとは考えられない。

ならばジュールズかスペンスか。どちらもまだ若く、それぞれ二十五歳と二十三歳だ。人を愛するのに若すぎるということはない。ペイシェンスとリリアンは、どちらもまだ十九歳のときに恋に落ちて結婚した。

特別な人を招待したのがだれなのか、ハリソンは頑として教えてくれなかった。まだどうなるかわからないからと言って、手がかりすら与えたがらなかった。あとのお楽しみというわけだ。

重いため息をつき、エリーはゆっくりと立ちあがった。ドアが開くのを見て動きを止める。

「まあ、エリー」ペイシェンスがそこに立っていた。リリアンもいっしょだ。「すごくきれいよ」

エリーは向きを変え、椅子に座り直して近づいてくる双子を見守った。ふたりは複製のようにそっくりだが、それだけでなく、母親によく似ていた。そのせいか、母を前にしているような気分になる。

エリーは父親似だった。濃い色の髪と黒に近い瞳。浅黒い肌は社交界向きではない。何時間も戸外で馬に乗るせいで、さらに日に焼けている。

「その赤の色合いはお姉さまにぴったりだわ」リリアンが叫び、ドレスが皺にならないようそっとエリーを抱きしめた。「うらやましい。ペイシェンスやわたしのような肌色だと、そういうくっきりした色は映えなくって」

「これを着る機会を待っていたの。お母さまが去年ロンドンでつくってくださったものだから」

「すごくすてき」

ペイシェンスがリリアンの立っている位置まで下がったので、エリーはふたりの顔を見るのに首をのばさなくてもよくなった。

「お客さまはもうおりていらした？」

「いいえ。夕食は七時以降と伝えてあるから。まだ六時ですもの」

エリーはうなずいた。

「すばらしい二週間になるわ」リリアンがはしゃいで言った。「お兄さまたちがどんな計画を立てているか知ったら、あなたもびっくりするわよ」

リリアンは興奮を隠そうともしていない。ペイシェンスも同様だった。自分も同じように熱狂できたら、とエリーは思った。

「ハリソンでさえ、あれこれお楽しみを企画しているんだから」

エリーは両眉をあげた。「ハリソンが？」

「そうよ。このすばらしい思いつきはほとんどハリソンのものなの」

双子は日程表をエリーに渡し、おしゃべりを続けた。

毎日のように外出の予定が組まれていた。湖畔のピクニックに川下り。ザ・ダウンの名所とも言える東屋へ出かけたり、村まで遠出したり。村での目玉は、みごとなクリスタルガラスで知られるミスター・デヴォンの店、クリスタル・パレスでの買い物だ。もちろん晴れてあたたかな午後には、芝生のうえでできるさまざまな遊戯が企画されている。

男性陣は狩りや釣りを楽しむことができ、レディたちはそのあいだ室内で本を読んだり、庭を散策したりして過ごす。夜は夜で、毎晩娯楽室でゲームに興じ、音楽を堪能する。

シェリダン公爵家のなかで、音楽は常に重要な位置を占めていた。ハリソンは小さな楽団をいくつか手配し、二週間のあいだ数回にわたって演奏会を企画した。室内オーケストラ、金管楽器の五重奏、ピアノの独奏とさまざまな音楽が奏でられる予定になっている。

とはいえ、なにより贅をこらした正式な催しは、ザ・ダウン最後の夜に行われる舞踏会だ。すでに近隣の人々にも招待状が送られており、一帯はその話で持ちきりだった。

またとない舞踏会になるはずだと双子たちは請けあった。

「舞踏会のことを考えるとわくわくするでしょ？」リリアンが手袋をいじりながら言った。「つまり、その、出たくないわけではないでしょう？」

「もちろんよ。ハリソンや兄弟たちにとって、いえ、あなたたちにとっても舞踏会がどれほど大事かよくわかっているもの」

「そのうちまた、お姉さまもロンドンに行きたいと思うようになるんじゃないかしら」リリアンは期待をこめた口調で言った。「みんなでいっしょに行くのよ。きっとすごく楽しいわ」

いっとき、気まずい沈黙が部屋を包んだ。会話が禁断の領域に踏みこんだしるしだった。

「そうね」エリーは本気でロンドン行きを考えているような口調で言った。

実際には不愉快な記憶がよみがえり、胃が締めつけられるような思いをしていたのだが。

このふたりにはわからない。あの当時の彼女たちはまだ幼く、社交界デビューがエリーにとってどんなものだったかなど覚えていないのだ。

「お兄さまたちが招待したお客さまのなかには、すばらしく魅力的な殿方もいるのよ」ペイシェンスが目を輝かせて言った。

「知ってるわ」エリーはつい答えていた。

双子は口をあんぐり開け、優雅な眉をつりあげて姉を見た。「知ってる?」

エリーの頬がかっと熱くなった。あまり赤くなっていなければいいがと思う。「実を言うと、馬に乗っていて、お客さまのひとりとばったりお会いしたの」

「どなたと?」

「さあ、名前はうかがわなかったわ」

「自己紹介してくださらなかったの?」

「ええ。たぶん、わたしが身内だとは思わなかったんじゃないかしら。ひどい服装だったし。少なくとも、シェリダン公爵家の娘が外出するときの格好とは思えない服装だったわ」

「その人、どんな容姿だった?」

エリーの頬がさらに熱くなった。「なんて言ったらいいのかしら」笑いでごまかそうとする。ほんとうは彼が馬で走り去った瞬間から、あの闇のような濃いブルーの瞳が頭から離れなかった。それだけでなく、寝室の家具をひとつひとつ眺め、彼の黒に近いブラウンの髪と同じ色を探している。ほほ笑んだときに目尻や唇の両側に刻まれる笑い皺を思い起こすと、知らず知らず胸のなかに奇妙な感情がこみあげるのだ。

「背は高かった?」リリアンがきいた。

「わからない。でも、めったに見ないみごとなアラブ馬に乗っていたわ。ハリソンに負けないくらい立派な厩舎を持っている方にちがいないわね」

「騎手より馬に目がいくとは、お姉さまらしいわね」リリアンは笑ったが、エリーの答えを面白いと思ったのは彼女だけのようだった。ペイシェンスが浮かべている深刻な表情を見てエリーはとまどった。

「どうかしたの？」

「お姉さまはチャーフィールド伯爵と出会ったんだと思うわ」ペイシェンスが声をひそめて言った。その口調には畏怖の念と警告の響きがまじっていた。

「チャーフィールド？」聞き覚えのある名前だろうかと考えながらエリーは繰り返した。記憶にはない。「だれが招待したの？」

「ハリソンよ。まったく、なんだってあの方を招待したのかしら」

「どういう意味？」双子が目を見あわせる。エリーにはふたりのまなざしの意味が理解できなかった。「チャーフィールド伯爵って、人格的に問題のある方なの？」

「人格的に、というわけではないわね」ペイシェンスが説明をはじめた。

「エリーに警告しておいたほうがいいわよ」リリアンが言い、ふたりはまた目を合わせた。

「警告ってなにを？」

「チャーフィールド伯爵のことよ」ペイシェンスが答えた。「あの方……ひとことで言って……放蕩者だから！」

「まあ」エリーは笑った。「それだけ？」

「それだけ、ですって！」双子はそろって金切り声をあげた。

「何人の女性が泣かされたかわからないくらいなのよ」ペイシェンスが言った。

「どれだけ浮名を流してきたか」と、リリアン。

「社交界の鼻つまみ者ってこと？」エリーはふいに興味をそそられてきいた。

「鼻つまみ者？」ペイシェンスがあきれたようにきき返した。

「鼻つまみ者？」リリアンも同じ口調で繰り返す。「それどころか、年頃の娘を持つ母親という母親が、なんとかして彼をつかまえて婿にしようとしているわ」

「そんなひどい人なのに、どうしてだれもが娘を押しつけたがっているの？」

「ロンドン一お金持ちで、結婚相手として最高の紳士だからよ、もちろん」

「そのとおり」リリアンがつけ加える。「それに、類を見ない強運の持ち主だとも言われているわ。所属するクラブでは、彼がテーブルについたが最後、だれも勝てないそうよ」

「いかさまをするってこと？」

「もちろんちがうわ」ペイシェンスはきっぱり否定した。「そうだったら、とうにばれているはずよ。彼はただ、絶対に負けないの！」

「気配りのない人なのね」エリーは必死に笑いをこらえた。

ペイシェンスは見るからにいらだったようすで、腰に手をあてている。「招待客リストのいちばんうえに彼の名前がない社交行事はないくらいなのよ。あのレディ・ポメロイでさえ――恒例の舞踏会に選り抜きのわずかな人しか招待しないという彼女でさえ、チャーフィールド伯爵が出席できないと聞いて、日程を変えたことがあるという噂よ」

「ふうん。レディ・ポメロイがそこまでする方がこのささやかな田舎のパーティにいらっしゃるからといって、なんだってあなたたちふたりがそんなにやきもきするのかよくわからないわ」

リリアンは優美な手をもみあわせた。「あなたが悲しむようなことになってほしくないの」

「悲しむ？　どうしてわたしが悲しむことになるの？」

ペイシェンスが一歩姉に近づく。「彼は数えきれないくらいの女性を泣かせてきたの、エリー。彼がひとたび魅力を振りまけば、女性はだれしもその足元にひれ伏すと言われているのよ」

「わたしがその殿方に心を奪われるのではないかと心配しているの？　パーティではわたしの存在にも気づかないだろう人に？」

「もちろん、ちがうわ」とペイシェンス。「ただ、お姉さまはあまり男性と接した経験がないでしょう」

「たしかにそうね」エリーが感情を示すまいとしながら答えた。

「わたしが言いたいのは」みずから掘った墓穴から這いだそうと、ペイシェンスは続けた。

「お姉さまは賢いから、あんな女たらしに夢中になるはずはないってこと」

「それはありがとう」エリーは胸元に手を置き、褒められたのかけなされたのかわからないながら、納得したふりをした。「信頼してくれてうれしいわ」

「当然、信頼してるわ」リリアンが言った。「あなたが恋に落ちるとしたら、相手は輝かしい評判の持ち主に決まってる」

エリーは笑った。「水晶玉にそう出ていて？」

リリアンもくすくす笑った。「ええ、はっきり出ているわ」

「ハリソンは？　お兄さまの未来にはなにが見える？」

三人の顔に悲しみがよぎった。

「わかってるでしょう。ハリソンはもう二度と恋はしないわ」とリリアン。「あんなに手ひどく傷つけられたんですもの」

「結婚する気もあるのかどうか」ペイシェンスが続けた。「あれから四年になるけど、ほかの女性に関心を示したことは一度もないし」

「わたしたちが心配しているのはハリソンのことじゃないの」リリアンが釘を刺した。「お姉さまのことよ」

エリーはほほ笑んだ。「なら、心配は無用よ。忘れたのね。わたしはもう、理想の男性と知りあったの。たとえチャーフィールド伯爵だろうと、わたしの謎の求愛者の足元にも及ばないと思うわ」

ペイシェンスとリリアンがさっと青ざめる。

「でも、文通だけで、お会いしたことはないんでしょう？」ペイシェンスが言った。「チャーフィールド伯爵みたいな人かもしれないわよ。もっとひどいかも」

「心配するまでもないってば。チャーフィールド伯爵はわたしなんかに目もくれないわ」

リリアンはいらだたしげに、それでも品よく腕を振りまわした。「変な自信を持たないで、エリー。彼の魅力からはだれも安全ではいられないのよ。いくらお姉さまだって」

部屋の温度が一段と下がったように感じられた。エリーは顔に浮かべた笑みが引きつらないよう、必死に努力した。

気まずい沈黙のあと、リリアンが前に出てエリーの肩に腕をまわした。「ああ、エリー、許して。そんなつもりで言ったんじゃないのよ」薔薇色の頬が真っ赤に染まっていた。

「わかってる。そんなふうには受けとっていないわ」

エリーは毅然とした表情で妹の髪を優しくなでた。彼女たちの心配が杞憂であることはわかっている。チャーフィールド伯爵は、エリーが部屋を横切って歩く姿を見た瞬間からまるで関心を払わなくなるだろう。

「陛下まで連れていってくれるつもりで来たの?」エリーはきき、椅子の端に体を移動させた。

双子はさっと近寄って手を貸し、ペイシェンスが左側、リリアンが右側についた。

エリーはゆっくりと立ちあがって、ペイシェンスが差しだした杖をつかんで体を支えた。そして、ぎこちない足取りでドアへ向かった。足を引きずるようにして、腰を左に振りながら。左腕は外に向かって振れる傾向にあり、動作をいっそうぶざまに見せる。

一歩ごとに体が不自然に揺れ、肩が落ちるのが、エリーはいやでたまらなかった。もっとも、パーティに出席する大半の人はエリーの障害を知っている。優雅とは言えないしぐさにもさほど不快感を覚えることはないだろう。ひと晩くらいならば。

エリーは部屋から出て、階段を一歩一歩おりていった。

今夜が最悪なのだ。彼に見られ……障害のことを知られる瞬間が。けれども、そのあとは人の輪から離れ、見えない場所に逃げこめばいい。たった二週間の辛抱だ。なんとか切り抜けられるだろう。

頭を切り換えれば、パーティを楽しむことだってできるかもしれない。魅力的なチャーフィールド伯爵の求愛を受ける女性にはなれないとしても、少なくとも彼を見つめ……夢を見ることはできるはずだから。

4

ブレントは夜会用の黒の上着からシャツの袖をきゅっと引っぱりだし、客用の寝室を出て客間に向かった。晩餐の前にみなと顔を合わせ、ひとときを過ごすために。二週間にわたる茶番劇がはじまろうとしていた。演技ならお手のものだ。

実を言えば彼は何年ものあいだ、放蕩者や楽天的な遊び人の役を演じ続けてきたのだ。いまやほんとうのブレンタン・モンゴメリーがどんな人間なのか、自分でもよくわからなくなっていた。

社交界の人間はだれひとり信じてくれないだろうが、彼の夢は愛する女性と結婚し、幸せな家庭を築き、子供をたくさんつくることだ。もっとも、理想の女性を探し求めては失望する日々が続き、そんな夢はとうに捨てた。愛してもいない女性と結婚し、残りの人生を惨めな思いで暮らすのだけはごめんだった。

それでも彼の名前はまだ、娘を持つ母親の婿候補としていちばんにあげられている。ロンドン一人気のある独身男性と言われているのだ。しかし、どんなに美しいレディと出会ってもまるで心を動かされないまま何年もが過ぎ、ついにブレントはともに幸せを築けそうな女性を探すことをあきらめ、アラブ馬の厩舎を充実させることに関心を向けはじめた。

ザ・ダウンでのパーティで彼が芝居を演じるのも、結局は厩舎にまたとない貴重な一頭を加えるためだ。あれほど豪勢な褒美が待っているのなら、どんなことにも耐えられる。なんだかんだ言ってもたった二週間。社交界にあまたいる退屈で頭の鈍いレディたちの相手を何年もつとめてきたのだ。ハリソンの妹が、あれ以下ということはあるまい。

いや、ありうるだろうか。

決意も新たに長年磨きをかけてきた魅力的な笑みを浮かべ、彼はカーブを描く階段の右側をしっかりとした足取りでおりていった。彼女が想像を絶する俗物で、気が狂うほど退屈な女だとしても、二週間後の褒美がすべてに報いてくれる。来年の春にダンザが名馬エル・ソリダーの血を引く子馬を産むのが待ちきれない。

考えるだけで顔中に笑みが広がり、ブレントは颯爽と階段をおりていった。一階に近づくにつれ、笑い声や会話のざわめきが大きくなってくる。客間の入り口に着いたころには、役になりきる準備はできていた。

くつろいだ態度を装い、客間に足を踏み入れて室内を見渡す。あちこちで笑い声があがり、会話がはずんでいるのを見て、つかのま安堵した。ハリソンが主催したこの二週間のパーティは楽しいものになりそうだ。

だれにも気づかれなかったことに感謝しつつ、そのまま横に移動する。人ごみにまぎれて招待客たちを観察し、できることなら今後お相手をつとめることになる女性を見つけておきたい。探すのはおそらく簡単だろう。

集まっている人数からして、すでに客のほとんどは客間におりてきているようだ。だが、ハリソンが友人を買収してまで相手をつとめさせなくてはならないほど容姿に劣る女性はひとりとして見あたらなかった。

さらに奥へ進み、もう一度客間を隅々まで見渡す。ハリソンは弟のジョージと開いた窓の近くに立っていた。彼らを囲む小さな人の輪のなかに、はっとするほど美しい女性がふたりいる。以前出席した舞踏会で幾度か見かけたことのある顔だが、どちらもブレントが相手をするはずの妹ではなかった。

ハリソンのあとふたりの弟、ジュールズとスペンスは部屋の反対側に立ち、別のグループと話しこんでいた。双子の妹の片割れ、レディ・パークリッジと思われる女性は客たちのグループを渡り歩いていたが、彼女が立ちどまって話しかけたレディはいずれも婚期を過ぎたハリソンの妹らしくはなかった。

ブレントは従僕が差しだしたブランデーのグラスを受けとり、口元へ持っていった。が、ふとその手を止めて息をのんだ。

午後に出会ったみごとに馬を乗りこなすあの女性が、客間の中央に置かれたベルベットのソファに座っていたのだ。まるで臣下の者に謁見する女王さながらの威厳と優雅さをたたえて。隣の若いレディはバーキンガム伯爵夫人だろう。レディ・パークリッジと双子とはいえ、これほど似ているものだろうか。いや、そんなことはどうでもいい。赤いドレスの女性から目が離せない。

豊かな赤褐色の髪はゆるくまとめられ、小さな真珠のピンで魅惑的な形に結いあげられていた。おくれ毛が午後に見たとおりの完璧な形をした顔を優美に縁取り、その顔には自然な笑みが浮かんでいた。

ドレスは濃い赤で、身頃部分が申し分ない曲線を描いていて、その下にあるもののすばらしさを想像させる。彼女にこれ以上似あう色も形も思い描けないほどだ。

今日の午後の彼女は、質素な身なりをしていてもじゅうぶん美しく魅力的だった。けれども、いまはまさに輝くばかりだ。

ブレントはしばらく彼女を見つめ続けていたが、それだけでは飽き足らなくなってきた。話しかけたい。ハリソンの不器量な妹に気のあるふりをはじめる前のほんの数分でいいから、彼女と会話がしたい。

上等なブランデーをひと口飲む。そして、レディ・バーキンガムが新たに客間に入ってきた客ふたりに挨拶するために立ちあがったことに気づくと、ブレントは彼女の隣のあいている席が埋まらないうちに、鉄が磁石に引きつけられるかのごとくそちらのほうへ進んだ。

「こんばんは、怖いもの知らずの女性騎手さん」近づいていってそう声をかける。

彼女はこちらを見ていなかった。話しかけられてぱっと振り向き、ブレントを見あげたときが歩みを止めた。彼の胸の奥があたたかな毛布にくるまれたようになった。

彼女の目が見開かれ、彼だと気づいてきらめいた。同時に唇の端がわずかに持ちあがって笑みを形づくり、徐々に広がって歓迎のほほ笑みになった。

「ああ、あなたね」午後に聞いたのと同じ、深く豊かな声だった。

ブレントの心臓がまた跳ねあがった。

「座ってもかまわないかな？」近くの椅子を指差してたずねた。

「もちろん、どうぞ」

ブレントは彼女の向かいの椅子に腰をおろした。「午後の興奮はもう冷めたかい？」

彼女は横目で左右を見やり、少し身を乗りだした「あれほど楽しい思いをしたのは生まれてはじめてよ」

ブレントは笑った。「ぼくもだ」

「でも、残念ながらこの客間にいる大半の方々は、わたしたちの行動に眉をひそめるでしょうね」

「主催者も含めて？」

彼女はおかしそうに笑った。「ええ、ことに彼は」

ふいにブレントはパーティの趣旨を思いだした。この優雅なレディがフェリングスダウン侯爵の特別な招待客ということはありうるだろうか？　彼女はブレントが知るなかでいちばん魅力的な女性だ。彼女がハリソンと結びつきがあると思うだけで、ブレントは心をかき乱された。

「きみにとって、主催者の意見は大事なのか？」

彼女の美しい瞳が、五、六人の男女の輪の中心に立っているハリソンのほうへ向けられた。

「もちろん」彼女の口調にあたたかな愛情を感じ、ブレントの胸に不快なもやもやが広がった。嫉妬ではない。嫉妬のはずはない。なんらかの感情を抱くほど、彼女のことを知っているわけではないのだから。

とはいえふたたび彼女と目が合うと、ブレントは体を流れる血液の温度が数度あがったのを意識した。

「もっとも、あなたが今日の冒険譚を秘密にしておけば」彼女は目をきらめかせて言った。「彼には絶対にわからないと思うわ」

ブレントはまた笑った。今回は心の底から――長いあいだ笑いを感じることのなかった場所からわきでた笑いだった。「まったく、おてんばな娘だな」

「あら、そんなこと言わないで」

彼女は長くて濃い睫毛をはためかせ、赤子のように無邪気な表情を浮かべてみせた。

「でも……」彼に身を寄せ、声をひそめて言う「あなたにもう一度招待を受ける気持ちがあるなら、わたし、今日の午後したような初歩的なものではないジャンプを披露して差しあげるわ」

「もう一度勝負しようというのかい?」

彼女は体を起こし、値踏みするようにブレントを見つめた。「あなたって、いつも喜んで挑戦に応じる方に見えるけど」

「きみは、いつも人をけしかけて楽しむおてんば娘に見える」

彼女は笑った。「あたりよ」

ないわ」

繊細な眉が持ちあがる。「レガリアのこと？　もちろん。でなければ公平な勝負とは言え

ブレントはうなずいた。「同じ馬で走るかい？」

「いいわ。明日はどうかしら」

「なら、受けて立とう」

ブレントは従僕が差しだしたトレイからグラスをふたつとり、ひとつを彼女に渡した。

彼女はほほ笑み、礼を言ってグラスを受けとると、口元に持っていってひと口飲んだ。

ブレントの胃のあたりに居座っていたしこりが下腹部のほうへと下がっていった。あの唇に口づけをしたらどんな感じだろうか、とふと思う。

「フェリングスダウンは、きみが彼のアラブ馬に乗ることを気にしないのかい？」

「ええ、気にしないわ。好きな馬に乗っていいと言われてるの」

「ずいぶん親しいんだな。彼があのすばらしいアラブ馬の一頭に他人を乗らせるところなど想像できないよ」

「ええ、もちろん親しいわ。とても仲がいいの。わたしがあの馬たちを大事に扱うと信じてくれている。だって彼と同じくらい、あの馬たちを愛しているんだもの」

またしても不愉快な感情がブレントの胸に押し寄せた。今度はその感情に名前を与えるのを避けようとも思わなかった。自分はハリソンに嫉妬している。

これまでブレントは、馬への情熱をわかちあえる女性などこの世にいないものと決めてか

かっていた。ところがいま、同じ情熱を持つうえに、かつて目にしたこともないほど美しい女性が、手をのばせば届くところに座っている。

なのに、ハリソンのほうが先に彼女と出会っていたとは。

「先ほど乗っていたのがご自分の馬なら、あなたもさぞ立派な厩舎をお持ちなんでしょうね」

ブレントはほほ笑まずにはいられなかった。「あれは自分の馬だし、厩舎もある。チャーフィールドにはもう十二頭ばかり美しいアラブ馬を持っているよ」

「十二頭?」彼女は両眉をつりあげた。「信じられないわ。ハリソンがザ・ダウンに持っているのとほとんど同じ頭数ね」

〝ハリソン〟

ブレントの胃が締めつけられた。彼女がパーティの主催者の話をしたときに覚えた感情が嫉妬であるということにわずかな疑問があったとしても、いまやすべて消えてなくなった。彼女がフェリングスダウン侯爵の名を気安く口にするのを耳にしたいまは。

「この三月、ダンザが雌の子馬を産んで十二頭になった。子馬の名前はゼンナとつけた」

「母親と同じ斑紋がある?」

ブレントは思わずほほ笑んだ。馬の話題に関心を示してくれることがうれしくてならない。

「ああ。額に同じ白い十字の斑がある。ただ、あまりにみんながかわいがるんで、人を乗せて走れるようになる前にだめになってしまうんじゃないかと、それが心配でね」

彼女はかぶりを振った。「アラブ馬は甘やかされたからといってだめになることはないわ。愛情を注げば注ぐほど、献身的に尽くしてくれるのよ。愛された馬は、あなたのためにどこまでも走ってくれるわ」

あらためて彼女への感嘆の念に打たれ、ブレントは椅子に座り直した。理想の女性が目の前にいるというのに、この先二週間、ハリソンの引きこもりの妹に求愛するふりなどできるだろうか。この美しい女性に身も心も奪われているというのに、ほかの女性に目を向けられるのか？「きみはどうしてそんなに馬に詳しいんだい？」

「子供のころから馬に囲まれて育ってきたと言ったでしょう」

「ああ、そう言ったね。それできみのお父上がザ・ダウンに雇われているのだとばかり思ってしまった」

彼女は声をあげて笑った。

ああ、笑い声も魅惑的だ。

聞く者の心を引きつけてうっとりさせる。

「たしかに少々誤解を招く服装だったわね。ハリソンにいつも言われるわ。乗馬のときは農民みたいな格好をしてるって。でも、見た目より快適さで服を選んだほうが馬に乗りやすいでしょう」

「フェリングスダウン卿とは長いつきあいのようだね」

「ええ、ずっと昔からのね」

心臓に杭を打たれたようだった。こんなすばらしい女性とかねてからの知りあいだとしたら、どうしてハリソンは彼女と結婚しないのだろう。愛人ということはあるまい。ハリソンがレディ・カサンドラ・ウェバリー以外の女性と噂になったことはない。それも彼女が、レイザントン侯爵と結婚して彼を捨てる前の話だ。いや、だからといって彼が愛人を囲っている可能性がないということにはならないが。田舎に住まわせ、ロンドンには連れてこないだけということもありうる。

ブレントは言いようのない怒りを感じていた。つまらない取引に縛られていなければ、あのハリソンに彼女を正妻として迎えるよう要求するところだ。でなかったら、みずから結婚を申しこむか。

そんなことを考えて彼はむせそうになった。いったい全体なにを考えている？　名前すら知らないくせに、どうやって彼女を助けるつもりだ？

心のなかでかぶりを振り、ブレントは彼女を見やった。彼女のほうも真剣な表情でこちらを見つめている。

「なに？」彼女は不思議そうに、少しだけ眉を寄せた。

ブレントは緊張を解いてほほ笑んだ。「まだ名前も聞いていないと、ふと思っただけさ」

彼女は笑った。「きちんと紹介も受けていないのに男性と会話をはじめているなんて、たいていの人はわたしのことをレディとしてのたしなみに欠けると思うでしょうね」

「では、早くそのささやかな問題を片づけてしまったほうがいい。ぼくはチャーフィールド伯爵ブレンタン・モンゴメリーだ。きみは？」

彼女はためらった。名前を明かすべきかどうか迷っているようだ。たぶん、ハリソンとの道ならぬ関係を説明したくないのだろう。

ハリソンと親密な関係にあると打ち明けられても決して反応を示すまいと、ブレントは心に誓った。

彼女はいかにも残念そうにため息をついてから口を開いた。「わたしは――」

「ここにいたのか、チャーフィールド」ハリソン・プレスコットの深い声が背後から聞こえてきた。「さっそく、この客間でいちばん美しいレディに目をつけたようだな。紹介は受けたのか？」

「いや、いまその最中だった」

「なら、ぼくに紹介させてくれ」

美しいレディは頭をわずかにのけぞらせ、ハリソンにあたたかな気の置けない笑みを向けた。侯爵が彼女の肩にわがもの顔で手を置く。その手を払ってやりたい衝動を抑え、ブレントはほほ笑んで紹介の言葉を待った。

「エリー、こちらにいるのがチャーフィールド伯爵ブレンタン・モンゴメリーだ。チャーフィールド、この若く美しい女性はレディ・エリッサ・プレスコット……ぼくの妹だ」

ブレントは足元の床が抜けたように感じ、さっきまで座っていた椅子に手をついて体を支えた。

妹？

ハリソンは彼女を妹と呼んだ。

ブレントは喜びのあまり叫びだしたいくらいだった。神に感謝の祈りを捧げたい。こんな機会を与えてくれたハリソンにありがとうと言いたい。

だがそれよりなにより、レディ・エリッサ・プレスコットに腕をまわし、彼女が自分の想像したような立場にないと知ってどれほどうれしいか、伝えたかった。そのとき——。

ハリソンとの契約条件がまぶしいほどくっきりと脳裏によみがえってきた。その一。この二週間、ブレントはレディ・エリッサの完璧なエスコート役をつとめなくてはならない。

彼はほほ笑んだ。むずかしいことではない。

その二。彼女の評判や心に傷をつけるようなことはいっさいしてはならない。

笑みが消えた。ふっくらとみずみずしい唇を見つめ、あの唇に口づけできないとは拷問だと思った。たった一度のキスすら許されないとは。

その三。なにより重要なことだ。彼女がブレントに恋することはあってはならない。

ブレントの顔から、わずかに残っていた笑みも消えた。ハリソンが提示した条件を満たせる自信はなかった。

エル・ソリダーの血を引く子馬のためであっても。

5

彼に知られてしまった。

ハリソンに紹介を受けたあとの彼の顔を、エリーは見まいとした。けれども視線を引きはがすことができなかった。

満面の笑みが見ていてつらくなるほどゆっくりと消えていき、驚きと動揺が同時にその顔に浮かびあがった。

彼がどんな女性を予想していたかはわからない。いぼやほくろだらけの、言葉にできないほど醜い顔を想像していたのか。プレスコット家が上流社会にふさわしくないとして田舎に閉じこめた、やたらとわめき散らす気のふれた女か。いや、ひょっとすると……。

真実を聞いていただけなのかもしれない。

エリーはごくりと唾をのんだ。完全でない人間の相手をすることに耐えられなくなった貴族はチャーフィールド伯爵がはじめてではない。たいていの人は逃げだす口実として、たまたま通りがかった人に話しかける必要があるふりをする。

彼はまだ、エリーの障害を目にしてもいないのだが。

胸が重苦しくなり、エリーはいつものように心の防御を固めた。わが身を痛みから守る術なら知っている。幾度となく使ってきた。

あからさまに顎をつんとあげ、彼はいったいどんなせりふを使って逃げだそうとするのだろうと思いながら答えを待った。

「お、お会いできて光栄です、レディ・エリッサ」チャーフィールド伯爵はまるで若い女性に紹介されるのは生まれてはじめてというような、ぎこちない口調で言った。

「いや、失礼」それから、人よりは多少すばやい立ち直りを見せて続けた。「フェリングスダウン侯爵にこんな美しい妹さんがいるとは知らなかった」

チャーフィールド伯爵は振り返ってハリソンをまともに見た。その視線は、彼らのあいだになにか誤解があったことを物語っているようだった。

「世のなかはうまくできてるな、ハリソン。きみが短所をすべて受け継いだおかげで、妹さんには目を見張るような美貌が与えられたわけだ」

ハリソンは上機嫌で笑ってみせた。「学校でいっしょだったときから変わっていないな」妹を見おろし、片方の目をつぶってみせる。「気をつけろ、エリー。チャーフィールドは恐ろしく口がうまい。学校での最後の年、山羊が厨房で食料を食い散らかしてるのが見つかったんだが、こいつ、山羊は自力でそこにもぐりこんだだけじゃなく、扉を閉め、鍵をかけたんだとあと少しで校長に信じさせるところだったんだ。幸いにして卒業も間近だったんで、なんとか放校されずにすんだんだが」

「あのささいな騒動にかかわっていたのはぼくだけじゃないぞ、フェリングスダウン」

エリーは信じられないというまなざしを兄に向けた。「あなたもなの、ハリソン?」

「まさか。ぼくはそんなむちゃくちゃなことはしないさ」

「彼の言うとおりだよ、レディ・エリッサ。実のところ、ぼくを含めた数人の学生は彼に大いに借りがある。校長室で何時間もぼくらの弁護をしてくれたんだから」

「全部、山羊のせいにしたの？」

「いいや。あと数週間で卒業の予定だったんだ。チャーフィールドやほかの連中を学期途中で退学にしたところで、翌年になれば彼らはほぼ確実にまた入学してくると説いたのさ。となると、学校側はまた幾度となくこの種のいたずらに悩まされることになるだろうってね。いっそ卒業させて厄介払いしたほうがいいと校長を説得するのは、さしてむずかしくなかったよ」

「つまり、単なる協力者ということね。ほっとしたわ。お兄さまがほんとうにそんな悪事にかかわったのかと心配しちゃった」

「一本とられたな」ハリソンのむっとした顔を見て、チャーフィールド伯爵は笑いながら言った。

「エリーにはだれもかなわないんだ。きみにもじきわかる」

「そうなのか？」伯爵は両眉をつりあげた。

「わたしだってつらい毎日を送っているのよ、チャーフィールド伯爵」彼女はいかにも弱々しく手を額にあててみせた。「なにかといばり散らす四人の兄弟に対抗しなくてはならないんだもの。苦労すると、ある種の能力が研ぎ澄まされるというのはたしかだと思うわ」

「同情するよ。それに大いに感服する」

ハリソンが両手をあげた。「今晩はひどい言われようだな。ぼくはもう退散するよ」ふたりから一歩離れ、それからふと足を止めると、彼は真顔になって伯爵を見た。「エリーを食堂までエスコートしてくれるかな？」

「もちろん、喜んで」

エリーは愕然とした。そして、恐慌状態に陥った。ハリソンが障害を持つ妹を他人に――ましてやそばにいるだけで彼女の胸を高鳴らせるような男性に託すなど、ふだんなら考えられないことだ。チャーフィールド伯爵のような人とはなるたけ距離を置いたほうがいい。手をとられて一歩足を踏みだしたとき、彼の目に哀れみと嫌悪が浮かぶところだけは見たくない。

「その必要はないわ、ハリソン。ジョージがエスコートしてくれるはずだから」

ハリソンは部屋の反対の隅のほうへ頭を傾けた。双子の兄は美しいブロンドのレディと熱心に話しこんでいる。「ジョージはレディ・ブリアンナ・ソーントンを同伴するつもりだと思う。すっかりご執心のようだからね」

エリーは兄の視線を追った。「じゃあ、ジュールズが――」

「ジュールズはミス・アメリア・ヘイスティングスと会話がはずんでいるようだ。邪魔をするのは忍びない。あんなに若くてきれいなレディなんだから。スペンスはといえば……」彼女が口を挟もうとするのを制して、ハリソンは片方の手をあげた。「レディ・ハンナ・ブラムウェルをエスコートする約束をしている。彼女には会ったかい？」

エリーは首を振った。

「ぜひとも会ってみるべきだよ。実にかわいらしい女性だ」

エリーはなにも言えなかった。ハリソンはどうしてこんな仕打ちをするのだろう。今夜は兄弟のだれかが相手をしてくれると、エリーが期待していたことはわかっているはずだ。チャーフィールド伯爵にエスコートされるとなれば、人の注目を集めることは目に見えている。彼は祝典で打ちあげられる花火並みに人目を引くのだから。

この客間でいちばんハンサムな男性といっしょにいて、どうしたら目立たずにいられるだろう。食堂で隣に座るとなったら、何時間も彼と会話を続けなくてはいけないのだ。そんなの、とても耐えられそうにない。

エリーは膝のうえで手を握りあわせた。彼の隣に座ることが苦痛なわけではない。話をすることも。彼は家族と同じくらい話しやすい人だし、実を言えば、彼をもっと深く知ることができると思うと楽しみですらある。

さらに手をきつく握る。耐えられないと思うのは客間から食堂までの長い道のりだ。チャーフィールド伯爵が自分の不規則な足取りを感じていると知りながら、その隣を歩くのは拷問さながらの苦しみだろう。完璧な人のそばにいるといつも感じてしまう当惑と屈辱を隠しきれる自信がない。

伯爵ほど肉体的に完璧な人間はいないのだから。

ハリソンに目で必死に訴えながら、エリーは伯爵のエスコートを断る口実を思いつきはしないかと考えを巡らせた。なにも思いつかなかった。そして、その機会もなかった。執事のフィッツヒューが現れ、晩餐の準備ができたと告げたのだ。エリーはパニックに襲われた。顔に出すまいとしたが、ハリソンが彼女の目に浮かぶ不安に気づいたのはまちがいなかった。

「立つのに手を貸そう」ハリソンが言ってソファの横にまわりこむと、リリアンが目につかないよう置いておいた杖をとりだした。

選択の余地はなかった。エリーは立ちあがれるよう体を前に移動させた。ソファの縁まで来ると、ハリソンが差しだしてくれた腕に両手を置き、いいほうの足に体重をかけて体を引きあげた。バランスがとれたところでハリソンが杖を渡してくれる。

エリーのなかにあったわずかな自信も消え失せた。頬が真っ赤になっているのがわかり、彼女は足元の見慣れたカーペットの模様をじっと見つめた。

「きみが妹をエスコートしてくれるなら」ハリソンは彼女の手を自分の腕からチャーフィールド伯爵の腕に置き換えて言った。「ぼくはほかの客を案内できるんだが」

「もちろん、ぼくがエスコートするよ」チャーフィールド伯爵が答えるのが聞こえたが、エリーは彼の顔を見る勇気がなかった。

心臓がどくどくと打っている。こうなることはわかっていた――いずれは彼に見苦しい姿を見られることになると。椅子から立ちあがるときのぶざまな動作や、移動する際のぎこちない足取りも知られてしまう。それでももう少し先延ばしにできると思っていた。今宵ひと晩くらいは不自由な体をつぶさに見られることなく、ただ彼を眺めていられるかもしれないと思っていたのだ。

最後にもう一度訴えるようにハリソンを見あげた。妹がいかに困惑しているかに気づき、兄が気を変えてくれることを祈って。だがハリソンの表情を目にした瞬間、口にしようと思っていた言葉がすべて頭から吹き飛んだ。

ハリソンは体をこわばらせて立ち、こぶしを固め、顎の筋肉がぴくぴくするくらいきつく歯を食いしばっていた。顔からはすっかり血の気が引いている。

その表情が憤りに満ちていることに気づき、エリーは兄の視線を追って部屋の反対側に目をやった。ハリソンが険しいまなざしで睨んでいる人物は開いたドアの前に立っていた。以前会ったときと同じ、息をのむような美しさをたたえて。

凍りつくような緊張感が客間にみなぎった。

エリーはふたたびハリソンに視線を移し、この状況にふさわしい言葉を探した。だが、兄の声がそれを制した。

「いったいどこのだれが彼女を招待したんだ？」

ハリソン・プレスコットの客間に足を踏み入れるということは、レイザントトン侯爵夫人カサンドラ・ウェバリーにとって、想像以上に勇気のいることだった。ハリソンが怖いわけではない。彼の反応も気にはならない。彼がどう思うか、どうするかを考えながら行動したのは遠い昔のことだ。ただ、ハリソンと同じ空間にいるのはいたたまれなかった。

もっともカサンドラ――キャシーがここにいたくないのと同じくらい、ハリソンも彼女にここにいてほしくないと思っているのはわかる。それで、いくらか気が楽になった。彼の驚きと抑えようもない憤りの表情が本物なら、彼のほんとうの胸のうちを示しているのなら、少なくとも突然の訪問で優位に立つことには成功したと考えていいだろう。彼女はささやかな勝利に喜びを噛みしめた。

ふたりとも、じっと立ったままだった。客間にいる全員がはじめにキャシーを見つめ、ついでハリソンに視線を移した。そのあいだキャシーは落ち着いた態度を保っていたが、彼が挨拶のために近づいてこないまま一秒、また一秒と過ぎていくと、心臓の鼓動が速くなるのが自分でもわかった。

やがてハリソンの唇が動いた。

彼がなんと言ったか気づき、キャシーは笑いだしそうになった。ほかのだれにも聞こえなかったにせよ、彼女にははっきりと読みとれた。

〝いったいどこのだれが彼女を招待したんだ?〟

意地の悪い喜びが胸の奥からわきあがる。

キャシーはにっこりとほほ笑んでその場にとどまり、彼のほうから行動を起こすのを待った。ここで踵を返し、彼に恥をかかせることができたらどんなにいいかと思う。けれども、そういうわけにはいかなかった。

招待状を受けとって、すぐあとに短い手紙が届いたのだ。その内容に目を通したキャシーは、フェリングスダウンのサマーパーティに出席するしかないと覚悟を決めた。なんとかしてこの二週間をやり過ごさなくては。でないと、すべてを失うはめになるかもしれない。

さらに数秒間、ふたりの視線はからみあったままだった。キャシーはより唇の端を持ちあげ、挑戦的な笑みを浮かべた。礼儀を重んじる彼のことだ。招待客を迎えざるをえないだろう。前回は助けに来てくれなかったけれど、あれは個人的な問題だった。いまは公の場だ。ハリソンは家族や友人の前で明らかに作法に反する行いはしないはずだ。

ゆっくりと眉をつりあげて頭を傾けた。いつまで無視するつもりかと問いかけるように。エリーがハリソンの腕に片方の手を置いてなにかささやいている。キャシーには聞きとれなかったが、なんにせよ、彼の顎の筋肉がこわばった。最後に剣呑なまなざしでじろりとこちらを睨むと、やがて顔に笑みを張りつけて客のほうを向いた。

「さて、みなさん、晩餐の用意が整いました。ジョージ、お客さまを食堂にご案内してくれ」

キャシーは一歩脇に寄り、食堂に向かう客たちが通り過ぎるのを待った。だれもが会釈や笑み、または歓迎の言葉で迎えてくれた。夫と腕をからめて歩くペイシェンスとリリアンには特別注意を払ったが、ふたりの表情に不自然なところは見あたらなかった。

エリーが最後に客間を出た。それも珍しいことではない。彼女は自分のぎこちない歩き方を気にしていて、人の先頭に立って歩くことはめったにない。いつもあとからついていく。エリーの表情を見ても、彼女が招待状を送った人物かどうかは判断できなかった。その顔に浮かんでいるのは当惑だけだった。

とびきりハンサムな伯爵に腕をとられ、エリーが気おくれを感じているのがキャシーにはわかった。

こんな状況でなかったら、友人に同情して助けに駆けつけるところだ。しかし、今夜ばかりはそんな余裕などない。ハリソンをやりこめるために精神力のすべてを注ぎこまなくてはならないいまは。捨てられた仕返しをする日を四年間も待っていたのだ。こんな機会はまたとないにちがいない。

最後の客が出ていくと、キャシーはハリソンに視線を戻した。彼は肩を怒らせ、いらだたしげに彼女のほうへ一歩近づいた。

「ここでなにをしてる?」

その声に歓迎の響きはまったくなく、キャシーはそれで満足だった。ハリソンが彼女の存在を苦痛に感じているならいるほど、辛辣な言葉で彼に致命傷を与えることもたやすくなる。明日以降はひたすらこちらを避けようとするだろう。

この二週間、できるだけ自分にかまわないでくれること。キャシーが彼に望むのはそれだけだった。

「こんばんは、ハリソン」冷ややかな口調が許すかぎり心のこもった挨拶をした。

「どうしてここにいる？」

「招待を受けたからよ」

「だれから？」

嘲りのこもった笑みをそう見えることを祈りつつ彼に向ける。「あなたからかと思っていたのだけれど」

「そんなはずはないことくらいわかっているはずだ」

彼の口調は鋭く、内心の怒りの深さを感じさせた。「ええ、わかっていいはずだったわね。それはともかく、わたしは招待を受けたから来たのよ」

「なら、お互いのために帰ってくれないか」

「いやだと言ったら、わたしを屋敷から放りだすつもり？」

ハリソンはためらってから答えた。「そんなことはさせないでもらえるとありがたい」

キャシーは彼の険しい視線をさらに数秒間受けとめた。内心は胸が引き裂かれるようで、彼の脇をすり抜け、玄関扉から飛びだしていきたい衝動と闘っていたのだけれど。くるりと背を向け、そのまま二度とハリソンの顔を見ずにすんだらどれほど楽だろう。しかし、それはできなかった。今回ばかりは選択の余地はない。

深く息を吸って胸を張った。「わたしはこのパーティに招待されたの。これが招待状よ。あなたがどう思おうと関係ないわ。あなたがここにいることをあなたがどう思おうと関係ないわ。あなたにはなんの権限もないんですもの。脅されたり、追いだされたりするのはごめんだわ」

ハリソンの深く豊かな色をたたえたブラウンの瞳がほとんど黒に見える。キャシーはかつて、数ある彼の魅力のなかでも優しさに満ちたブラウンの瞳をことさら愛していた。しかし今夜、そこには一片のあたたかみもなかった。親愛の情や歓待の気持ちに輝いてもいない。今夜はただ、激しい怒りを宿しているだけだ。怒りというより――。

憎悪。その瞳はまさに憎悪に燃えていた。彼にそんな感情を持つ権利はないはずなのに。捨てられたのはキャシーのほう。いちばん彼を必要としたときに拒絶されたのは彼女のほうなのだから。その記憶に決意を新たにする。つんと顎をあげ、挑戦的に肩を持ちあげた。

「なら、残るといい、レディ・レイザントン。ぼくはどちらでもかまわない」

そう言うと、ハリソンは踵を返して扉に向かった。

「わたしを置き去りにするの？　エスコートなしで食堂まで行けということ？」

彼は足を止めた。さらに肩を怒らせ――そんなことが可能であれば――むっとしたように大きく息を吐く。キャシーの背筋をぞくっと震えが走った。

ハリソンは向きを変えて彼女のほうへ戻った。「いや」そう答えると、わずかに唇の端を持ちあげ、優しさのかけらもない冷ややかな笑みを浮かべる。キャシーは全身に冷気を吹きこまれたような気がした。そのつくり笑いから感じられるのは憎しみと敵意だけ。それと、彼女があえて名づけたくない、ある感情だけだった。

「きみは置き去りにされて当然の女だが、ぼくはそんな卑しい真似はしない。そもそも嘘の達人と張りあったところでかないっこないとわかっている」

彼の言葉はおそらく意図したとおり、頬を平手打ちにされたような痛みをキャシーに与えた。「そうね」相手を小ばかにしたような横柄な口調でやり返す。「見捨てるのがあなたのやり方ですもの」

「ぼくを責めてるのか？」

キャシーは笑おうとした。「まさか。清廉潔白なフェリングスダウン侯爵が、社交界で非難の的になっている人間を擁護するなんてはなから期待していないもの。結局のところ、未来のシェリダン公爵家が完璧でないものを受け入れるなんてだれも思っていないわ」

「きみに完璧さを期待したことなどない」ハリソンは鋭い口調でぴしゃりと言った。「大事なのはきみの愛だけだった。それと誠実さ。だが、きみにはそのどちらもなかった。そうだろう、レディ・レイザントン？」

キャシーは彼の顔からもったいぶった表情をはぎとりたかった。かつて全身全霊で愛した男性を残し、足音荒く客間を出ていきたかった。息子のいるわが家に帰り、フェリングスダウン侯爵ハリソン・プレスコットのことを二度と思いだしたくなかった。けれどもそういうわけにはいかない。

ハリソンが腕を差しだしてきたので、キャシーはその上着の袖に手を置くしかなかった。彼の言葉に傷ついたことは悟られないよう祈りながら。

いまにも涙があふれそうなことにも気づかれないよう祈りながら。

6

エリーの心臓は狂ったように激しく打っていて、チャーフィールド伯爵にもその鼓動が聞こえているにちがいないだろう。もっとも、聞こえていたとしても彼は顔に出さなかった。ハリソンがエリーを立たせ、杖を渡したときにも露骨に驚いた顔はしなかった。

なにより意外だったのは、障害者のエスコート役を押しつけられたと知っても、まるで不快感を示さなかったことだ。

状況にどう対応していいかわからず、エリーは下唇を噛んだ。ハリソンとキャシーのことも心配でならない。今晩を、この先二週間を切り抜けられるかわからなくなってきた。

いつものように、兄弟のうち、少なくともひとりは彼女を見守ってくれている。一分と目を離すことはない。双子の妹たちですら、必要なときには手を貸すつもりだと目顔で語っている。

チャーフィールド伯爵は包囲されたように感じているだろう。この調子では、二週間、同じことが繰り返されるのではないかと不安におののいているにちがいない。障害を持つ妹を押しつけられるために、自分はこのパーティに招かれたのかと考えてもおかしくはない。

エリーは頬がかっと熱くなるのを感じた。この最初の晩餐がすんだらもうエスコートは必要ないと告げて、彼を安心させてあげなくては。このままはめられ、結婚させられるかもしれないと彼が思っているとしたら耐えられない。できることなら、晩餐がはじまる前に伝えておきたい。この夜をいくらかでも心穏やかに過ごすためにも。

キャシーとハリソンがいる客間のほうを肩越しに振り返った。まだ出てくる気配はなく、エリーはほっとした。言うべきことを言う時間はありそうだ。

「ひと晩中、ぼくが会話を主導しなくちゃならないのかな？　それとも、そうやって黙ってるのはいまだけ？」

エリーは驚いて息をのみ、食堂に向かう長い廊下の真ん中で足を止めた。一度目をしばたたいて彼を見あげる。

伯爵はほほ笑んでいた。

「なにか？」

「美しい小さな頭のなかをなにが駆け巡っているのか知りたいと思っただけさ。すっかり黙りこくっているが、きみが無口なたちでないことはわかっているからね」

エリーは深く息を吸った。「あなたの言うとおり、わたしは無口とはほど遠いわ」

「では、なにをそんなに気に病んでいるか教えてくれないか？　レディ・レイザントンのことかい？」

「レディ・レイザントン？」

「彼女が現れたときのきみのお兄さんの反応には、だれだって気づいただろう」

「彼女がここにいることにひどく驚いたせいよ」

「驚いた？　レイザントンの領地はザ・ダウンの東側に隣接しているはずだ。よく行き来するんじゃないのか？」

エリーがすぐに答えずにいると、チャーフィールド伯爵は壁に寄りかかり、ゆったりとした姿勢で腕を組んだ。「結婚したあと、レディ・レイザントンがここを訪れたのは今回がはじめてということかい？」

「ええ」エリーは小声で答えた。「彼女、去年一年間は喪に服していたし」

「レイザントン卿は病気で亡くなったと聞いたが」

「そうなの」

「とはいっても、きみのお兄さんが彼女を見てあれほど動揺した理由がやはりわからないな」彼の眉間の皺がさらに深くなる。

チャーフィールド伯爵に隠しごとはできないようだ。エリーは観念した。「みんな、キャシーとハリソンは結婚するものと思っていたの。だけど、そうはならなかったから……」

「そうか。そういえば、きみのお兄さんの名前がよく結婚前のレディ・レイザントンと結びつけられて噂になっていたな。ところが、彼女は突然別の男性と結婚してしまった」

「ええ。でも、それは――」

「彼女の名前が招待客リストに載ってたんで意外に思ったよ」

エリーはごくりと唾をのんだ。伯爵に信じてもらえそうな理由を思いつく前に彼の唇の端が持ちあがり、やがて笑い声があがった。

「彼は知らなかったんだな」

エリーは背筋をこわばらせた。「ザ・ダウンでパーティを開くことはめったにないの。だから、レディ・レイザントンを招待することもなくて」

エリーは杖に体重をかけた。どうして今回はキャシーが招待されたのか、どうして兄と親友のあいだに激しい確執があるのかを、彼に説明する必要があるとは思えない。それでもエリーはあとを続けた。「なにがあったかはわたしも知らないの。ただ、キャシーとハリソンは円満に別れたとは言えないわ。おつきあいしているあいだはとても幸せそうだった。それだけに――」

「なにか事件でもあって、彼女は突然レイザントン卿と結婚した」

エリーはうなずいた。「あっという間のできごとだったわ。ついさっきまでハリソンと将来の計画を立てていたと思ったら、次の瞬間、彼女はほかの男性と結婚していたの」

チャーフィールド伯爵が壁から体を起こした。「で、きみはふたりのよりを戻すことはできないかと考えているわけだ」

「ハリソンがいようがいまいが、親友にはいつでも訪ねてきてほしいと思ってるだけ」

「レディ・レイザントンが客間に現れたときのハリソンの反応を見ただろう。よりが戻ると思うかい?」

見こみはかぎりなく無に近いだろう。そう思っていることが表情に出ていないようエリーは願った。「二週間あるのよ。それだけ時間があればいろいろなことが起こりうるわ」

伯爵はほほ笑んだ。「たしかにそうだな。二週間もあればいろいろなことが起こる」

　エリーの心臓が跳ねあがる。その言葉がどれほど真実を突いているか、チャーフィールド伯爵本人は気づいていない。二週間もあればいろいろなことが起こる。だからこそ、彼とはできるだけ距離を置かなくてはいけないのだ。彼に対して感じているいまのこの気持ちは、いずれ厄介な問題を引き起こすにちがいないのだから。

　そう、どんなことが起こるかわからない。気持ちを抑えなければ、心の傷を追うはめになるのは目に見えている。

　エリーは閉じたドアのほうを振り返った。

「ふたりきりにしておくとよからぬことが起きそうで心配かい？」

「殺し合いでもはじめそうな顔をしていたもの」

「そこまでするとは思えないが」

「だといいけど」エリーは彼の目をじっと見つめた。「もうひとつ話しておきたいことがあるの」どう切りだそうか悩みつつ、彼女は下唇を噛んだ。

「大切な話のようだね」彼の口調が変わった。

「ええ」

　チャーフィールド伯爵は胸の前で腕を組んだまま、顔を彼女のほうに向けた。そのせいで、上質な仕立ての高価な上着に広い肩がくっきり浮かびあがった。これほどまでに完璧な堂々たる体は見たことがなかった。四人の兄弟も立派な体格をしているし、いままでは彼らのことを、イングランド中でもっともハンサムな男性たちだと思っていた。

　エリーは彼の顔をまともに見つめるという過ちを犯した。

　思わずごくりと唾をのむ。彼の顔は日に焼け、髪は濃いコーヒー色。目は夏の空のように鮮やかなブルーだ。

　力強く端正な顔立ちを表現する言葉を心のなかで探した。だが、頭に浮かんだのは――美しいのひとことだけだ。

　胸がうずいた。ロンドンを訪れたときのおぞましい記憶が一気によみがえる。障害を持つ人間とかかわることで評判に傷をつけたくないと思うデビュッタント（社交界にデビューする女性）たちの辛辣な言葉が、いまも耳に残っている。社交界でいちばん望ましい男性を射とめようと必死に競いあっているとき、女性はとことん残酷になれるのだと知った。

　しかしそれ以上に傷ついたのは、幾度となく男性たちに拒絶されたことだった。当時のエリーは、出会う男性はみんな、兄弟たちと同じように自分の不自由な体を受け入れてくれるものと無邪気に信じていたのだ。

　だが、そうではなかった。正反対の真実に直面させられた。

　結局のところ容姿がすべてなのだ。美は美を引きつけ、完璧な肉体を持たない者は持てあまし者と見なされる。

　はじめはハリソンもジョージも、自分たちが招待された催しにエリーも連れていこうとした。けれども、障害を持つ妹がついてくるかもしれないとわかると、招待状の数はみるみる減っていった。

そして、どこへ行っても噂の的にされた。

最初のうちは聞こえないふりをしていた。貧乏くじを引かされ、彼女の相手をするはめになった気の毒な男性を盗み見る人々の視線にも気づかないふりをした。たいがいの場合、エスコート役を押しつけられるのは、その場でいちばん容姿の劣る男性だった。

チャーフィールド伯爵のような目を見張るほどハンサムな男性であることは決してなかった。

エリーは肩をこわばらせ、勇気を失う前に言わなくてはならない言葉を一気に口にした。

「謝りたいの。ハリソンがあなたにわたしを押しつけるつもりだとは思わなかったから」

伯爵はいぶかしげに目を細めた。

エリーはつんと顎をあげ、ためらう余地を自分に与えることなくあとを続けた。「二週間、何度かわたしたちふたりが組にされることになるかもしれないけれど、わかっていてほしいの。わたしとしては、もう一度あなたに相手をしてもらうことは期待していないって」

彼の表情が険しくなり、瞳からもあたたかみが消えた。しばらくのあいだ彼はなにも言わなかったが、やがて背中で手を組むと、広い肩をさらに広げて深く息を吸った。

「きみがなんの話をしてるのかわからないふりをして、きみの、そして自分の知性を侮辱するような真似はしない。はっきり言おう。きみは軽く足を引きずっている。しかし、だからといって移動するのに大きな支障があるようには見えないし、馬を操ることに関してはまったく問題がないのは明らかだ。それどころか、きみほどみごとに馬を操る女性ははじめて見たよ。だから、そんなささいな肉体的欠陥のせいで、ぼくがきみへの見方を変えると考えることのほうが不思議でならない」

彼の言葉を素直に喜ぶべきなのはわかっていた。喜べたときもあった。だが、それははるか昔のことだ。いまはそんなうわべだけの優しさにいらつくばかりだった。

「これまでずっとそういう経験をしてきたからよ。ロンドンでひとシーズンを過ごしたときのことだけれど、わたしが杖をつきながらよたよた入っていくと、いつもみんな逃げるように部屋を出ていったわ」

「きみはよたよたなどしていないじゃないか」

「そして、みんな目をそらすの。わたしの存在に気づかないふりができるように」

「ぼくは目をそらしてなどいない。きみに気づいたし、きみに惹かれている」

エリーは象牙でできた杖の柄をぎゅっと握った。「やめて。わたしは自分の将来をとうに受け入れているのだから」

彼が小首をかしげた。「どういう将来だ？」

エリーは答えなかった。自分の思い描く将来は彼に話したいようなものではない。それを言うならだれにも話したくない。

幸い、答える必要はなくなった。客間のドアが勢いよく開き、ハリソンが廊下に出てきたのだ。見るからにいらだった足取りで。レディ・レイザントンの腕をとってはいるが、その表情からして、彼女と歩くのはできたら避けたいと思っているのは明白だった。

チャーフィールド伯爵が一歩前に出た。「これで会話は終わりだ、レディ・エリッサ」

エリーは目をぱちくりさせた。これ以上エスコート役はしなくていいという彼女の申し出を、彼は自分の人間性を試す試験と受けとったのだろうか。値踏みされていると勘ちがいし、完璧であろうとしているのか。

「さっきああ言ったのは虚勢じゃないのよ、伯爵。あなたの正義感を試したわけじゃないの」

「そんなことは思っていないさ」彼はいくらか口調をやわらげた。「ただ、ずいぶんと見くびられたものだとは思っている」

「わたしは――」

伯爵は指を一本あげて彼女の言葉を制すると、廊下をこちらに向かってくるハリソンとキャシーのほうへ顔を向けた。「ふたりとも楽しそうとは言えないな」

エリーはうなずいた。

「晩餐のあいだ会話がはずむようはからうのは、なかなか骨が折れるだろう」

ハリソンは独身なので、当然ながら女主人の役割はエリーにまわってくる。ハリソンの額に刻まれた深い皺がそのまま胸のうちを物語っているなら、このひと晩で彼から明るい話題を引きだせる見こみは薄そうだった。

「ぼくの挑戦を受けて、もう一度今日の午後のようなレースをすると約束してくれるなら、ぼくは食事中できるかぎり愛想よく振る舞って、会話が円滑に流れるようきみに協力するよ。どうだい？」

エリーは思わずほほ笑んだ。ほんとうなら背伸びをして彼の頰にキスし、うれしいわとささやきかけたいところだった。ふとわれに返り、そんなことを考えた自分を叱咤する。

「ありがとう」そのせいか、生真面目すぎる口調になった。「そうしてもらえると助かるわ。でも、挑戦を受けたのは今度のレースで絶対に勝つつもりだからよ。今日一日、戦略を練っていたんだから」

彼は頭をのけぞらせて笑った。その自然で屈託のない笑い声を聞いて、エリーの胸に熱いものがこみあげた。と同時に、ハリソンの鋭い視線が飛んできた。

「食堂に入らないのか？」そう言って、キャシーとともにふたりの前を通り過ぎる。

「あなたを待ったほうがいいかと思ったのよ、ハリソン」チャーフィールド伯爵の腕に手を戻しながらエリーは言った。

「殺人に発展するんじゃないかと心配だったか？」兄が肩越しに振り返ってきいた。

「そんなこともちらりと考えたわ」

ハリソンは気の弱い人間なら心臓が止まりそうな険悪なまなざしで妹を睨んだ。エリーはキャシーに励ますような笑みを向け、ふたりのあとから食堂に入った。

夢のなかでは、チャーフィールド伯爵のようなハンサムな男性に手を引かれているとき、エリーは健常者に戻っていた。足を引きずっていることは、はためにはほとんどわからない。

けれどもそれは夢のなかの話で、実際の足取りはぎこちなく、足が不自由なことはだれの目にも明らかだった。

夢に手が届くかもしれないなどと考えてはいけない――ままならない体がそうはっきり告げている。夢が現実になることなど金輪際ないのだ。

キャシーからハリソンへ、そして伯爵へと視線を移す。興味深い二週間になりそうだ。チャーフィールド伯爵の登場は予想外だったけれど、それ以外は計画どおりに進んでいる。


ハリソンは長いテーブルについた招待客を左側の手前から順繰りに見まわした。視線が一巡して右側の手前に戻る。ただし、隣に座る女性だけは素通りして。彼女をまともに見つめる心の準備はできていなかった。四年前にレイザントン侯爵夫人となってから、彼女に会うのは今夜がはじめてなのだ。

彼のもとを離れてほんの数時間後、キャシーがレイザントンのベッドにいるところを見つかったあの夜以来、顔を見るのも話すのもこれがはじめてだ。

殺人の予行演習でもするように――エリーは本気で心配していたようだが――蒸し煮にした牛肉にフォークを突き刺した。キャシーが厚かましくもこの屋敷に現れたことが、それだけでなく逗留するつもりでいることが信じられなかった。

もう一度招待客を見まわし、きょうだいたちに短いあいだ目をやる。彼らのひとりがキャシーを招待したのだ。だれにせよ、完全にしてやられた。

全身にひんやりしたものを感じ、今度はクリームソースであえた茹でじゃがいもにフォークを突き刺そうとした。ところが的をはずし、じゃがいもは上質な磁器の皿を滑ってわずかに持ちあがった縁を乗り越え、金メッキを施したへりから転がり落ちた。そして、白いテーブルクロスのうえの空のワイングラスの横に着地した。

キャシーは亡き夫の従兄弟であり、ただひとりの身内であるジェレミー・ウェバリーとの会話に熱中しているようだったが、話の途中でふと言葉を切った。そしてこみあげる笑いを抑えようともせず、近くにいた従僕に合図をしてその耳元でなにかささやいた。従僕はサイドボードに駆け寄ると、ワインのデカンタを手に戻ってきて、ハリソンのグラスにワインを注いだ。

「もっとお飲みになるなら、ご自分で使用人に合図なさるといいわ、フェリングスダウン侯爵」アスパラガスを優美な口にひと切れ放りこみ、咀嚼をはじめる。「グラスに向けて料理を飛ばす必要はなくってよ」

ハリソンはあらんかぎりの敵意をこめて彼女を睨むと、注がれたワインをあおった。テーブルについている全員が面白そうなことになりそうだとばかりにこちらを見ている。しかしチャーフィールド伯爵だけは別で、エリーから目を離せずにいた。

ロンドン一悪名高い放蕩者とエリーが打ち解けたようすで話しているのを見ると、架空の恋人を忘れさせるために彼を招待した自分の判断が正しかったのかどうか、ハリソンは自信がなくなってきた。

もうひと口ワインを飲み、チャーフィールドにいま一度契約条件を確認しようと心に決める。彼を招待したのはエリーを傷つけないためだ。さらに大きな危険にさらすためではない。ハリソンはワインの残りを一気に飲み干すと、グラスをテーブルに置いた。

周囲では会話がはずんでいた。テーブルの反対端でひときわ大きな笑い声があがったのでそちらを見ると、パーネストン公爵の話にみな大いに盛りあがっていた。テーブルの真ん中あたりでジョージとスペンスがレディ・ブリアンナやレディ・ハンナ、ほか数人と熱心に話しこんでいる。

そこから少し離れた席ではジュールズがアメリア・ヘイスティングスに、そして、なんにせよ彼女の選んだ話題に魅了されているようだった。

弟たちから目を離さないこと、とハリソンは心のなかに書きとめた。彼らが招待客リストに加えてくれと頼んできたのはいずれもきちんとした女性たちだったが、真剣な交際に発展するとなると、いまのハリソンには対処するだけの余裕がない。なにしろキャシーが登場したことで、自分自身が問題を抱えこんでしまったのだ。主人役失格だ。そう思うと、彼はさらにいらだちが募った。

ありがたいことに会話が途絶えた際には、エリーか双子のどちらかが助け舟を出してくれた。

意外にもチャーフィールド伯爵も貢献してくれた。この手の集まりに慣れた彼の自然な態度が、エリーを安心させているようだった。客が到着した最初の晩とは思えないくらい積極的に会話に参加している。このパーティを機に彼女がもっと人前に出るようになればいいが、とハリソンは思った。

レイザントン侯爵夫人がすべてをぶち壊さなければ。

「先週グローバーで行われた競馬には行きましたか、フェリングスダウン？」ジェレミー・ウェバリーがきいてきた。彼は隣人というだけでなく、故レイザントン侯爵がそうだったようにジョージの親しい友人でもあった。

ハリソンはわれに返って答えた。「いや、もうこちらに戻っていたので。なかなか見ものだったとか」

「それはかなり控えめないい方ですね。今年最高のレースを見逃がしたことはまちがいない。ロジャー・ウィルクスはロシアで購入したアラブ馬の実力を披露したくてたまらないようでしたし、もちろん、マッテンワース秘蔵のサラブレッドも出走しました。あれだけ力の拮抗した二頭の勝負というのもめったにないでしょう」

ウェバリーはエリーの隣に座っているチャーフィールド伯爵に声をかけた。「あなたはいらっしゃいましたね？」

「馬が走り終えるときには、危うく踏みつぶされそうになるくらいゴール間際にいましたよ。実に興奮した」

「ダウニングの競走馬はだれもが最高だと言う……いや、もちろんあなたとフェリングスダウン卿の馬の次にということですが」ウェバリーはハリソンからチャーフィールド伯爵に視線を移し、ついでレディ・レイザントンを見た。全員が彼の視線を追う。「きみは従兄弟のアラブ馬をまだ持っているのかい？　それとももう売ってしまった？」

キャシーはワインを飲もうとして手を止め、グラスをテーブルに戻した。「まだ飼っているわ」

「記憶が正しければ、あの雌のアラブ馬は名馬ルブレットの血を引いているときみのご主人のエヴェレットが言っていたそうだが」ウェバリーは彼女のほうに身を寄せ、とびきりの笑みを浮かべてみせた。「ぼくが買うから手放さないか？　従兄弟なんだから、レイザントン家にはとどまることになるわけだし」

ウェバリーの申し出を吟味しているらしいキャシーをみなが見守った。「そうね、妥当な申し出なら。エヴェレットの馬をずっと持っている必要はないもの」

ハリソンは説明のしようがない感情に襲われた。怒りだろうか。それとも嫉妬か。「ブリガドーを売るのか？」思わず口を挟んでいた。「きみの愛する夫は、あのアラブ馬を特別大切にしていた。そういうものを手放すのはつらいものなんじゃないのか？」

キャシーの顔からみるみる血の気が引いていった。いまの発言が痛いところを突いたのだろう。だが、彼女はこう切り返してきた。

「亡き夫がブリガドーを溺愛していなかったと言ったら嘘になるわ。でも、わたしはどうしても愛情を持てなかった。かつて友人に見捨てられた苦い思い出があるせいで、馬に関係するものは――ことにアラブ馬には嫌悪しか感じられないの」

ハリソンは血が凍りつくような感じを覚えた。キャシーは彼が厩舎に案内するまで、馬を一頭一頭区別することもできなかった。競走馬の世界を教えたのはハリソンであり、彼女は彼の競争馬をひと目見たとたん恋に落ちたのだった。彼に恋に落ちたように。なのにいまは馬のすべてを嫌悪しているという。

「では売ってしまったほうがいい」ハリソンは言ったが、苦い口調になるのはどうしようもなかった。

キャシーはワインをひと口飲み、グラスを置いてハリソンを見た。視線をからめたまま親指と人差し指のあいだでグラスの脚をゆっくりとまわす。「そうね。不愉快な思い出は捨ててしまうにかぎるもの」

ハリソンは目をそらそうとしたが、体が凍りついたようにしばしのあいだ首を動かすこともできなかった。彼女が放った刃物のごとく鋭い言葉を受け流せなかった。気が遠くなるほど長い時間が過ぎた。実際にはほんの数秒のことだったのだろうが。

彼女の意図はわかっている。長い服喪期間のあと、社交界復帰の第一歩としてここに来たのだ。未亡人――レイザントン侯爵夫人という身分で今後は公の場に出るつもりであることを人々に知らしめるために。

そして四年前、彼の夢をすべて閉ざし、なにもかもを奪ったことなど忘れたかのようにこの屋敷に乗りこんできた。あえてこのパーティを最初の外出に選び、コケにされた過去を彼に思いださせた。

彼女のほうは忘れることもできるだろう。だが、こちらは人生をめちゃくちゃにされたのだ。もう一度同じ目に遭うつもりはない。「なら屋敷も売ったらどうだ？　買いたいという人はいるんだろう」

そう言い放つとハリソンは料理をひたすら食べることに集中し、ウェバリーがキャシーに熱い視線を注いでいるのも、キャシーがあたたかな笑みでそれに応えているのも気づいていないふりをした。

二度めの夫か愛人を探しにここに来たのなら、ウェバリーとつきあえばいい。彼女がだれを選ぼうと関係ない。それがハリソン本人でないかぎり。

キャシーはいまだ美しく、ベッドをともにしたいという男性を見つけるのに苦労はしまい。レイザントンと暮らした日々は幸せだったのだろう。濃いグリーンの瞳の周囲に陰があるのは、一年前に夫を亡くして以来はじめて公の場に出て緊張しているからだ。

内側から輝くようなほほ笑みが曇って見えるとしたら、それは照明のせいか、愛する夫を亡くした悲しい記憶のせいに決まっている。

だが彼女がもし、四年前にしたようにハリソンの心をまた打ち砕けると思っているのなら、それは大きなまちがいだ。彼女を失った苦しみをもう一度味わうくらいなら、亡き夫の従兄弟だろうがだれだろうが、ほしがる人間に彼女をくれてやる。

ハリソンはパーティの主催者という役割に意識を集中させ、人々の会話をはずませることにつとめた。エリーはチャーフィールドと意気投合しているようだ。それを喜ぶべきなのだろう。この分だと、内緒の恋人を忘れさせるという計画はうまくいきそうだ。

エリーが心に傷を負うことなく、パーティを終えられればいいと思う。同じように、自分も無事、この二週間を切り抜けられればありがたい。

だが、ハリソンはすでに、そうはいかない予感がしていた。

7

食事がすむと女性たちはざわざわと立ちあがり、ペイシェンスとリリアンのあとについて食堂の数部屋奥にある客間に向かった。男性陣もあとから合流することになるのだが、いまのところは食堂に残って上等のブランデーを片方の手に、ザ・ダウンでの狩猟で期待される豊かな収穫について語りあうことになった。

解放されてエリーは心からほっとした。ハリソンとキャシーのあいだを流れる空気は、頑健な泳ぎ手すら足をとられるのではないかと思うほど重たかったし、それだけでなく、チャーフィールド伯爵が食事のあいだあれこれ気を使ってくれるのもいささか息苦しかった。

ふだんなら、兄弟のだれかが必要とあらばそばに来て手を貸してくれる。だが、晩餐のあいだはみんな客のもてなしに没頭していて、エリーのことまで気がまわらないようだった。結局、彼女を会話に引きこんでくれたのはチャーフィールド伯爵であり、従僕に合図をしてワインのお代わりを注がせてくれたのも、女性たちが退出するときに立ちあがらせてくれたのも彼だった。エリーとしては生まれてこのかた、これほど自分を不器用に感じたことはなかった。

座ったり立ったりするのはいつもことさらぎこちない動きになる。しかし、チャーフィールド伯爵はその見苦しい姿に気づいたそぶりすら見せなかった。エリーがやっとの思いで立ちあがったときには、体のバランスをとるのに少し時間がかかることを知っているかのように、しばらくその場で待った。そして、にっこりとほほ笑んで杖を渡してくれた。その笑みを見て、彼女の全身を熱いものが駆け巡った。

エリーは歩をゆるめ、ほかのレディたちを先に行かせた。食事中、伯爵が示してくれた細やかな心配りにエリーはどぎまぎし、胸の奥深くがときめくのを感じた。

彼があれほど気持ちのいい話し相手だとは思わなかった。障害をあれほどさりげなく無視してくれる人だとも思わなかった。エリー自身、男性といてあれほどくつろげたのははじめてだ。彼のそばにいるだけで胸が高鳴った。

だからこそ怖いのだ。

チャーフィールド伯爵はエリーに静かな傍観者でいることを許さなかった。人の輪に参加し、その中心となることを求めた。それがエリーには恐ろしかった。

背筋に冷たい震えが走る。エリーはレディたちのあとについて客間に入る代わりに、ハリソンがザ・ダウンに滞在するとき書斎として使う部屋に足を踏み入れた。そして屋敷の端から端までひと続きになっているテラスに出る。ひとりで考える時間が必要だ。自分の感情を整理し、この先どうするのがいちばんいいか、心を決める時間が。

伯爵は、エリーがいままで経験したことのない感情をその胸のうちに呼び覚ましてしまう。

ほかの女性たちはすでに知っているであろう喜びを味わいたい——そんな気持ちにさせられたのははじめてだった。普通の女性が夢見る未来が自分にもあったらどんなだろう、と考えたのも。そんな幸せとは無縁なのだとあきらめてきたから。

父の財産には目を輝かせる男性でも、彼女には一片の関心も示さないのが普通だった。だからこそ、名も知らない人との文通があれほど楽しみで、想像上の恋人に長いあいだ手紙を書き続けた。会う約束をすることもなく。

会うことは不可能だと知っていたから。

エリーは庭を眺めながら、ランタンの明かりに照らされたテラスを歩いた。彼女の障害を気にしないふりをすることで、チャーフィールド伯爵はなにを得ようとしているのだろう。

持参金ではあるまい。伯爵はイングランド一裕福な独身男性と言われているらしいから、公爵の娘と結婚して、ロンドン社交界における存在価値をあげようとしているとも思えない。放蕩者という烙印がいささか評判に傷をつけているとはいえ、彼はいまでも社交界で最高の花婿候補と目されている。その理由は明快だ。

出会って一日も経っていないのに、エリー自身すでに彼の端正な顔立ちと愛すべき人柄にすっかり魅了されているのだから。彼は知的で機知に富み、話す話題にしても決してほかの男性のような退屈に感じさせられる内容ではなかった。ペイシェンスやリリアンから聞いていた、レディを訪問する男性が話すような内容とはまるでちがっていた。

チャーフィールド伯爵がもっとも関心のある話題は馬とハリソンの厩舎だったが、それだけでなく、たとえば彼女がどうやって一日を過ごしているかを聞きたがった。ザ・ダウンを切り盛りすることにはとんどの時間を割いていると言うと彼は心から感心し、興味をかきたてられたようすだった。

そして、さまざまな質問を投げてきた。ハリソンが晩餐を終わらせなければ、ふたりは何時間でも話を続けられたはずだ。

石造りの手すりに軽く腰をのせ、ひんやりした夜風を体に受けた。楽しい晩餐会だった。生まれてはじめてここで送っている人生以上のものがほしいと思った。生まれてはじめて一抹の寂しさを覚え、チャーフィールド伯爵のような楽しく話ができる相手がいたらどんなにいいかと考えた。自分が知らずにいたものが——男性からしか得られないものが——この世にはあるのだと気づいた。

ほんとうなら、いまこそ警戒を強めなくてはいけないのだ。かなわぬ夢を抱いて傷つくのは自分だと、ロンドン社交界での悲惨な経験から学んだ。また同じつらさを味わうのはごめんだ。

深く息を吸った。ぽっかりあいた胸のなかに空気が流れこんできて苦しくなるほど。理性の声は、彼といっしょにいればいるほど危険も増すのだと叫んでいる。その声は正しい。このあとどうすべきかはわかっている。今夜はもう休むことにしたとことづてるのだ。簡単に寝つけるとは思えないし、夢にもあの人が現れるに決まっているけれど、夢なら現実よりは安全だ。

自室に戻ろうと向きを変え、一歩踏みだしたところで足を止めた。

チャーフィールド伯爵が物陰からこちらを見ていた。

暗がりの石壁にさりげなく寄りかかって、手にしたグラスからワインを飲んでいる。もう片方の手にふたつめのグラスを掲げて。

「ワインはどうだい？」彼は近づいてくるとグラスを差しだした。

「いつからそこにいたの？」エリーはグラスを受けとり、口元に持っていった。

「眺めを楽しんでいたのさ」

「もう暗いわ。なにも見えないでしょう」

チャーフィールド伯爵がほほ笑んだ。「見るべきものはある」

エリーはごくりと唾をのんだ。まったく。お世辞のつもりなのだろうか。

鼓動が速くなり、手が震える。緊張していることが彼に伝わらないよう、エリーは祈った。

「きみのお兄さんはすばらしい酒をそろえてるな」伯爵も手すりに腰をのせてきた。

距離が近すぎる。あまりに近すぎる。

いいえ、もっと近くてもいいくらい。

「あの貯蔵庫はわたしのものなの」エリーは答え、彼の仰天した顔に噴きだしそうになった。

「フェリングスダウンもだけれど」

チャーフィールド伯爵はほほ笑んだ。「驚いたな、レディ・エリッサ。当然のことながらぼくは――」

「名称からして、フェリングスダウンは長子相続されるものと思ったでしょう」彼女はあとを続けた。「ところがそうではないの。フェリングスダウンは何世代にもわたってうちの一族のもので、必ず長男が相続しなくてはならないわけではないから、父が気前よく、一代かぎりということで正式にわたしに譲渡してくれたの」

チャーフィールド伯爵は彼女の顔から目を離さず、またゆっくりとワインを飲んだ。

「領地をきみに譲るというのは父上の思いつきなのかい？　それともきみの？」

「わたしのよ」

「現実的なんだな」彼は平らな手すりにグラスを置いた。

「母には自立心が旺盛だとよく言われるわ。旺盛すぎるって」

「そう言われてどう思う？」

エリーは思わずくすりと笑った。「そのとおりなんでしょうね。自分ひとりの力で生きていくというのは、昔からわたしにとってとても大切なことなの」

「厳しい闘いだったんじゃないか？　手ごわい相手に囲まれて」

ふたりが立っているテラスの隅はじゅうぶんな明るさがあるとは言えなかった。それでもときおり雲の隙間から月が顔を出し、空を照らす。その機会をとらえ、エリーは彼の顔をじっくり観察した。「あなたがなんのことを言っているのかよくわからないのだけど」

「きみの家族さ」

エリーはほほ笑んだ。「なるほどね」

伯爵はまたグラスをとりあげてひと口すすった。「兄弟たちがきみの一挙手一投足に目を配っているのは、だれの目にも明らかだった。きみが立ちあがろうと椅子の前のほうに体をずらすと、すかさず四人全員がこちらを向いた。きみがぼくの手助けを拒否しないと確信するまで、みないつでも駆けつけられるよう待機しているのがはっきりとわかったよ」

彼の笑みが広がる。「合図ひとつできみをとり囲んだだろうな」

エリーは彼のまなざしを受けとめようとしたが、できなかった。「わたしは幸せ者ね。思いやりのある兄弟がいてくれて」

「いつもあんな感じなのかい？」

エリーは暗闇に沈む庭に目をやった。実際にはなにも見えなかったが、咲き誇る花々の鮮やかな色が見えているかのように見渡した。今夜はあれでも珍しく放っておかれたほうだとは言えない。ふだんなら、ひよこを世話する親鳥さながら、かたときもそばを離れないのだとも。

杖の柄を持つ手に力をこめた。なぜ四人の兄弟がそれほどエリーを大事にしているのか、その理由を明かしたところで彼の同情心をかきたてることになるだけだ。やめておいたほうがいい。「みんな、わたしだってちゃんと自分のことは自分でできるというのを、ときどき忘れてしまうみたいなの」

「で、たまにはそれを思いださせてやらなくてはと思っているわけだ」

「たぶんね」エリーはほほ笑んだ。

チャーフィールド伯爵は少しのあいだじっと彼女を見つめていたが、やがていまの言葉が本音かどうかを確かめるように言った。「ぼくと庭を散歩しないか？」

エリーは驚いたように彼の目を見た。「できないわ」

「足のせい？　歩くと痛むのかい？」

エリーはかぶりを振った。「いいえ」

「長くは歩かないと約束するよ。疲れたら、ベンチでも見つけてしばらく休めばいい」

エリーはほかの言い訳を探した。「あなたとふたりきりで庭に出るのは不適切だわ」

「ふたりきりにはならないさ。ぼくらがテラスに出て間もなく、きみの兄弟たちがそれぞれ一度は窓からこちらのようすを確かめたにちがいないし、庭に出たらまただれかがすぐぼくらを捜しに来るだろう。四人のうちのだれが来ると思う？」

エリーが肩越しに振り返ると、ちょうどスペンスが窓から離れて男性たちの輪に加わったところだった。いつもこんな調子なのだ。

胸がぎゅっと締めつけられた。エリーももう二十七歳になる。なのに兄弟たちは、いまでも十一歳の少女であるかのように彼女を守り、あの事件をなかったことにできたらと願っているのだ。

顔をあげ、彼の瞳を見つめた。「ジョージ」

「なんだって？」

「最初に捜しに来るのはたぶんジョージよ。彼とは双子のきょうだいで、わたしたちのあいだには言葉では説明できない絆があるの。彼が来るわ」

「なら、心配することはなにもない。さあ行こう」

エリーはためらった。が、それもほんの一瞬だった。月明かりに照らされた庭をハンサムな男性と連れだって歩くというのがかねてからの夢だったのだ。イングランド中探しても、チャーフィールド伯爵ほどハンサムな男性はほかにいない。

彼が腕を差しだし、エリーはちらっとその腕を見て身を引いた。

「手をとってくれる必要はないわ。わたしと並んで歩くのは楽ではないはずよ」

「ぼくのエスコートはすばらしいと評判なんだが」

彼はどんなときにもその場にふさわしい完璧なせりふを言う。頭のなかで警報が鳴り響いているにもかかわらず、エリーは気持ちがふっとなごむのを感じた。彼は女性という女性に同じ影響を与えるのだろうか。それを自覚しているのだろうか。そうに決まっている。でなければ、あんな評判が立つはずがない。

やはりこの人は、徹底的に警戒しなくてはならない相手なのだ。

差しだされた腕をとることなく伯爵から離れ、滑らかな石造りのテラスを横切って進んだ。階段までたどり着くと、手すりにつかまって体を支えながら一段一段おりた。彼がそのあとに続く。

「どうしてもぼくの手は借りたくない？」

丸石敷きの小道を歩きながら彼が言った。

「自分のことは自分でできるもの」

「それでもたいがいの女性は、男の手助けを受け入れるものだよ。男に、自分は役立つ人間だと思わせるために」

「ただの見栄と認めるの？」

「見栄とはまたちがう。女性を助けることは男の自信につながるのさ」

エリーは笑った。「わたしは四人の兄弟と育ったけれど、自分に自信を持たない男性はひとりもいないわ」

「そうかな？」

兄弟たちがあの不幸な日に起きたことを埋めあわせるために払ってきた多くの犠牲を、エリーは思った。それでもチャーフィールド伯爵と彼らをいっしょにはできない。伯爵はなんの重荷も背負っていないのだから。

「ぼくだって自分に自信がないと言ったら？」

「まったく信じられないわ」

「またそんなことを、レディ・エリッサ。言っておくが、男ならだれでも女性の前で格好をつけたいものだし、そうする機会を必要としているものなんだ」

エリーは歩みを止めた。「あなたもわたしの前で格好をつけようとしているの？」

「そりゃそうさ」

「どうして？」

「関心を引きたい相手だからだろうな」

また警戒警報が鳴り響く。そんな嘘は言ってほしくない。エリーは彼のほうに向き直った。

「なにが目的？」

「ぼくに下心があるとでも思っているのかい？」

「もちろんよ。なにがほしいの？」

「きみの友達になりたいだけさ。この先二週間、きみのパートナーであることを楽しみ、きみにも楽しんでもらいたいと思ってる」

エリーは彼を見あげた。胸にあたたかなものがあふれだし、理性が発する警告を押し流した。無防備になり、ふだんは手厳しく自分を叱咤するはずの小さな声も突如やんでしまった。そして、もっと野性に近いささやきが聞こえてきた――この人には心を許しても大丈夫、そんなに自立にこだわらなくてもいいではないか。

「ぼくを信頼してもいいという気になったかな？」

エリーは差しだされた手を見つめた。兄弟以外の人の手をとって歩くことになったのは今夜二度め。自分以外の人間を頼ることになったのも二度めだ。

うながすような彼の表情に切実なものが宿っているのを見て、エリーはゆっくりと手を持ちあげて筋肉質な腕にそっと手を置いた。

「後悔はさせないよ」伯爵は自分が彼女の信頼を勝ち得たことを承知しているかのように言った。

ふたりは屋敷を離れ、庭の奥へと向かった。

不思議なくらい歩調がぴたりと合った。兄弟たち――ハリソンやジョージでもこうはいかないというくらいに。

右手に杖を持ち、左手に彼のたくましい腕を感じていると、エリーは自分が足を引きずっていることを忘れてしまいそうになった。どこも悪いところなどない、魅力的な女性なのだと思いこむことさえできそうだった。

ひとつの小道から、また別の道を進む。これ以上すてきな夜は想像できないくらいだ。しばらく歩いたあと、チャーフィールド伯爵は道のあちこちにある小さな石のベンチのひとつにエリーを座らせた。実をいえば、休む場所としてベンチは必要ない。彼女はかなり健脚だ。それでも庭を眺め、本を読むために腰かけることはよくあった。

伯爵も隣に座った。

「きみはまだちゃんとぼくの質問に答えてないな。家族から自立することが、きみにとってどうしてそんなに大事なんだい？　女性だから？」

ここまで単刀直入にきかれたのははじめてだ。「そうよ。わたしは結婚していないし、人のお荷物になるのがいやだから」

「きいていいかな？」彼がふいにいままでより親密な口調になる。「きみはどうして結婚しないんだ？」

警戒心が一気に頭をもたげた。本気できいているのだろうか？　それともからかっているのか？　やはり彼もこれまで出会った男性たちとなんら変わりはないのだと思い、エリーは腹だたしくなった。「結婚したくないからよ。独身でいる理由なんてほかにあるかしら」

振り返ってまともに彼と向きあうと、大柄なたくましい体がすぐ目の前にあった。しかしエリーはひるまなかった。彼女は決してひるんだりはしない。「チャーフィールド家の後継ぎをもうけるという義務はあなたにとって大切ではないの？　あなたくらいの年になれば、完璧な伯爵夫人を見つけて子供部屋を用意していてもおかしくないんじゃないかしら。貴族の男性というのはそういうことを期待されているのではないの？」

激しく反論してくるかと思いきや、彼は声をあげて笑った。

「まいったな」おかしくてたまらないという顔で彼女を見る。「世間から見れば、ぼくらはふたりとも結婚する義務がある。シェリダン公爵の長女であるきみも、チャーフィールド伯爵であるぼくも。もっとも、ぼくが結婚しない理由はきわめて単純だ。弟がいて、その義務を肩替わりしてくれた。すでに息子が三人いる。いまでは四人になっているかもしれない。親愛なる義理の妹はいま慎重を要する状態で、いつ生まれてもおかしくないと言われているからね」

「自分の息子がほしいとは思わないの？」

エリーには信じられなかった。爵位を持つ人間はだれでも後継ぎをほしがっている。

「チャーフィールド家の後継ぎをもうけることに異存はないんだが、それに伴う犠牲を払う気になれなくてね」

「犠牲ってなんのこと?」

「結婚さ」彼は吐き捨てるように答えた。悪態を口にしたかのように。

「結婚したくないの?」

伯爵は立ちあがってエリーから一歩離れた。向きを変えて月明かりが照らすだけの暗闇を見つめ、背中で手を組む。「うちの両親を知っているかい?」

「お会いしたことはないわ」

「噂には聞いているわけだ」

エリーは頬が赤らむのを感じ、狼狽した顔を彼に見られなくてよかったと思った。家族はロンドンから帰ってくるたび、彼の両親の噂を仕入れてくる。エリーは話を聞くにつけ、夫婦が互いをそこまでおとしめあうものかと驚くばかりだった。「社交界って噂に尾ひれをつけるものでしょう。だから――」

チャーフィールド伯爵は苦笑して彼女の言葉をさえぎった。「残念ながら、きみがぼくの両親について聞いた話は尾ひれをつけるまでもないことばかりだ。ふたりは公然と口喧嘩をすることで有名だし、互いに相手を裏切っていることも周知の事実だ。どちらも言うことやすることには、ひとつの目的しかないんだよ。相手をどれだけ苦しめ、はずかしめるかという」

「愛によらない結婚もたくさんあると思うわ」

「それでも、わざわざ不仲ぶりを世間に宣伝する夫婦はそういないだろう」

「だからあなたは結婚しないの？」

長いこと彼は答えなかった。だが口を開いたとき、その声には理解しがたい響きが含まれていた。

伯爵はベンチに戻ってエリーの隣に腰かけた。「きみに話したいんだが、これはだれにも話したことのないものだ。ぼくは結婚自体を拒否しているわけではなく、妻を持つほうがなにかといいというのもわかっている。ただ、結婚するなら、だれかと恋に落ち、その結果として結婚したいんだ」

「これまでにだれかと恋に落ちたことはないの？」

口にした瞬間、その言葉を押し戻したくなった。しかし、もう遅かった。

「ない」

エリーは息をのんだ。知らないほうがよかった。彼がこれまで恋をしたことがないなんて。結婚をきわめて神聖なものと受けとめていることも。そういう点でも、やはり完璧な人間だということも。

彼と結婚する女性は、きっと同じように完璧な人なのだろう。

自分のような欠陥だらけの人間ではなく。

「どうして話してくれたの？」

チャーフィールド伯爵はほほ笑んだ。「わからない。たぶん、きみを信用しているからだろう。そろそろ人に話してもいいと思ったからかもしれないし、単にきみに知っておいてほしかったからかもしれない」

エリーは地図のない、未知の世界に放りこまれたように感じた。そこでは自分が安全なのかどうかすらわからない。すばやく周囲に壁をつくる。危険を感じたときにいつも逃げこむ堅固な壁だ。「わたしに打ち明ける分には問題ないわ。実を言えば、そんなことまできいたつもりはなかったのだけど」

「そうなのかい？」

「ええ」

ほんとうならこの場に彼を置き去りにして立ち去りたかったが、そうはできなかった。そこまで唐突な真似や、なにも感じなかったふりはできなかった。「でも、打ち明けてくれてうれしいわ」

彼はほほ笑み、雲間からのぞく月を見あげた。「ぼくもうれしい」

エリーは血がマグマのように熱く全身の血管を流れていくのを感じた。

伯爵が振り返ってこちらを見た。端正な顔に笑みを浮かべたままで。

「ぼくもうれしいよ」ささやくような声で繰り返し、身をかがめると、そっと唇を合わせてきた。

その唇は引きしまっていてあたたかで、上質なワインと言葉にできないなにかの味がした。エリーにとってははじめてのキスだ。キスがこれほど激しい衝撃を伴うとは夢にも思っていなかった。

いきなり空を引き裂く稲妻に打たれたような感じだった。血がどくどくと血管を流れる音が、重い鐘の音のように耳元で鈍く響いた。そして熱く……。

燃えさかる火に近づきすぎたときのように頬が熱くなる。胸の外に飛びだしていってしまうのではないかと思うくらい、心臓が激しく打っていた。

熱い感情があふれんばかりにわきたち、エリーは手を持ちあげないようスカートのひだをぎゅっとつかんだ。ほんとうなら彼の首に腕をまわし、抱き寄せたくてたまらなかった。そして、二度と離したくなかった。

「エリー？」

唇が離れるとエリーははっと息をのみ、もう一度彼を引き寄せたい衝動と闘った。

「エリー？」

「きみを呼んでる」チャーフィールド伯爵の声は低くかすれていた。

「あれは……ジョージだわ」体を離しながらエリーは言った。

たったいまなにが起きたのか、自分でもよくわからなかった。唐突にキスをされた。ショックのあまり困惑して当然なのに、内心ではもう一度キスしてほしいと願っている。

「ああ、そう、ジョージだ」

「屋敷のなかへ戻らなくちゃ」

彼女が立ちあがろうとベンチの端に体をずらすと、チャーフィールド伯爵はさっと立ちあがって彼女を見守った。

「答えたほうがいい。でないと、兄弟全員がきみを捜しに庭に駆けこんできそうだ」

エリーはうなずいた。「ここよ、ジョージ」できるかぎりふだんと変わらない声音で答える。

「エリー？」

「立てるかい？」チャーフィールド伯爵が腕を差しだした。

エリーはその腕を見つめた。多少なりとも優雅に立ちあがるためには、その腕につかまらなくてはならない。けれども、またしても彼にふれることになると思うと恐ろしかった。ふれることが怖いのではない。ふれることで心をかき乱されるのが怖いのだ。そばにいるだけで、心をかき乱されるように。

キスに、そしてキスによって引き起こされる感情に心をかき乱されるように。

ひとりになる時間が必要だ。状況を整理し、自分をとり戻す時間が。

悪い病気にでもやられたのかもしれない。

だが、彼の腕に手をのせた瞬間、いま自分の身に起きたことはこれまでかかったどんな病気よりたちが悪いものだと、エリーははっきり悟った。

はるかにたちの悪いものだと。

8

ブレントはダンザを全速力で走らせた。

約束どおり、レディ・エリッサは彼がこれまで走ったことのないほど難度の高いコースを選んできた。

目の前の草地には木立が広がっており、彼女の詳細な説明によると、まずは高台の先に並ぶ低い茂みを過ぎ、丘のふもとを流れる細い小川を越え、続いて急勾配の坂をのぼり、ふたたび平らな場所に出る。開けた草地の反対端にあるどっしりとしたカエデの木がゴールだ。

ほんの一瞬、ブレントはレディ・エリッサに勝ちを譲ろうかと思った。だが、相手の顔に浮かぶ断固とした表情と決意に燃える瞳を見て、ここで彼女を優位に立たせるわけにはいかないと悟った。

右に目をやる。二頭はほとんど馬首を並べて走っていた。彼女は熟練した騎手だ。上体を低くして巨大なアラブ馬を完全に制御している。これほどみごとに馬を操る人間には――男であろうと女であろうと――出会ったことがない。だからはっきり言える。

決してレディ・エリッサに勝たせてはならない。

馬をせかして速度を速め、わずかに先頭に出た。このレースはどちらの馬が速いかではない。馬術の勝負――戦略の勝負だ。

口づけをしたときのレディ・エリッサの目には困惑と、そして不安の色がありありと見えた。昨晩がはじめてのキスだったのはまちがいない。体を離したときの表情からして、彼女は自身の体を駆け抜けた感情が理解できずにいるようだった。

それを言うならブレントも同じだったが。

不安に駆られたのなら、レディ・エリッサはおそらく心を守る防壁をさらに高くし、他人の侵入をはばもうとするだろう。この勝負に勝たせたら、彼女はその防壁をより強化して、彼の手の届かないところに引っこんでしまうかもしれない。

そう思い、ブレントは決意も新たに勝つことに意識を集中させた。

最初の茂みを相手のひと足先に飛び越え、ふたつめも完璧な跳躍で通過した。彼女の馬とはたっぷり一秒の差がついている。厩舎に戻ったら、ダンザにカラスムギをひと束おまけしてやろうとブレントは心に誓った。

小川も軽々と飛び越える。だが、レディ・エリッサの馬も同様だった。蹄の音が近くなったように感じた。

その先の丘はレディ・エリッサが言ったとおりの急斜面だった。彼女の馬は、鼻息がブレントの首筋にかかるほど迫ってきていた。右を見ると彼女がすぐ隣を走っている。騎手がレース中によく見せる、決意を秘めた真剣な表情で。そう、負けることなど考えられないといった顔だ。

けれども、ブレントにとって、彼女の負けは負けではなかった。引き分けだ。

ふたりが同じ場所に立つということだ。

ダンザに斜面を駆けあがらせる。頂上まで行けばあとは平地で、そこを突っきったらレースは終わりだ。

それにしても、レディ・エリッサはすばらしい。たいがいの騎手ならこの地点ですでにばてているだろう。ところが、彼女はろくに息も切らしていない。

ダンザが坂をのぼりきった。肺から勢いよく息を吐きだしながら最後の追いこみにかかる。頂上に広がる平地にたどり着くと、たったいま体力の限界まで走りこんだとは思えないほど爆発的な勢いで疾走をはじめた。

二頭はほとんど横並びだ。騎手のほうも勝者となるべく、持てるすべてを注ぎこんで馬を走らせた。

ブレントはダンザの首にかがみこむようにして、アラブ馬が持つとされる秘めた力がいまこそ発揮されるよう祈った。そして、ダンザはその祈りに応えた。

愛馬はまさに風のごとく飛び、レディ・エリッサのわずか一秒前にどっしりとしたカエデの木に到着した。僅差ではあったが、どちらが勝者かは明白だった。

手綱を引いて彼女の隣に馬を止めた。大声で叫びたかった。〝きみは昨日に劣らずすばらしい〟実際には、彼女のほうを向いてひとこと言った。「実にすばらしかった」

ほんとうは声をあげて笑いたかった。叫びたかった。手をのばし、彼女を抱きしめたかった。

「あなたもよ」レディ・エリッサの顔は喜びに輝いていた。「あなたの馬はわたしのレガリアに劣らず優秀ね。いい勝負だったわ」

その口調には怒りも、嫉妬も、悔しさもなかった。ただあるのは称賛の響きだけだった。それと、興奮だけ。

激しい運動と興奮から、レディ・エリッサの頬が濃い薔薇色に染まっていた。髪は後ろに引っつめ、濃いグリーンのリボンを結んであったが、きちっと押さえておこうという彼女の意思に反して赤褐色のおくれ毛が顔をふんわりと縁取っていた。

だが、なにより印象的なのはその瞳だ。疲労困憊しているはずなのに、まなざしはきらきらと輝きを放ち、もう一度レースを挑んだら受けて立つだろうと思わせるほどだった。

これほどまでに生き生きとして生気にあふれた人は見たことがない、とブレントは思った。

「ぼくがきみを勝たせなかったんで、がっかりしていないといいが」

そのときはじめて、レディ・エリッサの瞳に歓喜以外のものがきらめいた。

「わたしが勝って当然と思っていたというの？　勝たせてもらって喜んだと思う？」

「そんなことは思っていないさ」彼は笑いながら言った。「だからこそ、ぼくにとってはこの勝負に勝つことがとても重要だった」

「重要？　どうして重要なの？」彼女は不思議そうに眉間に皺を寄せた。

「負けたら、ぼくへの評価がぐっと落ちるだろうと思ったからさ」

彼女が驚いた顔になる。「わたし、そんなことであなたへの評価を変えたりしないわ」

「そうかい？　では、ぼくの評価はどんなものなんだろう」

「よくわからないけど」レディ・エリッサは考え考え、ゆっくりと答えた。「ともかく、評価が落ちることはないわ」

ブレントはほほ笑んだ。これ以上の褒め言葉は望めないだろう。「では、ぼくがどう思っているか言わせてくれ。負けたら、今後はきみに相手にしてもらえないだろうと心配だった」わずかに彼女のほうへ身を寄せる。「ただし、いまから忠告しておくよ。ぼくは簡単に追い払われるつもりはない」

レディ・エリッサが目を見開いた。だが、彼女に口を挟む余地を与えることなくブレントは続けた。

「それに、きみは少しばかり怯えていると思う」

「わたしがあなたのことを恐れているというの？」

「そうじゃない」ブレントはじっと彼女を見つめたまま言った。「ぼくといるときに感じる感情に向きあうことが怖いんだ」

レディ・エリッサはつんと顎をあげた。「なにが言いたいのかわからないわ」

挑戦的なその表情にブレントは笑いだしたくなったが、代わりにひらりと馬からおりて彼女に近づいた。「馬も疲れてる。休ませてやろう。ぼくらはしばらく木の下にでも座らないか？」

今日はじめて、レディ・エリッサの顔に動揺が走った。「杖がないわ」

「杖などいらない」

彼女を抱えおろそうとブレントは両腕をあげた。それでも手をふれることはしなかった。その前に、彼女が自分の手助けを受け入れるかどうか確かめたかった。じっと見つめると、黒く輝く瞳の奥で無数の感情が入り乱れているのがわかる。狼狽から恐怖、興奮、承諾にいたるまでのさまざまな感情が。

拒否されるかと思った。わずかに頭を傾けた動きからして、彼に抱えおろされるつもりはないという答えが返ってきそうに見えた。だが、結局レディ・エリッサは身をかがめ、彼の肩に両手を置いた。

ブレントは彼女の細い腰に手をまわし、ゆっくりと馬から抱えあげた。彼女が実に小柄なこと、華奢で軽いことに驚きを感じる。それまでは強さばかりに意識が向いていた。彼女の勇気、忍耐力、粘り強さに。出会った瞬間からいままでのあいだでブレントが感動したのは、すべて彼女の内面のすばらしさだった。

レディ・エリッサをしっかりと抱きかかえると、ブレントの胸の鼓動が激しくなり、下半身が重たくなった。彼女の外見も、内面に劣らず自分に強い影響を与えるのだとあらためて知る。

彼女の手が肩に置かれ、体は宙に浮いたままだ。目の前で、唇が口づけしたくなるような形に開かれている。あと数インチで唇が合わさりそうだ。

体がわずかにこすれあう感覚を楽しみながら、ゆっくりとレディ・エリッサを地面におろした。つま先が地面につくと、頭を下げてそっとキスをした。体のバランスをとる余裕がないうちに口づけされ、彼女はブレントの首に腕をまわしてしがみつかざるをえなくなった。

いささか卑怯な手かもしれない。だが、レディ・エリッサを不利な状況に置きたかった。支えを必要とする状況に。ブレントを頼ってもいいのだと、彼といれば自分は安全なのだとわかってもらうために。

唇は合わさったままだった。昨夜よりも情熱的な、けれども彼女を怯えさせるほどの激しさはないキスを続ける。

頭を傾けてさらに深く口づけた。しっかりと唇を押しつけると、首にまわされた彼女の腕に力がこもり、体が引き寄せられた。

ブレントはひたすらその甘い唇を味わい、頬にかかるやわらかなおくれ毛の感触を堪能し、喉の奥からもれる小さなあえぎ声に酔いしれた。こんな経験は生まれてはじめてだった。キスしただけで、こんなに心を揺さぶられたのは。

わかっている。世界中を探しても、彼女のような女性はどこにもいない。

最後に短いキスをすると、ブレントは二度と離れられなくなるところまでいく前に身を引いた。

あえぐように荒い息をつきながら、ブレントは彼女を見やった。キスに対する反応を確かめたいのかどうか、自分でもわからないままに。

だが目が合うと、彼の胸は歓喜にふくらんだ。そこに浮かんでいた表情は、彼が望む以上のものだった。情熱にかすんだ黒っぽい瞳は、彼女が自分でも気づかないうちに歓喜の高みに運ばれたことを物語っていた。

もっとも、ブレントが喜んだのもつかのま、困惑の色が彼女の瞳を曇らせた。

「大丈夫かい？」彼女の体を支えながらきいた。

レディ・エリッサはうなずき、彼の腕をぎゅっとつかんでから小さく一歩後ろに下がった。両方の足が自由になるなら、歩き去ったことだろう――いや、走り去ったかもしれない。逃げだしたいという切実な思いが瞳から読みとれたが、彼女は支えがなくては歩けない。ブレントは彼女に近づいて自分に寄りかからせた。杖に体重をかけるように。

右側について、ゴールとなった巨大なカエデの木陰まで連れていくと、手を貸して地面に座らせた。それから一歩下がって彼女を見おろした。

レディ・エリッサの視線はずっと彼を追っていた。まるで彼に頭がふたつ生え、角がのびてきたかのようにじっと見つめている。

「どこかへ行ってしまわないよう馬をつないでくる。そのあとで、なにをそんなに気にしているのか教えてほしい」

ブレントは馬を近くの生垣につなぎ、草地の彼女の座っている場所に戻って隣に腰をおろした。「さて、そのかわいい頭のなかでなにが起きているのか話してくれないか」

レディ・エリッサは小首をかしげて彼を見た。口を開きかけ、また閉じる。

「はっきり言ってごらん」彼女がためらうのを見て、ブレントの胸はかすかに騒いだ。

レディ・エリッサは勇気をかき集めるように大きく息を吸ってから一気に言った。「どうしてキスをしたの？」

ブレントは驚きを隠せなかった。「どうしてかって？　キスをしたかったからだ。それが自然なことだと思えたからさ。きみがぼくの腕のなかにいるという格好の機会を逃がすことはできなかった」目を細めて彼女をじっと見た。「キスされて、きみはどう思った？」

なんと答えていいかとまどっているらしく、レディ・エリッサはかぶりを振った。「わからないわ」

彼女が頬を真っ赤に染めて視線を膝に落とす。ブレントは待った。続きがあるはずだ。

「兄弟のだれかに頼まれたの……？　その……わたしにキスするように」

ブレントは思わず噴きだした。「ハリソンかきみの兄弟のだれかがキスのことを知ったら、ぼくは一本残らず歯を折られるだろうな。いや、頭が肩のうえにちゃんとのっかってるかさえ怪しい。そうじゃないよ、だれからもキスするように頼まれてなどいないさ」それは嘘偽りない真実だった。

「なら、どうしてしたの？」

「理由が必要かい？」

「もちろんよ」

「すてきなキスだと思わなかった？」

彼女の頬がさらに赤くなった。「思ったわ。知っているくせに」

「なぜぼくがキスしたかということより、次はいつキスされるかを心配したほうがいい」

レディ・エリッサがぱっと顔をあげる。「次なんてないわ。許すつもりもないし」

「そうなのか？」

「ええ、もう一度したいとは思わないわ」

「ぼくとは？　だれとも？」

「だれとも。でも、とくにあなたとは」

「どうしてぼくとはだめなのかきいてもいいかい？」

「あなたにもその答えはわかってると思うわ」

「たぶん。だけど、きみの口からききたい。説明してくれ」

彼女はためらい、キスしたばかりの唇をなめた。「わたしたちがキスしたときに起きることって、尋常じゃないもの」

「そんなことはないと言ったら？」

彼女は首を振った。「ごまかさないで」

「そうだな」ブレントは肘をついて体をのけぞらせ、完全にくつろいだようすで太陽に顔を向けた。「きみがそう信じているなら、ぼくがなにを言ってもなにをしても、その考えを変えることはできないんだろう」

レディ・エリッサはうなずいて彼を見た。「あなたはキスしたときどう感じた？」

ブレントはゆっくりと彼女のほうへ顔を向けた。「太陽が爆発し、巨大な火の玉が足元に落ちてきたような感じがした。地面がぐるぐる回転しはじめたよ。溶岩みたいにどろどろになった脚で山腹をのぼろうとしているかのようだった」じっと彼女の目を見つめてきく。「きみはどう感じた?」

レディ・エリッサはうつむいた。「同じように感じたわ」

ブレントはほほ笑んだ。

「いつもああいうものなの?」しばらくして彼女がきいた。先ほどよりやわらかな口調だった。

ブレントは答えにつまってしまった。真実を答えるべきなのはわかっている。だが、そうしたら彼女の主張を裏づける結果になってしまう。「いいや」

「だと思ったわ。だから、わたしたちがキスしたときに起きたことは、やっぱり尋常じゃないのよ」

ブレントは草のうえに寝転び、頭の後ろで手を組んだ。彼女の言うとおりだ。はじめてのキスのときにいまと同じような全身を火のごとく熱いものが突き抜ける感じを覚えていたら、自分はとうに結婚していただろう。あれほど衝撃的なキスは経験したことがない。

空を流れる雲を見あげ、それが不穏な気配を帯びて黒ずんでいくところを想像した。自分がしたことを知ったら、ハリソンがその雲と同じくらい危険で凶暴な憤りを覚えることはまちがいなかった。

〝なにがあっても〟ハリソンはそう釘を刺した。〝妹の心を傷つけるな。もしそんなことになったら……ぼくら兄弟四人は命に代えても彼女を守る。きみもただではすまない〟

友人の言葉に誇張はあるまい。なのに彼女にキスをするとは。まったく、なにを考えているのだろう？

横を向き、レディ・エリッサを見あげた。彼女の顔は穏やかだが、そこにはやはり困惑が見え隠れしていた。ブレントは顔からさっと血の気が引いていくのを感じた。

なんてことだ。自分は恋に落ちたのだ。

「今日、きみのきょうだいたちはなにをする予定なんだい？」

急に話題が変わったので、彼女はとまどったようだった。

「紳士方に領地内を案内してまわるみたい。レディたちはペイシェンスとリリアンの案内で庭を散策するとか。それで午後にはクロッケーの試合が予定されているわ。そのあと東側のテラスでお茶をするのよ」

「では、ぼくと馬車で出かけよう。兄弟のだれかの馬車を借りるから、きみが屋敷を抜けだしたときに行くお気に入りの場所へ連れていってくれないか」

レディ・エリッサが目を見開いた。「そんなことできないわ。妹たちも――」

「彼女たちはきみなしでもなんとかやれるさ」

レディ・エリッサが首を振る。「わたしたちがいないことにみんなが気づくわ」

そのとおりだ、残念ながら。「では、午後の試合のときにパートナーになってくれるかい？」

「わたしは試合に出ないの」

「どうして？」

「お茶の用意を見てなくちゃならないもの」

「使用人に任せられるだろう」

「たぶん。でもわたしは……屋外の活動は好きじゃないの」

ブレントは笑った。「きみほど屋外で体を動かすのが好きな人はいないと思ったけどな」

「言ったでしょう」彼女はいつになく声をとがらせて言った。「わたしは試合には出ないの」

「なにを言ってる。負けるのが怖いのか？　パートナーがぼくとなれば負けるはずはないさ。優勝まちがいなしだよ」

「ありえないわ。わたしはやらないから。できないのよ！」

彼女は自分の右足首を指差した。それがすべてを説明するとばかりに。事実、すべてを説明していた。

ブレントは呼吸ができなくなったように空気を求めてあえいだ。

どうして彼女の障害のことを失念していたのだろう。

9

エリーは従僕がテラスに移動させた椅子のひとつに座り、試合に熱狂する人々を眺めていた。兄弟たちはいつも互いに張りあっている。リリアンやペイシェンスでさえ、勝負ごととなると負けるのを激しく嫌う。だが、今日は特別だった。みないつも以上に競争心を燃やしていた。

招待客たちが競技に加わっていることもあってか、勝つことへの執念はいつになく激しく、パートナーとなった女性たちですら真剣だった。それでもみなが楽しんでいた。笑いや冗談や冷やかしが飛び交い、見ているエリーも気がつくとほほ笑んでいた。なかでもひときわ楽しんでいるのが——チャーフィールド伯爵だ。

エリーは彼のほうを見ないようにしていた。

「噂以上のハンサムね。そう思わない？」

見あげると、キャシーが近づいてきていた。「そうみたいね」天気のことでもきかれたかのようにさらりと答える。「あなたとミスター・ウェバリーはもうラウンドを終えたの？」

キャシーは笑った。「夫の従兄弟のウェバリーは、あなたの兄弟ほど勝負にこだわっていないもの。ふた組に抜かれたところで、それ以上続ける気が失せてしまったみたい」

「プレスコット家の男たちは全員、勝負に命を懸けているわよ」

「それは腕がいいからでしょう。ウェバリーは絶対に勝つとわかっているのでなければ、勝負を楽しめない人なの」

エリーはひょいと両眉をあげた。「それって褒め言葉には聞こえないわね」

「悪く言うつもりはないけれど、彼が招待を受けたことさえ実は意外だったの。彼ってときおりロンドンに出かけるほかは、領地を管理することにすべての時間を費やしていると言ってもいいくらいだから」

「昔からそうだったんでしょう？　エヴェレットが生きているころから」

キャシーはしばらく間を置いて答えた。「エヴェレットはそういう大きな責任をになう器ではなかったのね。幸いにも彼のお父さまは息子が幼いうちにそのことに気づき、従兄弟のウェバリーに領地を管理する術を教えたの」

「どちらが幸運だったのかわからないわね。両親の死後にあなたのお義父さまに引きとってもらえたウェバリーーか、領地管理のできる人がそばにいてくれたエヴェレットか」

レイザントンにおけるウェバリーの立場をなるたけ好意的に表現するのは、エリーとしてもいささかむずかしかった。隣人とはいえ、どうしても彼を好きになれないのだ。夫がインフルエンザで亡くなったあと、そばにいてキャシーを支えてくれる人がいてよかったと思うくらいだ。

それに、すべてを相続する後継ぎがいてよかった。

レイザントン侯爵となった少年のことを思うと、エリーの胸は締めつけられた。幼くして、あまりに多くのものをその肩に背負うことになってしまった少年。エヴェレットが生きていたら、いまもまだ――。

どうにもならないことを嘆いてもしかたがない。少なくとも、ウェバリーには爵位を引き継ぐことはできないわけだし、キャシーと彼女の息子はこの先も面倒を見てもらえるのだから。

「ミスター・ウェバリーはいまどこに？」エリーは招待客のグループを見渡したが、彼の姿はなかった。

キャシーは飲み物が用意されているテラスの端のほうへ頭を傾けた。ジェレミー・ウェバリーがブランデーのお代わりをなみなみとグラスに注いでいた。

「あら、気持ちのいい負けっぷりとは言えないわね」

「たしかに」

エリーが視線を戻すと、友人はじっとこちらを見ていた。

「妹さんのどちらがわたしに招待状を送ってきたんだと思う？」

エリーはごくりと唾をのんだ。「妹のどちらかだと思ってるの？」

「それ以外考えられないわ。あなたは送るはずないし」

エリーはちくりと罪の意識を感じた。「そうとはかぎらないわよ。あなたに来てもらう方法がほかにないとなれば」

キャシーがいぶかしげに目を細める。「いまさらハリソンとわたしの仲をとり持とうなんて考えても無駄よ。和解の見こみは四年前に失われていて、それきりなんだから」

「兄を許せないのね？」

「彼のほうこそ、わたしを許せないんだと思う」

「そうかもしれないわ。でも、兄は知るべきことを知らないのよ」

キャシーの顔つきがこわばった。「知るべきことはすべて知っているはずよ」

その口調には警告の響きがあった。エリーが秘密を知っていることを彼女は承知している。だが、その秘密についてはこれまでどちらも口にしたことがない。いまこそつまびらかにするべきときかもしれなかった。

「ハリソンに話したら、もしかして――」

キャシーは手をあげてエリーを制した。「やめて、エリー。もう遅いの。四年遅かったのよ」

ハリソンの弁護をしたかったが、なんと言えばいいのかエリーにはよくわからなかった。スキャンダルが流れたとき、ハリソンはすぐに結論に飛びついてしまい、自分がまちがっている可能性もあるとは考えようともしなかった。ハリソンとキャシーのように互いが相手にとって常に完璧な存在だった場合、一度信頼関係が壊れたら元に戻らないのだろうか。キャシーの言うとおり、和解の見こみは四年前に失われたのかもしれなかった。

「あなたが送ったのは招待状だけ？」

エリーは眉をひそめた。「どういう意味かわからないわ」

キャシーが首を振った。「気にしないで」

これ以上あれこれきくべきではないのはわかっていたが、ェリーにはもうひとつ気になることがあった。「ミスター・ウェバリーはあなたに好意を持っているのかしら」

キャシーが口の端を持ちあげて曖昧な笑みをつくる。「ウェバリーが人に好意を感じることができるのかどうかもわからないわ。関心があるのはレイザントンを支配することだけよ。わたしと結婚すれば彼の立場も強くなるでしょう。父がわたしにホリーヴァインの土地を遺してくれたのを知っていて、彼はそこも自分のものにしたがってるの」

キャシーはゲームも終盤を迎えた芝生をじっと見つめた。中央では笑い声や歓声があがっており、勝者が決定する瞬間も間近のようだ。

友人の視線を追うと、ちょうどハリソンが青の木球を木槌《マレット》で打とうと構えたところだった。

「あの晩のことをなにか覚えてる？」

キャシーは首を振った。「十いくつもの筋書きを考えてみたけれど、どれも理屈に合わないの。はっきりわかっているのは、兄の人生がめちゃくちゃになったということだけ。そして、父の人生も」

キャシーはそれ以上その話はしたくないというように目を閉じた。当然だろう。あの時期に立て続けに起きたできごとのせいで、いくつもの人生が破滅したのだ。エリーにしても思い起こすのはつらかった。

芝生のほうから大歓声があがり、エリーは振り返った。ハリソンがマレットで木球を打ち、その球が最後の柱門《ウィケット》を通過したところだった。兄はにっこりとほほ笑んだ。

「だれが勝ったの？」兄弟たちがテラスを横切って走っていくと、エリーはきいた。

パートナーであり個人的な招待客でもあるレディ・ブリアンナと並んでそばに立っていたジョージに問いかけたのだが、昔からの癖でジュールズが割って入った。

「ハリソンだよ。でもチャーフィールド伯爵も僅差で追っていて、最後まで互角だった。そこで、ハリソンがむずかしいショットを決めたんだ。あれは見ものだったよ、エリー。ハリソンは信じられないくらいついてたな。球が最後の最後で曲がり、みごとにウィケットを通過して中央の杭にあたったんだ」

「チャーフィールド伯爵のパートナーはわたくしだったのよ」エスター伯母がレースのハンカチで顔をあおぎながら言った。「気の毒に、わたくしじゃ足手まといになるばかりだったわね」

「なにをおっしゃいます、レディ・ブルーム。あなたと組めて光栄でしたよ。勝利まであと一歩だったのは、ひとえにあなたのおかげです」

「ありがとう。それがほんとうであることを祈るわ」

エリーは伯爵から目をそむけようとしたが、視線はまるでそれ自体が意思を持っているかのようだった。そっぽを向いていても鉄が磁石に吸い寄せられるように、自然と彼のほうを向いてしまうのだ。エリーは思わず息をのんだ。

チャーフィールド伯爵は石の手すりに腰をのせ、くつろいだ姿勢で軽く腕を組んでいた。

上着は脱いでおり、バストと無地のシャツだけで、シャツの袖は肘までまくりあげられている。その姿はなんとも魅惑的で、彼女は脈が跳ねあがるのを感じた。

「エリーが湖のほとりに建てた東屋をごらんになった？」テラスのあちこちに置かれた円テーブルを囲む椅子に全員が腰をおろすと、エスター伯母がキャシーにきいた。

テーブルは六人がけだったので、エリーとキャシーは、エスター伯母とグッシー伯母、アメリア・ヘイスティングスとハンナ・ブラムウェルがいるテーブルに加わった。若い女性ふたりはひそひそ声でなにやら話しこんでいる。エリーの弟たちの魅力について語りあっているにちがいなかった。ジュールズとスペンスに聞こえていなくてよかったとエリーは思った。いまでさえ、あのふたりは女性に関して自信満々なのだから。

紳士たちのほとんどが、レモネードよりも強い飲み物が饗されるワゴンのまわりに集まっていた。

「いいえ」キャシーはテーブルからグラスをとりあげた。「エリーから聞いてはいるのですが、まだ見たことがなくって」

「あら、それなら見ておかないと」とエスター伯母。「ものすごく美しいのよ。そこから見る湖の眺めがすばらしいの。お茶のあとでご案内しましょうか。いかが？」

「うれしいですわ」キャシーは飲み物をひと口すすり、グラスの縁からエリーにほほ笑みかけた。

エリーもほほ笑み返した。このふたりの伯母は気のいい、愛すべき人たちだ。ともに五十代半ばだが、エリーの両親同様、気持ちは若々しかった。

グッシー伯母はエリーの母の姉で、エスター伯母は父の姉だった。ふたりは子供時代からの友人で、エリーの両親が結婚したためにいつもいっしょにいる口実ができたのだった。シェリダン公爵夫妻としても、このふたり抜きで催しを行うなどとは夢にも思っていない。グッシー伯母とエスター伯母はお目付役として、なくてはならない人材だった。

「まあ、よかった。じゃあ湖までおりましょう。いっしょに来る、エリー？」

「わたしの力作を目にしたキャシーの表情を見る、せっかくの機会ですもの。逃したくありませんわ」

エリーは杖に手をのばし、体を前方へずらした。エスター伯母の声がざわめきのなかに響くのを聞き、ふと動きを止める。

「あら、チャーフィールド伯爵。新しい東屋まで行くんですけれど、エリッサの付き添いをお願いしていいかしら」

「もちろんです、レディ・ブルーム」エリーが抗議する間もなく、チャーフィールド伯爵は答えた。

「遠慮しないの」エスター伯母は手をひと振りして、断ろうとするエリーを黙らせた。「エスコート役にぴったりの若くてたくましい男性がこんなにたくさんいるのに、わざわざわたしたち三人だけで湖まで行く必要はありませんよ」

「でも、わたしは大丈夫――」

「それ以上抵抗するのはやめておいたほうがいい」伯爵が腕を差しだした。「一時間ほどパートナーをつとめさせていただいて、きみの伯母上は容易なことでは考えを変えない方であることがよくわかった。そういう女性をぼくは敬服している」

「パーネストンには始終、頑固者って言われているわ」エスター伯母はキャシーの腕に手をかけながら、肩越しに振り返って言った。「褒め言葉のつもりかどうかはわからないけれどね」

テラスのほうからパーネストン公爵が言った。「わたしがなにを言ってるって？」

「なんでもないわ、パーネストン」エスター伯母は答え、先に立って庭のほうへ向かった。

公爵はその答えを聞いてほほ笑み、向き直って若い男性たちとの会話を再開した。

エリーはチャーフィールド伯爵の腕を見つめた。彼の助けを受け入れれば、今日一日なんとか頭から追い払おうと努力してきた感情とまた闘わなくてはならなくなる。

この腕に手をかければ、彼のような強い男性に頼れるうれしさが再度胸によみがえる。彼といると自分が障害者であることを忘れ、健康で完璧な肉体を持つというのがどういうことか、垣間見られる気すらするのだ。

「ぐずぐずしないで」エスター伯母がキャシーと連れだってエリーの前を通り過ぎながら言った。

もう逃れようがない。

チャーフィールド伯爵の腕に手をかけて立ちあがった。

「それでいい」彼がささやくのが聞こえたので視線をあげると、心臓が止まりそうなほどの笑みが目の前にあった。「こうする勇気がきみにあるだろうかと思っていたんだ」

彼の傲慢な発言に、エリーはなんとも淑女らしからぬせせら笑いで応じた。「自分が建てた湖畔の東屋まで行くのに勇気は必要ないわ。これまでに百回は行ったことがあるもの」

「もちろんそうだろう。でも今回はきっと、これまでとはちがう……」伯爵はエリーの手を持ちあげて甲にキスをした。「きみもそう思ってるはずだ」

エリーが反論しようとした矢先、エスター伯母があっと苦しげな声をあげ、体を支えようと手すりに手をのばした。

伯爵とエリーは振り返って駆け寄ろうとしたが、ハリソンのほうが早かった。

「エスター伯母さま！　怪我はないですか？」伯母の腰に腕をまわして体を支える。

「大丈夫よ、ハリソン。ただ、足首が言うことを聞かなくって。椅子のところまで支えていってくれないこと？」

「もちろんです」

キャシーがエスター伯母の左腕を支え、ハリソンが右を支えて、ふたりで椅子のところまで彼女を連れていった。

「大丈夫ですか？」チャーフィールド伯爵とともに伯母に近づくと、エリーはきいた。

「ええ、まったくいやになるわ。このいまいましい足首ったら。間の悪いときにいつもこうなるんだから。すぐによくなるわよ。ただ少しばかり休んだほうがいいかもしれないわ」

「ほんとうに？」ハリソンがきいた。「医者を呼びましょうか？　村にとてもいい医者がいるんですが」

心配はいらないというようにエスター伯母が手を振る。「大丈夫よ。少し休めばすぐよくなるから」

「なにか持ってきて差しあげましょうか、レディ・ブルーム？」キャシーも伯母のかたわらに膝をついてきいた。「お水か、それともお酒のほうがいいかしら」

「大丈夫よ。しばらくのあいだ足首に負担をかけないようにしていれば治るわ」

エスター伯母は足を動かそうとしてひるんだ。「でも、あなたがエリーのすばらしい東屋を訪れるせっかくの機会をふいにするのは忍びないわ。どうぞ、わたくし抜きで行ってらして。ハリソン、あなたがわたくしの代わりに行ってくださいな」

「いいえ、レディ・ブルーム」キャシーがあわてて言った。「また別の機会に拝見しますわ」

「そうはいかなくてよ。わたくしのせいであなたの楽しみをぶち壊しては申し訳ないもの」

「レディ・レイザントンもきっと、あなたとごいっしょできるときまで東屋に行くのは待ちたいと思いますよ」ハリソンが露骨に辞退した。

「やめてちょうだい。たったいま、キャシーはぜひ東屋を見に行きたいと言ったじゃないの。そうでしょう？」

「わたしは明日でもかまいませんわ、レディ・ブルーム」

「そんなこと言わないで、キャシー。ハリソンが代わりに行ってくれますよ」

これで議論は終わりとばかり、エスター伯母はため息をもらした。

だれも動かなかった。

エリーはハリソンを見た。体の脇でこぶしを固めて怒りに歯を食いしばり、口元をこわばらせている。レースのスタートを知らせる銃砲のように、いきなり爆発するのではないかと思うほどだ。

エスター伯母の椅子の脇に膝をついたままのキャシーに視線を移した。彼女はハリソンのブーツのつま先あたりの草を凝視していたが、そのまなざしには抑えようのない憎悪がひらめいていた。奇跡でも起こらないかぎり、彼女が憤然と走り去る背中が、このあと一時間ほどハリソンと過ごすことへの答えとなるのは避けられないように思えた。

最後にもう一度目をあげて、隣に立つチャーフィールド伯爵を見やった。わずかに両眉をあげ、それと同じくらい唇の端をいくらかあげている。いまにも笑いだしそうな表情だ。一触即発の状況であることがわかっていないらしい。

「ええと……それなら」エリーは口ごもりながら言った。「行きましょうか?」

そのあともしばらく、キャシーとハリソンは凍りついたようにそこを動かなかった。ハリソンは手入れの行き届いた芝をじっと睨みつけ、キャシーはエスター伯母の足元にしゃがんだままだ。

「キャシー?　ハリソン?」エリーは少し声を大きくして呼びかけた。どちらが最初に行動に移るだろう。互いに譲らないのではないか。

「行きなさいな、ハリソン」エスター伯母は、エリーの母が我慢の限界に達し、それ以上口答えは許さないというときによく使うやわらかな声音で言った。「お客さまを楽しませるのがあなたの義務でもあるわけでしょう」

ハリソンに、キャンシーをどこへでもエスコートしていかなくてはという気にさせるのに、これ以上効果的なせりふはなかった。義務、つとめ、責任の大切さを、シェリダン公爵の子供たちは生まれたときから叩きこまれている。後継ぎであるハリソンはとくに。

ハリソンは鋭く息を吸って、エスター伯母のまわりをまわって腕を差しだした。「よろしかったら」そう言ったものの、口調にはまるであたたかみがなかった。

キャシーがこばみませんように、とエリーは祈った。これでもハリソンは、大きな意味を持つ一歩を踏みだしたのだ。

ついにキャシーは腕をあげ、ハリソンが差しだした手に指を置いて立ちあがった。

「ありがとう」ハリソンと同じ感情のない声だ。

ふたりはテラスを歩き、新しい東屋へ続く小道を下っていった。

「ぼくらはできるだけそばを離れないほうがいいと思うな」先を行くふたりをじっと見ながらチャーフィールド伯爵が言う。

エリーは眉をひそめた。「大丈夫だと思う？」

彼は笑った。「いいや。でも、花火は間近で見るのが面白い」

伯爵はエリーの手を引き寄せ、東屋に続く小道へ向かった。エスター伯母の横を通り過ぎるとき、エリーはちらりと伯母のほうを見た。

彼女の顔に浮かんだ得意げな表情と、グッシー伯母と交わした目配せが多くのことを物語っていた。

キャシーに招待状を送ったのが伯母でないのはわかっている。とはいえ、彼女に出席を決意させた理由にこのふたりがかかわっているのはまちがいなさそうだった。

10

腕に置かれたキャシーの手袋をした指から、ハリソンの全身に熱い波が繰り返し押し寄せてくるようだった。自分の胸に手を突っこみ、心臓を圧迫する塊をつかんで、できるかぎり遠くへ放り投げたい気分だ。

なんてことだ。彼女のそばにいるのがこれほど苦しいとは。

二度とキャシーと会うことはあるまいと確信していた。会うとしても、互いに年をとり、白髪になって、情熱がほとんど問題にならなくなってからだと思っていた。だが、いまはまだ早すぎる。まったく傷は癒えていない。

目の隅でちらりとキャシーを見た。以前と同じく美しい。とくに今日はグリーンの瞳を引きたてる緑色のドレスを着て、まさに目が覚めるような美しさだ。幅広の麦わらのボンネットの下から優美な金色の巻き毛がのぞき、その顔を縁取っている。

ハリソンは視線を引きはがし、目の前の小道に注意を向けた。彼女のことを考えるのはやめなくては。あのときああなっていたらと、虚しい夢を見るのもやめたほうがいい。

なにより、彼女の存在に心をかき乱されているということを本人に知られるわけにはいかない。「きみとミスター・ウェバリーが早々に試合をおりたのを見たよ。ぼくらの企画は退屈だったのか？」

話しかけられるとは思っていなかったのか、腕に置かれた彼女の指に力が入ったのがわかった。選んだ話題が不愉快だったのかもしれない。

ウェバリーが彼女のいまの愛人なら――ハリソンはそう思っているのだが――昔の愛人と彼の話をするのはさすがに気まずいにちがいない。

「いいえ、あなたたちの腕前に恐れをなしただけ」

「そんなことはないだろう、レディ・レイザントン。かつてはぼくたちに引けをとらない技量を持っていたはずだが」

「いまでもそうよ」

ハリソンはついほほ笑みを浮かべそうになった。キャシーは、彼が称賛してやまなかった控えめな自信を失ってはいないようだ。「なら、どうしてあんなにはやばやと試合をおりた？」

「勝つ見こみがないとわかった時点で、最後までやる意味はないと思ったのよ」

「きみがやめたのか？」

「彼がやめたの。わたしとしては同調するしかなかったわけ」

ハリソンは歩をゆるめ、相手が侮蔑を感じるとわかっている表情で彼女を見おろした。

「要は痴話喧嘩か」

無礼な発言であることは承知していた。キャシーはさっとハリソンの腕から手を離し、反応する間を与えずに彼のほうを向いた。

「二度とそういう口のきき方はしないで。あなたにそんな権利はないはずよ」

謝らなくてはいけないことは自分でも理解していた。だが、ハリソンが謝罪の言葉を口にする前に、彼女は背を向けて歩き去っていた。

東屋はすぐ先だ。彼女がそこに逃げこんだことはわかっていた。

ゆっくりとした歩調であとを追う。キャシーが怒るのも当然だ。われながら品のない発言だった。とはいえ、目のきく人ならだれでも、ジェレミー・ウェバリーが彼女と結婚するつもりであることは明白だと言うだろう。

他人の腕のなかにいるキャシーを——他人のベッドのなかにいる彼女を想像するたび、穏やかではいられなくなる。彼女がここにいるのでなければ、遠く離れたところにいる分には、彼女を失った心の痛みを暗い片隅に押しやることもできなくはない。そこに砕け散った夢をすべて閉じこめ、鍵をかけておくこともできる。必ずしも閉じこめたままでいられるわけではないが、キャシーがふれられるほど、キスできるほどそばにいるときよりははるかにましだ。

苦い思いはひとまず忘れ、どう謝るべきかを考えながら小道を歩く。

小道の両側に植えられたツツジの茂みをまわりこむと、半ば記憶にある風景のままに東屋が目に飛びこんできた。

ハリソンはそのすばらしい景色に息をのみ、きらきらと輝く湖水を眺める美しい女性を食い入るように見つめた。

エリーの設計は図面上でも非の打ちどころがなかった。が、今日はそこにキャシーという素材が加わって、まさに一枚の美しい絵のようだった。

ハリソンはそろそろと近づき、階段を二段あがって東屋に入った。そしてキャシーのかたわらで足を止めたが、彼女は振り向こうともしなかった。

「きみに謝らなくてはならない」こちらを向いてくれないかと思いながらハリソンは言ったが、やはり彼女は振り向かなかった。

「きみがだれとつきあおうと、そんなことで意見する権利はいまのぼくにはない。それはわかっている」

「そうよ。あなたにそんな権利はないわ」キャシーの口調はハリソンの血を氷に変えるほど冷ややかだった。

彼女が振り向くのを待つのはやめ、ハリソンはさらに一歩近づくと、手すりに手をかけて輝く湖面を見渡した。周囲の鮮やかな色彩には気づかなかった。頭にあるのは、自分がどれだけキャシーのそばにいるかだけだ。手をのばせばふれることができる。彼女の体に腕をまわせば、そばに引き寄せて抱きしめることもできる。

彼女の顎を上向かせ、自分が唇をおろしていけば……。

ハリソンは荒々しく息を吸いこんだ。「きみはどうしてここに来た？　ぼくをさらに苦しめることが目的か？」

キャシーはその尊大な表情がはっきり見えるくらいに彼のほうを向いた。「わたしがあなたを苦しめたがってると思うの？」

「ぼくがいると知りながらわざわざやって来た理由はほかに思いつかないが」

「エリーが心配だからよ——」

「それは嘘だ。ぼくらは始終エリーのようすを見に、ザ・ダウンに来てる。それにきみは、これまで一度も訪ねてこようとしなかった。いまになってどうしてだ？」

彼女の頬からわずかに赤味が失せ、その目に恐れと動揺が走ったようにハリソンは思った。いや、確信した。「なにかあったのか、キャシー？　ぼくで力になれることはないか？」

答える前にキャシーがばかにしたような音を発したのを、ハリソンは聞き逃さなかった。

「なにかあっても、あなたに力になってもらおうとは考えもしないでしょうね。何年も前に手紙でくり返し助けを求めたとき、あなたがどの程度頼りになる人か身にしみてわかったもの」

「それはちがう。あのときのぼくにできることはなにもなかった。きみにもわかっているはずだ」

「ほんとうに？」

見下すようなその口調を聞いてかすかな疑問がハリソンの脳裏をよぎり、胸をざわめかせた。彼になにかできることがあったと、キャシーは本気で考えているのか？　冗談じゃない。彼女はレイザントンのベッドのなかにいるところを自分の父親と、レイザントン家のパーティ客の半分に見られたのだ。

「では、どうして招待を受けた?」

「できることなら無視したかったわ。ほんとうよ」

キャシーの眉間の皺が深くなる。その表情が多くを物語っていることに当人は気づいていないにちがいない。ハリソンも気にすまいとした。けれどもできなかった。彼女がこうも近くに立っていたのでは。

「出席したくなかったというなら、来ることにしたのはよほどの理由があってなんだろう」

キャシーが顔をそむけるのを見て、ハリソンは心ならずも彼女を守りたいという衝動がわきあがるのを感じた。「息子さんのことか? 病気だとか」

「いいえ! 息子とはなんの関係もないわ」

あまりに強い口調にハリソンはたじろいだ。身をこわばらせて立つ彼女をじっと見つめる。なにかあったにちがいない。顔は蒼白で、支えがなければ倒れてしまうとばかりに両腕で自分の体を抱きかかえている。

「問題があるんだな。ぼくに力にならせてくれないか」

「あなたには無理よ」ハリソンの見慣れた断固とした表情でキャシーは言った。「息子がそばにいなくて寂しいだけ。ひとりで残してきたのははじめてだから」

「明日、会いに行くかい? だれかにレイザントンまで連れていかせるよ。大丈夫だとわかれば安心できるだろう」

「大丈夫なのはわかっているの。グレイブリムがいるから」

ハリソンはほほ笑んだ。ぽっちゃりとした体に薔薇色の頬をし、いつも笑っていた白髪の乳母のことはよく覚えている。「彼女がレイザントンの屋敷に住んでいるとは知らなかった」

キャシーはうなずいた。「アンドリューが生まれるとわかったとき、ほかの人の手に任せるわけにはいかないと言って来てくれたの。すばらしい人よ」

彼女がレイザントンとのあいだにもうけた子供のことは考えまいとしたが、ハリソンはきかずにいられなかった。「彼はどうだい？」

「彼って？」

「息子さんだよ。レイザントンの後継ぎの」

「やめて、ハリソン」キャシーはかぶりを振って顔をそむけた。

「知りたいんだ。いまいくつだ？　三歳？　四歳？」

「今度四歳になるわ」彼女が小声で答える。

「肌の色は小麦色？　色白？」

「もうやめて」しぼりだすような声だ。

「賢い少年かい？　レイザントンも頭が鈍いほうではなかったが、きみはぼくがこれまで出会っただれよりも頭のいい女性だ。当然ながら、息子さんも平均以上の知性を受け継いでいるだろう。もう家庭教師は雇ったのか？」

「いいかげんにして！」キャシーが声を荒らげた。

「関心があるだけだ。状況さえちがえば、ぼくの息子だったかもしれないんだから」

彼女の喉の奥から苦しげな声がもれた。すばやく手でぬぐったものの、涙がひと粒頬を伝ったのをハリソンは見逃さなかった。

「キャシー?」ハリソンは彼女の上腕をつかみ、自分のほうを向かせた。「どうかしたのか?」

「どうもしないわ」もうひと粒涙がこぼれ落ちる。「いいえ、したのかも。あなたが悪いのよ、ハリソン。あなたとわたし。わたしたちのあいだにあったすべてのことが」

キャシーは手を振りほどこうとしたが、ハリソンがそうはさせなかった。どうしたら彼が悪いなどと言えるのだろう。すべてをめちゃめちゃにしたのは彼女のほうではないか。ふたりの夢を打ち砕いたのは彼女なのだ。

涙がまたひと粒キャシーの頬を伝った。さらにもうひと粒。ハリソンは彼女を引き寄せ、しっかりと抱いた。

長いこと、どちらも身動きしなかった。彼女をまた腕に抱いているとは、まるで夢が現実になったようだ。数えきれないほど幾度も、こうして彼女を抱きしめているところを想像した。二度とそんな機会はないのだと思いながら。けれども、いま彼女はここにいる。押し寄せる波から身を守る命綱であるかのように、自分にしがみついている。

抱き寄せるだけでは満足できなかった。その行為についてじっくり考え、それがいかに無謀なことかに気づく前に、ハリソンは彼女の顎を持ちあげ、頭を下げて口づけていた。

大地が崩れ落ちたようだった。彼女と唇を合わせたときの感覚を、ハリソンは忘れていた。

どれほど満ち足りた気持ちになるか――彼女がキスを返してきたときには、どれほどの高揚感を覚えるかを。

唇を開くとキャシーもそれに応えた。彼に負けないくらい貪欲に、激しく。長いあいだ味わっていなかった野性の情熱を堪能するかのように。

ハリソンは時間をかけて深いキスをし、許されるかぎり奪い、求められるだけ与えた。キャシーが彼の首に腕をまわして自分のほうへ引き寄せる。ハリソンは喜んで応じ、かつて共有したすべての感情がすさまじい勢いで舞い戻ってきて、ふたりを包みこんだ。なにもかも変わってしまったと思っていたが、そうではなかった。逆に相手への思いはさらに強くなっていた。

おそるおそる彼女にふれた。かつてよく知っていた曲線や谷間をゆっくりとなぞっていく。高い頬骨からくっきりと弧を描く顎へと恭しく唇を這わせた。耳の後ろにそっとキスをし、長い首筋へと下っていく。

かすかなうめき声を耳にしながら、首と肩の境目のやわらかな肌を吸った。もう理性は働いていなかった。ハリソンのなかでいま、ものを考えているのは頭ではなかった。

彼女がまたうめいた。今度は少し大きな声で。それから手を彼の胸にあてて押し戻す。

「やめて、ハリソン」

その言葉に、ハリソンははっとした。

唇を離し、キャシーを見おろした。

彼女の顔に浮かぶ反応は、ハリソンが期待したものとはちがっていた。瞳に映っていたのは、彼女がレイザントンと結婚する前にわかちあった情熱ではなく、後悔の念だった。そして怒りだった。

「なにを考えているの？」キャシーは手の甲を唇に押しあててせつなげに小さくあえぐと、彼から一歩離れた。無防備な自分の体を抱きかかえるようにして。顔色が真っ青だ。「わたしはなにをやってるの？」そうささやいて顔をそむけた。

「キャシー？」

「放っておいて」キャシーは大きく見開いた目を彼のほうへ向けた。「あなたにこんなことをする権利はないのよ。あなたがすべてを台なしにしたんだから！」

彼女の言葉がこぶしのように彼を打つ。

自分は致命的な過ちを犯したのだ――その衝撃がまともにハリソンを直撃した。「きみの言うとおりだ。謝るよ。きみの魅力にわれを忘れたのはこれで二度めだな」思わずいらだたしげな笑みがもれた。「学習能力のない男だと思っているんだろう」

ハリソンは上着の袖を引っぱりおろし、クラバットを直した。それから正式なお辞儀をしてみせた。「二度ときみに不愉快な思いをさせることはないから、心配しなくていい」

先に立ち去ろうとしたが、彼がいとまを告げる前にキャシーは去っていった。

頭を高くもたげ、背筋をぴんとのばして歩き去ったのではなく。ハリソン自身はそんな後ろ姿を見せて立ち去るつもりだったのだが。彼女は邪魔にならないようスカートを軽く持ちあげると――走りだした。

彼女が屋敷に戻った頃合いを見はからってハリソンも小道を歩きだした。

途中、エリーを湖畔へエスコートしていくチャーフィールド伯爵と出会い、ふたりといっしょに東屋へ引き返すべきか迷った。いまはまだキャシーが外のテラスにいて、ウェバリーの腕のなかで安堵しているところかもしれない。

なんてことだ。自分はたったいま、おそらくは人生最大の過ちを犯したのだ。

妹と、その相手役を頼んだ男性に道を譲った。ふたりをそっけない会釈で送る。チャーフィールド伯爵のほうは気づかなくても、エリーはなにか問題が起きたと察するはずだ。それでもかまわなかった。ふたりについていく気分ではなかった。

自分でさえ、いまの自分の相手をするのは耐えられないと思うのだから。

青々と茂った菩提樹の木立の人目につかない場所からは、開けた東屋のなかのできごとがはっきりと見えた。彼としては、フェリングスダウンの同伴をキャシーがきっぱり断ることを望んでいたのだが。

彼女は断らなかった。もっとも、特別うれしそうでもなかった。

湖を見つめるふたりに目をこらす。どちらも相手に話しかけようともしない。思わず顔に笑みが広がった。ぴしゃりと言ってやれ。彼は心のなかでキャシーをけしかけた。あっちへ行って、放っておいてと言ってやれ。

だが、彼女はそうはせず、ふたりはなにやら話をしていた。

もちろん顔までは見えない。だが、キャシーとフェリングスダウンが天気よりも真剣な話題について話しあっているのは明らかだった。

フェリングスダウンが彼女に手をのばし、キャシーが抱かれるままになったときには頭に血がのぼった。それだけではない。あの男はキャシーにふれ——。

キスまでした。

キャシーもキスを返した。

ぎゅっと閉じた目の奥で白い閃光が炸裂する。あの女！

あの女め！

それ以上見てはいられなかった。彼は踵を返すと、だれにも見とがめられていないことを確かめてから屋敷のほうへ戻った。こうなったらこちらにも考えがある。

キャシーは自分のものだ。

他人に奪われてなるものか。

11

太陽がさんさんと降り注ぐ午後、エリーは庭のあちこちに置かれた座り心地のいい木製のベンチにひとり座っていた。ほかのみんなは予定どおり、ミスター・デヴォンがクリスタルを製作する工程を見に村へ出かけた。その工程は見ていて飽きないため、見学には長い時間がかかるだろう。エリーの不自由な足には長すぎるくらいに。そこで彼女は屋敷に残り、外に出て日射しを楽しむことにしたのだった。

ベンチの白く塗られた背に寄りかかり、悪いほうの脚をのばした。事故以来、悪夢のようなできごとをいくつも乗り越えてきた。どの医者にも無理だと言われたのに、また歩けるようにもなった。それでも、古井戸をふさいでいた腐った板を踏み割ったときの恐怖は容易に克服できなかった。

真っ暗闇で過ごした長く恐ろしい時間。答えの返ってこない悲鳴。寒さ。耐えがたい痛み。そしてなにより、自由のきかなくなった体。事故から派生したさまざまなこと。

ゆっくりとグリーンのモスリンのスカートをめくりあげ、いびつな足首と足を眺めた。ふだんはあえて目にしないようにしている。奇妙な角度に曲がった足と不自然にかしいだ足首は、見て気持ちのいいものではなかった。

成長期とはちがっていまはもう痛むことはないが、ときによっては人より疲れやすく、足を引きずっていることがひどく目立ってしまう。それがいやでたまらなかった。冬場の寒い数カ月、湿気の多いところに長くいると、ことさら動きがぎこちなくなるのだ。足をひねって、左足同様につま先が体の前に来るよう足首を動かそうとしてみる。けれども、足は動いてくれなかった。

やはりみんなが村に行くあいだ、屋敷に残ってよかった。

チャーフィールド伯爵も、たまにはほかの女性の相手をしたほうがいいに決まっている。どういうわけか知らないが、彼は毎晩晩餐のときにエリーをエスコートすることに満足している――というより、やたらと熱心なのだ。それだけでなく、早朝にはレースをするのが日課になっている。そして、昨日の午後は――。

エリーの思いは東屋で過ごしたひとときに舞い戻った。息をのむような湖の景色をともに眺めながら過ごした数時間。さまざまなことを語りあい、ほかのだれにも――ジョージや妹たちにすら――話したことのない思いも、気がつくと話していた。

彼といると、自分が……美しい女性のような気持ちになれた。

足に視線を戻す。事情がちがえば、本気でそう思えたかもしれない。

だが、〝事情がちがう〟ことはない。自分には、彼が魅力を感じるようなところはなにもないのだ。実際にはその反対だ。

まだしばらく足を眺めていたが、やがて背後から物音が聞こえると、エリーはすばやくスカートをおろして足首を隠した。

「フィッツヒューから、きみがここにいると聞いて」チャーフィールド伯爵だった。

エリーは振り返って近づいてくる彼を見つめた。胸のあたりが熱くなり、彼がいかに完璧かをあらためて意識した。

そして、自分がいかに欠陥品であるかを。

「あなたもみんなと出かけたものと思っていたわ」足首が完全に隠れていることを確かめてからエリーは言った。「ミスター・デヴォンがクリスタルをつくる過程を見逃がしてしまうわよ。あれは絶対に見る価値があるわ」

「だろうね。でも、ぼくがいると、きみのお兄さんとレディ・レイザントンは無視しあってるんだ。相手が存在しないみたいに。ぼくがいなければ、ハリソンがエスコートするしかなくなるだろう。いまごろはあのふたりも仲よくやってるさ。少なくとも人前では」

エリーはくすくす笑った。「それはすてき」自分でも気づかないうちに、彼はグッシー伯母とエスター伯母の役を演じているらしい。そう思うとおかしくなった。ふと彼の手元を見ると、先日使ったマレットが握られていた。「それでなにをするつもり？」

「これか？　クロッケーに使うマレットさ」

「わかってるわ。それでなにをするつもりかときいたのよ」

「だから、クロッケーだよ」

「ほかにも屋敷に残っている人がいるの？」エリーはあたりを見渡して招待客を探した。

伯爵がまたエリーの心臓が止まりそうな笑みを浮かべた。

「いや。きみとぼくでやるのさ」

エリーは頬が赤くなるのを感じた。「わたしはクロッケーはやらないの」

彼が一歩近づいてきて手を差しだす。「では、覚えてみたらいい」

エリーはつんと顎をあげ、威厳を保つべく意志の力をかき集めた。彼女をよく知らない人間が、不自由な体ではできないことを求めてくるのはままある。もっとも伯爵なら、いままでは彼女になにができてなにができないか、わかっていてくれてもよさそうなものだけれど。

クロッケーはどうしてもできないことのひとつだった。体のバランスをとるには杖が手離せないのに、杖を持ったままでマレットを振ることはできない。肉体的に不可能であるのを彼に証明するためだけに、地面に倒れこむ危険を冒すのも気がすすまなかった。

エリーは身じろぎもしなかった。チャーフィールド伯爵も同様だった。手をのばし、完璧な笑みを浮かべてただ目の前に立っていた。

「わたしにはできないの」前より強い口調で言った。「絶対に不可能なことのひとつなの」

「ぼくの手助けがなければ、だろう」

あまりにさらりと言われたので、エリーは目をしばたたいた。本気で言っているのだろうか。「あなたがそばにいて指示を与えれば、わたしがいままでどうしてもできなかったことも突然できるようになると思うの?」

伯爵がおおらかな笑みを浮かべた。「やってみる勇気はあるかい?」エリーが挑戦されたら受けて立たずにはいられないたちであることを知っているかのように言う。

エリーは差しだされた腕をとって立ちあがった。「勇気があるというより考えなしね、わたしは」体のバランスをとり直すために杖をもういっぽうの手に移した。「あなたがまちがっていると証明するために、笑いものになろうとしているんだから」

「そんなことはない」チャーフィールド伯爵はもう片方の手でマレットを振りながら、エリーとともにテラスの階段をおりて広い芝生に出た。「きみはぼくが知るなかで、だれよりも勇気のある人だよ」

エリーはなにも言えなかった。自分は勇気のある人間などではない。マレットをひと振りしたとたんそのまま倒れこめば、彼もそれに気づくだろう。

隣を歩きながら、エリーは不安な胸のうちを彼に悟られまいとした。杭と金属製のウィケットが、二日前に試合をしたときのまま残っている。でなければ、彼が従僕に頼んで元に戻させたのかもしれない。それはわからなかった。

スタート地点に着くと、伯爵はふたつの木球を地面に置いた。ひとつは赤、ひとつはグリーンだ。

「きみはどっちの色が好きだい？」

「色なんてどちらでもいいんじゃない？」

「よし。ならきみは赤をとれ。グリーンはぼくの幸運の色なんだ」

「挑戦者がわたしなら、どんな色でも幸運の色になるわ」

「いつもの自信はどこへ行った？」子供を叱咤するような口調でチャーフィールド伯爵が言

った。

「どこかへ行ってしまったわ。わたしの良識といっしょに」エリーは彼の手からマレットを引ったくると、杖に寄りかかって赤い球の後ろに立った。杖を手に持ったままマレットを振るか、脇の下に杖を挟んで両手でマレットを振るか彼女は迷った。片方の手で球を打つのでは思うように力が伝わらないし、正確に的を狙うこともできないだろうが、少なくとも倒れずにすむ。

威厳を保つため、片方の手で打つことに決めた。

「なにをやってる?」

エリーはマレットを振る手を止めて彼を睨みつけた。「どうしてわたしが試合に出られないか、教えてあげようとしているのよ」

「ぼくが手を貸すと言ったのを忘れたのか?」

エリーはぐるりと目をまわし、ふたたび木球を見おろした。どう手を貸すつもりなのだろうか。芝生から助け起こしてくれるとでも? 杖に体重をかけ直し、打つ構えをする。

「杖を渡して」伯爵が背後から言った。

エリーは彼を無視し、転ばないでどこまで強くマレットを振れるかに意識を集中させた。ふと腕に彼の手が置かれたのを感じて動きを止める。

「杖を渡して」

エリーは彼を見つめた。表情からすると本気で言っているようだ。杖が渡されるのを待って手を差しだしている。

「立っているには杖が必要なの」エリーは小声で説明した。自分の弱さをさらけだすようでいたたまれなかった。「わたしの足は体を支えるほど強くないのよ」

「ぼくが杖の代わりになる」

エリーは彼の手を見つめた。自分がちゃんと支えるから大丈夫だと彼は言っているのだ。倒れこむようなことは絶対にさせない、信じてくれと。

心臓の鼓動が速くなった。兄弟たちにさえ、そこまで完全に信頼しろと求められたことはない。エリーは彼の手を見つめた。と同時に、言葉では表現できないくらい興奮した。

深く息を吸い、ゆっくりと杖を彼のほうへ差しだした。

受けとる前に、チャーフィールド伯爵はエリーの背後にまわり、あいているほうの手を彼女の腰にまわした。そしてエリーが反応する間もなく、杖を受けとって自分の前腕にかけた。真後ろに立って手を腰の両側に添える。

「どんな感じだい？」彼の顔がエリーの頬にふれそうなほど近づき、あたたかな息が肌にかかった。

「怖いわ」十一歳のとき以来、右手の指で杖を握りしめずに立ったのははじめてだ。

「怖がらなくていい。ぼくがしっかり支えている」

「でも――」

「ぼくを信じろ」

〝信じろ〟

これほど男性と接近したことはない。ましてや一気に彼女の脈を跳ねあげ、水門を開けたかのようにあらゆる感情を解き放つ男性とは。エリーは全身に生気が満ちてくるのを感じた。体中の神経が喜びにわいているようだ。

「どう思う？」

エリーはなにも持っていない右手を持ちあげてほほ笑んだ。「この手をどうしていいかわからないわ」

エリーが肩越しに振り返ると、彼はほほ笑んでいた。

杖を持っていないと無用の長物に思える。

「用意はいいかい？」

エリーもほほ笑み返してうなずいた。

「両手でマレットを持って」

エリーはきょうだいが何百回としているように、マレットを両の指でしっかりとつかんだ。

「右手をもう少し下にずらして」

彼の両手はしっかりとエリーの腰に添えられていた。エリーは安定感と安心感、そして自由を感じた。生まれてはじめての、すばらしい感覚だった。

右手を下にずらし、マレットのヘッドを芝生の赤い球のすぐ後ろに合わせて身をかがめた。

「もう少し足幅を広げて。そのほうが力が入る」

エリーは足を動かし、もう一度球のうえにかがみこんだ。

「さあ、ゆっくり球にあてるんだ。あたったところで止めちゃいけない。最後まで振り抜くことが肝心だ」

下を向いて立ち位置を確認し、また顔を起こした。「ほんとうに大丈夫？」

「マレットを振りきることが？」

「いいえ。わたし、重くないかしら。ほんとうにわたしを支え――」

「きみを倒れさせたりはしない、エリー」伯爵が彼女の耳元でささやく。「約束する」

エリーは自分を鼓舞するように深く息を吸い、球に狙いをつけた。気がくじける前にと、マレットを後ろに引き、前方に振り抜く。

エリーがマレットを振りあげたと同時に、腰を支える彼の手に力がこもった。球を打った瞬間、彼はさらに体を近づけて彼女といっしょに動いた――エリーのほうが彼といっしょに動いたのかもしれなかった。マレットを振り抜くまで。

きれいに球にあたり、なによりエリーは倒れなかった。

「やった！」赤い球が深い緑の芝を転がっていくのを見ながらエリーは叫んだ。「やったわ！」

チャーフィールド伯爵の手は腰にまわされたままだ。エリーは健康な二本の足に体を支えられているかのように、のびのびと、そしてしっかりと地面に立っていた。

クリスマスを迎えた子供のようにわくわくした。喜びのあまり飛びあがりたいくらいだった。野原を駆け巡りたい。自分には不可能だと思っていたことをなんでもやってみたい。そんな気持ちだった。そしてなにより、彼にお礼が言いたかった。

体の向きを変えたのが自分なのか彼なのか定かではなかったが、気がつくとエリーは伯爵と向きあい、抱きあっていた。彼の両手は腰に添えられたままで、腿はふれあい、上体もぴたりと重なっていた。エリーは両腕を自分の体から離した。自由に動かしたかったから。彼の腰に、でなければ肩に、首に抱きつきたかったから。

「きみはすばらしい」チャーフィールド伯爵はそう言って頭を下げ、キスをした。

彼の唇は引きしまってあたたかかった。はじめてのときと同じ――いや、ちがう。もっと強くなにかを求める、いっそう親密なキスだ。それでも、あくまで優しかった。エリーの全身を熱い血が駆け巡った。

もっとも、彼は口づけを長くは続けなかった。以前のように彼女が息もできなくなるまでではなく、膝が立たなくなるまでではなく、ただエリーの心臓が激しく高鳴りはじめたところでふいに彼は唇を離し、ほほ笑んだ。

「きみはすばらしい」そう言って、今度は頬に軽くキスをした。

二度めのキスは情熱を感じさせるものではなかった。きょうだいや両親が出かけるとき、帰ってきたときにする挨拶のキスとなんら変わらない。ふだんよく交わされる親しみのこもったキスで、彼はそれをあたり前のように、まるで家族のようにしたのだった。

エリーはふつふつとわき起こる幸福感を押し隠してほほ笑んだ。

「こういうものだとは思わなかったわ」

「両手で球を打つこと？　それともキスのことか？」

チャーフィールド伯爵の目がきらきらと光っていた。からかっているのだろうか。

エリーが答えようと口を開きかけると、彼は指を彼女の口元にあてて言葉を押しとどめた。

「答えなくていい。ぼくはキスのことだと思いたい」

エリーはほほ笑み、ふたりのあいだの狭い隙間を見おろした。

「もう一度、球を打つ練習をするかい？」

「ええ、もちろん。次の球はあの木のあたりまで転がしてみたいわ。遠すぎると思う？」

「きみにとって遠すぎるとか高すぎるとか、なんにせよ、すぎるということはないさ」

心がふっとなごんであたたかくなり、エリーは彼を見あげてほほ笑んだ。

チャーフィールド伯爵はもう一度彼女の後ろにまわると、腰に手をあてた。「構えて。球を転がしたい方向へ左肩を向けるんだ」

エリーは言われたとおりにした。

「用意ができたら言ってくれ」

「いいわ」エリーはしっかりとマレットを構え、球を狙った。

二度めははるかに簡単だった。もう気おくれも不安もなかった。

〝ぼくを信じろ〟そう彼は言い、エリーはそのとおりにした。これほど人を信用したのははじめてだ――少なくとも事故以降は。希望が胸に満ちてくるようで心地よかった。

エリーは力いっぱいマレットを振り、球が思った以上に遠くまで転がったのを見て歓声をあげた。次の球はさらに距離がのび、そのまた次はほぼ完璧なショットだった。

「さすがだ。もうきみの腕前はよくわかったよ。今度は勝負をしよう」

「あなたが相手？」

「もちろんぼくだ」

エリーは彼の目をのぞきこんで笑った。「いいわ。でも気をつけて。簡単には勝たせないわよ」

「ぼくだって負けるつもりはないさ」

「わたしが勝負好きだというところを見せてあげる」エリーは彼の腕から杖を受けとると、体重をかけた。「あなたからどうぞ」

チャーフィールド伯爵がびっくりした顔をした。「ぼくからなんてとんでもない。先攻で優位に立ったなんて言い訳をされてはたまらないからな。さあ、きみからやってくれ。ただし」彼女の鼻先を軽くはじく。「先に打てるのはいまだけだぞ」

エリーはつんと頭をそらせて構えに入った。用意ができると合図をして、体を支えてもらった。彼の手がしっかりと腰に添えられたのを確かめ、マレットを振りあげる。

勝つかどうかは重要ではなかった。彼に支えられているだけでじゅうぶんだった。いや、たぶん彼がそばにいるだけでじゅうぶんなのだ。

伯爵は、彼女を普通の女性と見なす紳士にエスコートされるというのがどんなものかを教えてくれた。自分が若くて魅力的で——完全な肉体を持っているという気持ちにさせてくれた。

そのことだけでうれしかった。この気持ちをずっと忘れないだろうとエリーは思った。

12

ブレントはエリーをテラスまで連れていき、彼女を椅子に座らせてから倒れこむようにその隣に座った。クロッケーでこれほど楽しんだのは生まれてはじめてだ。それもこれも、彼女がいっしょだからだ。

「ずるをしたわね」召使いがあわてて運んできたレモネードの細長いグラスを手にとりながらエリーは言った。

ブレントは冷たい飲み物を数口飲んでから、グラスをテーブルに置いた。「ずるはしてない。説明しただろう。きみが最後の一打を打つときに、やたら大きくて気味悪い虫が腕に止まったんだ。そいつにぼくのか弱い肌をちくりとやられちゃたまらないから、つい手で払ったんだよ」

「わざとわたしの狙いをはずさせたのよ。認めなさい」

「とんでもない」ブレントはレモネードをもうひと口飲んだ。「このぼくが、勝つためにわざときみを笑わせるとか、そんな姑息な手に訴えたとでもいうのかい？」

「そうよ」彼女はむっとしたように目を細めて言った。「そのとおりのことをしたと思うわ」

「傷ついたよ」ブレントは手で胸を押さえた。ひどい侮辱を受けたかのような顔をしてみせたが、彼女の表情からして、心を動かされたようすはまるでなかった。ブレントは笑いだした。

エリーがグラスを口元に運ぼうとしてふと手を止める。

「なんだい？」彼女の不思議そうな表情にブレントはとまどった。

「あなたの笑い方よ。なんだかふだんとちがうから」

「ちがう？　どんなふうに？」

エリーは小首をかしげてじっと彼を見た。「あなたはよく笑うけど、いまの笑い方はいつもとどこかちょっとちがっていたの。もっと気持ちが入っているというか。心から楽しそうだった」

「そう？」

「ええ」

ブレントは椅子の背にもたれた。彼女といるとなにをしても心から楽しめるのだということを、どう説明したらいいのだろう。いままで感じたことがないほどの幸福感に満たされるのだということを、どうやってわかってもらえばいいのか。

じっと彼女を見つめた。午後いっぱいともに過ごしたが、もっともっといっしょにいたかった。

「わたしがなにを考えているかわかる？」解読しなくてはならないパズルのように彼を見つめてエリーは言った。

「きくのが怖いな」

「あなたって俳優みたい」

「演技してるということか？」

エリーのまなざしはさらに数秒、彼の目をとらえたままだった。そうやってじっと見つめられていると、心のなかまで見透かされる気がしてくる。いや、自分の心が開いていく気がしてくる。生まれてはじめて彼は、自分以外の人間にほんとうのブレンタン・モンゴメリーを知ってほしいと思った。

「非の打ちどころのない紳士という役を演じているような気がするの。でもそれは、あなたが何年もかけて完璧なものにした表向きの顔。わたしはほんとうのあなたを見極めたいと思っているわ。ロンドンにいるときのあなたと、社交界の詮索の目や適齢期の娘を持つ母親のかぎ爪から離れたところにいるあなた。どちらがほんとうのあなたなのかを」

ブレントはまた笑わずにはいられなかった。「きみはどちらだと思う？」

「ここにいるあなたであればと思っているわ。ペテン師とお友達になったとは考えたくないもの」

なんと答えていいのかわからなかった。そうだ、ここで出会った男こそ、本物のブレンタン・モンゴメリーなのだと自信を持って言いたい気持ちもあった。悪名高い放蕩者、ならず者というのはほんとうの自分ではなく、彼女の言ったとおり手ごわい母親たちにつかまらないための手段なのだと。

「あなたが結婚していないというのが信じられないわ」

その言葉にブレントはふいを突かれた。幾度となく聞かされてきたことではあるが、彼が結婚しない理由を相手が本気で知りたがっているとは思えなかったのだ。いままでは。

右の足首を左の膝にのせ、もうひと口長々とレモネードを飲んだ。これがアルコール入りならよかったのにと思う。

「結婚をひとことで言い表すとしたら」じっと彼女の目を見つめて言った。「きみならなんと言う？」

「たったひとことで言い表せるものかしら」エリーは面食らったようだった。

「ではふたつ。三つでもいい」

「そうね。まずは愛。それからもちろん信頼。そして、なにより互いへの思いやり」

「ぼくならなんと言うかききたいかい？」

「結婚をたったひとつの言葉で表現できるの？」エリーは笑みを浮かべて言った。

「そうだな。ふたつになるかもしれない。まずリストの一番めにあがるのは憎悪だ。すぐ後ろに迫る二番手として憤り。三番めは――」

彼が言葉を切るとエリーの顔から笑みが消え、気づくと哀れみがとって代わっていた。なんてことだ。同情を受けるなんて耐えられない。

「あなたのご両親は、お互いに愛情を感じていらっしゃらなかったの？」

ブレントはちゃかすように答えた。「感じたときもあったんだろうな。少なくとも二度は。知ってのとおり、ぼくには弟がいる。父が夫婦関係を無理じいしたのでないかぎり」

エリーは頬を真っ赤に染めて膝のうえに置いた手に視線を落とした。

「申し訳ない」彼は唐突に立ちあがり、石造りの手すりまで歩いた。「レディの前でこんな話をするべきではなかった」

「弟さんも同じように感じていらっしゃるの？」

「両親の記憶ということなら、同じようなものだろうな」

「それでも、弟さんは恋をして結婚した。それとも恋に落ちたわけではないけれど、結婚したのかしら」

「いや、マイケルは恋をした。実を言えば大恋愛だった。すばらしい女性を見つけ、家いっぱいの子供をつくった」

ブレントは振り返ってほほ笑んだ。「おかげで、ぼくには独身でいられる立派な言い訳ができたのさ。未来のチャーフィールド伯爵をつくるという義務をマイケルが果たしてくれたわけだから」

「自分の子供がほしいとは思わない？」

「あまり考えたことがないね。ぼくにとって子供というのは、人生になくてはならない存在ではないんだ」

その言葉が嘘であることを彼女に気づかれる前に、ブレントは前に向き直った。ほんとうはマイケルのもとを訪れるたび、自分の子供がいたらどんなだろうと思わずにいられなかった。息子を何人、娘を何人授かるだろうなどと考えてしまう。だが、これまでは理想の女性に出会うことができなかった。自分の子供の母親になってほしいと思う人には。

それは、自分とマイケルには母親がいないに等しかったからなのかもしれない。エリーやハリソン、ジョージほかプレスコット家のきょうだいのように、両親の——愛しあう両親の——深い愛情を受けて育ってこなかったからかもしれなかった。

「これまでにだれかを愛したことはある？」

「きみは？」同じ問いをそのまま返した。

「いいえ」

「どうして？」

「いまも理想の男性を追い求めているから」エリーはふと彼を見あげた。「あなたは、理想の女性との出会いを夢見ることはないの？」

ブレントは笑った。「そんな夢はとうの昔に砕け散ったよ」

ほんとうは夢見ること自体、自分に許さなかったのだ。将来をともにしていいと思えるような女性と一生のうちに出会うことなど不可能だと思えたから。

いまのいままでは。

ブレントはぎくりとした。自分はエリーとの将来を本気で考えているのか？　いまになって人生の伴侶となる女性を見つけたなどと、夢みたいなことを言うつもりなのか？

彼女にきいてみたいことがたくさんあった。知りたいことがたくさんある。しかし、まだ早い。時期尚早だ。それに、招待客たちが外出からちらほら戻ってきていた。エリーとふたりきりで過ごした特別な午後は終わったのだ。やがて、彼女のきょうだいや友人たちがふたりをとり囲んだ。

「まあ、エリー」アメリア・ヘイスティングスが声をあげ、テラスを横切ってきた。「いっしょに来ればよかったのに。ミスター・デヴォンのお店は最高だったわ」

「ああ、アメリアの言うとおりだよ」ジュールズは彼女の肘の下に手を添えていた。自分のものだと言いたげな親密なしぐさで。「ミスター・デヴォンはこの先六カ月、空になった棚に商品を補充するため、せっせとクリスタルをつくり続けなきゃならないだろうな」

「わたしは二点しか買ってないのよ。ほかのみんなはもっと買いこんできてるわ。ブリアンナなんて、それはみごとなクリスタルの鉢を手に入れたの。ミスター・デヴォンがあんなのをもうひとつつくっていたら、わたしもきっと買わずにはいられなかったでしょうね」

「ミスター・デヴォンはたぶんまた同じような鉢をつくるわよ。いつもなら――」

ジュールズがひどくあわてた顔になり、その先は言わないでくれと必死にエリーに合図を送っている。見ていたブレントはつい噴きだしそうになった。

「いつもなら、いつごろに？」アメリアが目を輝かせる。

「来年のいまごろにはできているはずよ」エリーは続けた。

「そんなに先なの？」アメリアががっかりした顔で言う。

「来年の夏にも今回のようなパーティを開くさ」ジュールズが言った。「またミスター・デヴォンの店に行ってみればいい。そのころにはあるはずだ。ほかにもいろんな作品がそろっているとと思うよ」

「すてき」アメリアは愛くるしい笑顔をジュールズに向けた。「次にご招待いただくまでにお小遣いをたくさん貯めておくわ」

ブレントはテラスを見渡した。エリーの兄弟たちはみな、自分が招待した女性と親交を深めているようだった。ハリソンを除いて。

フェリングスダウン侯爵は彼らとは距離を置き、ふたりの義弟――パークリッジ侯爵とバーキンガム伯爵――と会話をしていた。三人がなにを話題にしているのかブレントにはわからなかったが、格別興味を引くものではないらしく、ハリソンの視線は始終レディ・レイザントンがエリーのふたりの伯母と話をしているテラスの反対側へと吸い寄せられていた。老婦人の目のきらめきからして、彼女たちが別れたかつての恋人の仲をとり持とうと画策していることは見てとれたが、当のふたりがそれをわかっているかどうかは疑問だった。

おそらくはわかっていないだろう。

ブレントの視線に突然気づいたかのように、ハリソンがふとこちらを見た。そして、義弟たちにひとこと断って近づいてくる。

「村へは行かなかったんだな」ハリソンはエリーから少し離れたところで足を止めて声をかけてきた。ブレントは彼と会話をするために三歩ほど前に出なくてはならなかった。周囲の人々から少し離れることになったが、おそらくそれがハリソンの意図なのだろうと思った。

ブレントはほほ笑んだ。「妹さんが残ることにしたと知ってね。残って、彼女につきあうことに決めたんだ」

「なるほど」ハリソンは答えてテラスの端まで歩くと、小さな側庭に続く三段の階段をおりていった。ブレントもあとに続くしかなかった。

ハリソンはさらに歩き、だれにも会話を聞かれないくらいテラスから離れると足を止めた。

「きみはこれ以上ないくらいによくやってくれている。文句のないエスコートだ、チャーフィールド。短期間に……あれほど親しくなれるとは、さすがだよ」

「きみの妹さんがぼくに好意を持たない可能性もあると思っていたのか？」

「そんなことはない。きみのほうもすぐに妹に好意を持つと思っていた。彼女を知ろうとする人間なら、だれでもすぐに好きになるし、友人と思うようになる」

「では、いったいなにを心配している？」

「ぼくたちがきみを招待した目的は――」

「ぼくたち？」ブレントはきき返した。考えていた以上に大きなたくらみに巻きこまれている気がしてきた。

「ジョージはこの取り決めのことを知っている。もちろん、ジュールズとスペンスも」

ブレントはなにか引っかかるものを感じた。それがなんなのかはわからないながら。「もちろん、そうだろうな」ハリソンが右の眉をひょいとあげたところを見ると、皮肉が通じなかったわけではないらしい。「で、双子の妹たちのほうはどうなんだ？　ぼくがここにいる理由を知っているのか？」

「あのふたりこそ、そもそもこの催しをしなくちゃならなくなった原因なんだ」

ブレントは背中で手を組み、振り向いて色鮮やかな庭を見渡した。エリーの東屋が遠くに、小道の右側に見えた。二日前の午後にそこで過ごしたひとときが脳裏によみがえる。昨日は暗くなってから、もう一度ふたりで訪れた。

夜に予定されていたチェスの試合や音楽会を抜けだしたことは、エリーの兄弟のだれにも気づかれていないと思っていたが、自信がなくなってきた。

「なにを気にしてる？」ブレントはハリソンのほうを向き直ってもう一度きいた。

「取り決めによれば、ぼくたちがふさわしくないと思う求愛者のことをエリーが忘れられるよう、きみは彼女の相手をするはずだった」

「ぼくがその役目を果たしていないというのか？」

「いや、完璧に果たしていると思うよ。実を言えば、きみと出会ってから、妹が内緒の恋人を一度でも思いだしたことがあるだろうかと思うくらいだ」

「なら、どうして文句があるのかわからないな。それこそ、きみが望んだことなんじゃないか」

ハリソンが咳払いしてから続ける。「ぼくが……いやだれも望んでいないのは、きみが代わりにエリーの求愛者になってしまうことだ」

ブレントは両眉をつりあげた。「そうなったらきみは反対するのか？」

「忘れるな。ぼくはきみの評判を知っている。取り決めでは、きみはこの二週間が過ぎればザ・ダウンを遠く離れ、二度と戻ってこないことになっている。妹の心が傷つくのをぼくは望んでいない」

怒りがこみあげるのを感じた。「そんなつもりはない」

「では、そういうことにならないようにしてくれ」ハリソンは短くうなずくと、テラスのほうへ戻っていった。そこではだれもが今日の外出や購入した品々について楽しげに語りあっている。

ブレントは歩き去るハリソンの後ろ姿を見守った。かつてないほど頭が混乱し、いらだっていた。エリーの兄との会話にうまく対応できたとは思えない。彼女への自分の気持ちを説明するちょうどいい機会だったのに……。

もっとも、自分でも自分の気持ちがよくわからないのだが。

ハリソンのあとを追うようにテラスへ向かいながら感情を整理してみようとしたが、うまくできなかった。いま胸のなかで荒れ狂っている感情は彼にとってまったくなじみのない、未知のものだった。

階段のたもとまで来てうえを見あげる。ジョージがマレットを持ってテラスの端に立っていた。ブレントとエリーが練習に使ったものだ。

「ほら、ハリソン」ジョージがマレットを高く掲げた。「チャーフィールド伯爵が今日屋敷に残った理由は、これの練習だったようだ」

「たぶん、兄さんに再試合を挑もうというんだろう」とスペンスが言うと、テラスに集まった人々からにぎやかな歓声があがった。

ジュールズが前に出て片方の手をあげた。「この夏、再試合が行われる気配が濃厚となりました。さあ、みなさん、どちらに賭けますか」

歓声や拍手がいっそう激しくなった。

ブレントもつい顔をほころばせた。だれもが心から楽しんでいるようだ。ハリソンと深刻な会話を交わしたあとだけに、このばか騒ぎがうれしかった。

ハリソンはゆっくりと振り返り、胸の前で腕を組んだ。「ぼくに隠れて練習してたのか？」

ブレントはちらりとエリーのほうを見て、彼女の反応を確かめた。

エリーが秘密にしておいてと懇願するように数回首を振ったが、手で覆った口元は笑っていた。

ブレントも思わず笑った。

「見つかったか」いかにもすまなさそうに謙虚な口調で言う。「再試合を挑む絶好の機会を待つつもりだったんだが、ばれてしまったようだな」

「再試合、再試合！」テラスの端に並んでいたグループが声をあげた。

ハリソンはそのかけ声をしばらくやり過ごしてから、手をあげて周囲を静かにさせた。

「ぼくはかのチャーフィールド伯爵に再試合を挑まれ……その挑戦を受けることにした！」

ふたたび歓声があがる。

「いつがいい、チャーフィールド？　きみが決めろ」

ブレントは重々しくうなずいた。「二日後に」

一同がふたたびどっとわいた。

「では二日後にしよう」歓声がおさまるとハリソンが宣言した。「このあいだの芝で」

ブレントがもう一度うなずいた。「了解だ」

「よし。二日後にクロッケーの再試合を行う。午餐が終わってすぐだ」

またしても大きな歓声がわき起こった。ハリソンはブレントに向かって、これで話は終わりだというように一礼して向きを変えた。

「待ってくれ」ブレントがハリソンだけでなくまわりの注目も集めるよう、片方の手をあげる。

ハリソンは足を止め、人々が静かになるのを待った。

「前回の試合は一対一ではなかった。再試合もふたり組で行うことを提案したい」

ハリソンが片眉をつりあげた。「パートナーと組んでやるというのか？」

「そうだ」

今度は両眉をあげた。「特定のパートナーを考えていると？」

「ああ」

ブレントはエリーのほうは見なかった。彼女が尻ごみするのがわかっていたからだ。

「なるほど。ではパートナーを指名してくれ」

「わたしを選んで！」女性の声があがった。

「あら、わたしよ！」別の女性が叫ぶ。

「本気で勝ちたいなら、チャーフィールド」スペンスがひときわ大声で言った。「パートナーにぼくを選べ」

「なにを言ってる」ジュールズも負けじと言った。「ぼくはスペンスに四回に三回は勝っている。パートナーにするならぼくを選んだほうが絶対に得だぞ」

「さあ、ひとり選べ。チャーフィールド」このなりゆきが愉快でたまらないらしく、ハリソンがほほ笑みながら言った。

「わかった。ぼくが選ぶパートナーは――」

ブレントは振り返って椅子に座っているエリーのほうを見た。彼女は頬を真っ赤に染め、必死に首を振りながらやめてと懇願していたが、それを見てもブレントの気持ちは変わらなかった。

「レディ・エリッサだ」

一瞬しんとなった。ハリソンは上品な集まりのなかで罰あたりな言葉が発せられたとでもいうように、険しい表情でブレントのほうへ一歩足を踏みだした。「よくもそんな」食いしばった歯のあいだから言う。「エリーがマレットを振れないことは知ってるだろう」

「そんなことは知らない」

ブレントは憤るハリソンを無視してエリーをじっと見つめた。彼女が受けてくれることを祈りながら。「パートナーになってくれるかい？」

長いこと、彼女は答えなかった。一秒一秒過ぎていくにつれ、断られるのではないかという不安がブレントのなかでいや増した。ジョージやジュールズ、スペンスの怒りに満ちた目つきからして、すぐにも彼女が答えてくれないとなると、この場からつまみだされることになりそうだ。

妹が侮辱されたと感じたのだろう。ジョージがこぶしを固めて一歩ブレントに近づいている。どうやらそのこぶしをブレントの顎に一発見舞い、敷地から放りだすつもりらしい。これ以上ためらうな――彼は心のなかでエリーに訴えた。

その訴えが届いたのか、ふと彼女が立ちあがった。

テーブルの端に手を置いて、ゆっくりと体を引きあげる。全員が立ちあがった彼女のほうを見た。ジョージでさえ、ブレントまで数歩の距離を残して立ちどまった。

「受けてくれるかい？」ブレントは繰り返した。

エリーはすぐには答えなかったが、それでもはっきりとした声で言った。「いいわ」

この意外な返答に最初に反応したのはレディ・レイザントンだった。にこやかな笑みを浮かべて数歩でエリーに駆け寄ると、友人の肩に腕をまわした。それを皮切りに称賛や励ましの声がわき起こった。

「ほんとうにやるのか、エリー？」騒ぎが一段落するとハリソンがきいた。

「もちろんよ。指名されて光栄だわ。今度はお兄さまがだれをパートナーに指名するのかききたいわね」

ハリソンが驚いた顔をした。

「ぼくがいっしょにやろう」ジュールズとスペンスが同時に声をあげる。

「いや、ぼくだ」ジョージが年長者として当然とばかりに高圧的な口調で言った。

ブレントのパートナーが女性なのだから、兄弟で組むのは不公平だという不満の声が女性陣からあがる。

ハリソンはテーブルについている伯母ふたりを見やった。「エスター伯母さま、でなければグッシー伯母さま、よろしかったらパートナーになってくださいませんか？」ますます面白いことになってきたという顔で彼は言った。

「あら、わたくしたちには無理よ」ふたりが口をそろえて反対した。

「だいたい、まるっきり下手っぴいなんですもの」とグッシー伯母。

「わたくしたちみたいなよろよろのおばあちゃんではなくて、もっと若い方を選ばないと」エスター伯母がつけ加える。

「とんでもない。あなた方はどちらも――」

「レディ・エリッサと同じ腕前を持つ女性をひとりあげていいだろうか？」ブレントがこの問題に早く決着をつけたくて言った。

ハリソンはうなずいた。「もちろん」

ブレントはエリーの隣に立つ女性に視線を移した。「レディ・レイザントン、お願いしてもよろしいですか？」

ハリソンが息をのむ声がした。レディ・レイザントンは抗議しようと口を開いたが、グッシー伯母とエスター伯母がとっさに口を挟んだ。

「彼女ならぴったりだわ、チャーフィールド伯爵」グッシー伯母がうれしそうに手を叩いた。

「これ以上ないくらいよ」エスター伯母もはしゃいだ声で相づちを打つ。

「きみも異論はないだろう」ブレントは友人に言った。フェリングスダウン侯爵が招待客の協力を断って、相手に気まずい思いをさせるようなことは決してしないと承知のうえで。

「もちろん、異論はない」ハリソンは彼らしくない硬い口調で答えた。「もっとも、当のレディのほうはイエスと言っていないのだから、ぼくの相棒をつとめたいと思っていないかもしれない」

「もちろん、ハリソンのパートナーになってくれるわよね、キャシー?」彼女に断る余地を与えない熱心な口調でエリーはきいた。

レディ・レイザントンの答えはエリーほど熱意のこもったものではなかったが、それでもイエスだった。

ふたたび拍手と歓声があがり、どちらが勝つかの賭けがはじまった。ジュールズとスペンスはやむなく賭けの記録をつけることに専念した。周囲ではだれもが興奮覚めやらぬまま、今日の思いもよらない展開について、来《きた》る再試合について話に花を咲かせていた。

13

その日とその次の日の晩餐は、クロッケーの試合の話題で持ちきりだった。夜の娯楽のために客間に引きあげたあとも、人々の興奮は続いていた。

試合前夜には、キャシーも胸の高鳴りを抑えきれなくなり、ひとりで脇の扉からテラスに出た。背後で物音がしてぱっと振り返ると、ハリソンが暗がりに立っていた。

「いっしょにいいかい？」

キャシーがうなずくと、彼は近づいてきた。

「きみがテラスに出るのが見えたから。ふたりきりで話すいい機会だと思って」

ハリソンはキャシーのそばまで来て足をとめ、彼女ではなく庭を見渡した。キャシーはありがたかった。かすかなそよ風が、いつも彼が身につけている魅惑的なコロンの香りを運んでくる。その独特の芳香に心をそそられずにはいられない。

エヴェレットと結婚して数カ月経ったあとも、ふとした折にハリソンの特別なコロンの香りをかいだような気がしたものだ。嗅覚に惑わされて振り返ったりもした――彼がそこにいるのではないか、ついに助けに来てくれたのではないかと期待をこめて。

だが、ハリソンは来てくれなかった。いつか彼が飛びこんできて自分を助けだしてくれるというのは結局、夢物語でしかなかった。

　そう悟っても、気持ちは変わらなかった。どうしていまはちがうなどと思ったのだろう。四年近くのときが過ぎたというのに、なにも変わっていない。若くて悩みなどなにもなく……幸せだったときの気持ちはそのままだ。

　ハリソンと再会したとたん、思い出を閉じこめていた扉が開いてしまった。まだ四日しかいっしょにいないのに、かつての夢やあこがれ、胸を焦がした思いが、熱い欲求となって押し寄せてくる。

　どれだけ避けようとしても、東屋で一度口づけしただけで、自分は決してハリソンを忘れられないのだと思い知った。

　彼を求め続け――。

　愛し続けるのだと。

　だが、この愛に希望はない。ハリソンの妻になるという人生の夢は四年前に砕け散ったのだ。

「なにかご用？」できるだけ感情を排した声できいた。

「ああ、きみに謝りたかった」

　キャシーは振り返って彼を見た。「なにを謝ろうというの？」

「明日の試合のパートナーの件だ。きみが断れるような状況をぼくがつくるべきだった」

　キャシーは肩をすくめた。「チャーフィールド伯爵は、あなたにその機会を与えなかったわ」

「そうだ。それに伯母たちも。しかし、なにか考えなくてはいけなかった。きみはできるだけぼくと距離を置きたいにちがいないんだから」

彼のひとことひとことが、やわらかな肌に突き刺さる針のように彼女を刺した。「わたしがあなたを避ける以上に、あなたがわたしを避けているんじゃないかしら」

「そうかもしれない。だからこそ、午後をいっしょに過ごさなくてすむよう、なにかしら逃げ道を考えるべきだった」

細い三日月が夜空をかすかに照らしている。その弓形の光がぼやけていくのがわかり、キャシーは必死に涙をこらえた。彼の前で涙は見せたくなかった。泣いたところでどうにもならない。

しゃんとしなくては。ハリソンが助けに来てくれないとわかった時点で、いやというほど泣いたはずだ。彼がおぞましいスキャンダルをひとことたがわず鵜呑みにし、自分の運命には自分で立ち向かえとばかりに彼女を捨てたと知ったときには、それこそ涙がかれるまで泣いた。

「若いころはふたりでいろいろな計画を立てたわね。思いだすことはある?」

「もちろん。ぼくにとっては、決して意味のない計画ではなかった。ともに実現していくはずの将来の夢だった。本気でそう思っていたのはぼくだけだったようだが」

その言葉がキャシーの胸にぐさりと突き刺さり、心の奥深くをえぐった。

負けないくらい痛烈なせりふで応じようと口を開きかけた矢先、意外にも彼はまた謝罪の言葉を口にした。

「すまない。ぼくは謝ろうと思って来たんだ。きみを非難するのではなく。いずれにせよ、ふたりのあいだになにか特別なものがあったとぼくが勘ちがいしていたのは遠い昔のことだ。もう忘れたよ」

キャシーはごくりと唾をのんだ。「ありがたいわ」

かつての情熱をよみがえらせようとしても、もはや手遅れなのだ。それはキャシーにもわかっている。けれどもあとひとつだけ質問し、彼の答えをききたかった。「どうして、せめて話し合いをしに来てくれなかったの？　噂がほんとうかどうか確かめに来てくれなかったの？」

「どうして来なかったかって――」

ハリソンは言葉を切った。だが、すでにキャシーはその声に、怒りと苦悩を聞きとっていた。彼がふたたび口を開いたときには、抑えた慎重な口調に変わっていたが。

「行ったさ。数えきれないくらい。しかし、きみの父上にごみみたいに放りだされた」

ハリソンが髪をかきあげる。「なにがあったか説明するのがそんなに大変なことだったのか？　どうして手紙のひとつもくれなかった？」

キャシーは愕然とした。〝どうして手紙のひとつもくれなかった？〟助けを求める必死の訴えを彼はまったく受けとらなかったのだろうか？　手紙も伝言も、ひとつとして届かなかったのか？

父がしたこと？

それともエヴェレットの父親が？

それともふたりして？

いまとなってはわからない。ふたりとも死に物狂いだった。当時からなんとなくわかってはいた――あのふたりが嘘とスキャンダルでキャシーの将来をめちゃめちゃにした張本人だということは。それを言うなら兄の将来もだ。父はたったひとりの息子を勘当し、そのうえ娘を強引に結婚させた。いちばん高い値をつけた競り手に馬を売るかのように。

ハリソンにどう言ったらいいのだろう。どう言えば、自分たちふたりが仕組まれた悲劇の犠牲者だったと信じてもらえるだろう。

いまさら無理だ。もう手遅れなのだ。真実を語ったところで、すでに起きた事柄をなかったことにはできない。それでも最後にもうひとつだけききたくなった。

「わたしが助けを求める手紙を送っていたら、事情を説明する手紙を送っていたら、あなたはどうしたかしら」

「もちろん駆けつけたさ。きみが望むなら地獄をくぐり抜けて戻ってくることだってしただろう。でも、きみからはなんの音沙汰もなかった。会うことは許されなかったから、きみからの連絡を待ち続けたんだ。レイザントンとのスキャンダルはなにかのまちがいだったと信じられるものをずっと待っていた。けれども、なにもなかった」ハリソンは言葉を切った。

「そしてきみは彼と結婚し、なにをしても手遅れとなってしまった」

彼が話し終えると、キャシーはふさわしい言葉を探した。だが、結局見つからなかった。

「どうしてだ、キャシー？　どうしてほかの男を愛していたのに、ぼくを愛しているようなふりをした？」

「わたしはあなたを愛していたわ、ハリソン」二度と彼の前でそんなせりふは口にすまいと決意していたにもかかわらず、キャシーは思わずそう言っていた。

「さして強い思いじゃなかったらしい」彼がぴしゃりと言い返す。「少なくとも、レイザントン以上には愛していなかったんだろう」

「ハリソン、わたしは――」

「言い訳はいい。説明をききたかったのは昔のことだ。それに、きみのあとを追ってきたのはこんな話をするためじゃない。みんなが明日の試合を楽しみにしている。ぼくらが反目しあっているからといってその楽しみに水を差すことのないようにしたいと、それも言っておきたかったんだ」

「たしかに、みんな大いに盛りあがっているわね」

「エリーでさえ楽しみにしてる」

「マレットを振れるようになったなんて聞いていなかったわ」

「ぼくらもだれも知らなかった」ハリソンはしばらくのあいだ黙りこんでいたが、やがて気にかかっていた思いを口にした。「エリーが競技できないということはありうるだろうか？」

キャシーが少し考えてから答えた。「わからないわ。そういうことは考えてみなかった。

でも、できないならチャーフィールド伯爵のパートナーは引き受けていないんじゃないかしら」

「たぶん。ただ、彼女が杖なしでどうやって体のバランスをとるのか、想像できなくてね。でなければ、杖を持ったままマレットを振るのか」

ハリソンは妹のことが心配なのだ。彼とジョージはきょうだいのなかでも特別エリーを気にかけている。年長だからというのもあるだろうが、それだけではなさそうだ。ふたりは妹の身に起きたことに責任を感じているらしい。ことにハリソンは。かつて、キャシーにそう打ち明けたこともあった。

そう、かつてはなんでも話しあえる仲だったのだ。あのころの親密さがキャシーには懐かしかった。夢や思いをなんでも打ち明けられる人がいるというのは幸せだ。

「チャーフィールド伯爵は、エリーのことを真剣に考えているのかしら」この先も自分の夢が実現することはないだろうけれど、エリーにはいまからでも幸せになってほしい。

「どういう意味だ？　チャーフィールドは特別なにも考えていない」

キャシーは笑わずにいられなかった。「エリーを見るときの彼の目つきに気づいていないの？　だいたい、彼女のそばにつきっきりじゃない。あなたの場合、伯爵の反応は目に入らないとしても、彼を見るエリーのまなざしに気づいていないはずはないでしょう」

「チャーフィールドは礼儀正しいだけだ。エリーも彼の相手を楽しんでいる。それだけだ」

「あら、ハリソン。それだけじゃないはずよ。チャーフィールド伯爵を個人的に知っているとは言えないけれど、わたし、エリーのことはよく知ってるわ。彼女が恋しているのはだれの目にも明らかよ。当然ながら、あなたの伯母さまたちも気づいているわ」

彼がかぶりを振った。「いいや。エリーがこれまで男性に関心を示したことはない」

「これまで男性に関心がなかったからといって、普通の女性が持つ感情をエリーが持たないということにはならないでしょう」

「きみにもその感情があるということか？」

キャシーはためらったものの、答えずにはいられなかった。「ええ。わたしにもあるわ」

その答えがどう解釈されるかは承知のうえだった。受けとり方はひとつしかない。彼の反応は、キャシーのそうあってほしいと願ったとおりのものだった。

ハリソンはかたわらに立っていた。その気になれば抱き寄せられるほど近くに。彼が手をのばしてきたとき、キャシーは逆らうことなく逆に身を寄せた。彼の腕に抱かれるのは、下にごつごつした岩がそびえる切りたった崖から飛びおりるようなものだと思いながら。

そしてしばらくのあいだ、ただ彼に抱かれていた。がっしりしたあたたかな胸に頰を押しつけ、心臓の鼓動をはっきりと耳に感じて。筋肉質な腕に包まれていると、長いあいだ感じたことのなかった安心感に全身がくるまれていくような気がした。

しかしそうやって抱きあうだけでは、やはりじゅうぶんではなかった。どちらもそれ以上のものを求めていた。

ハリソンは彼女の顎の下に手を添え、顔を上向かせた。けだるげに瞼を伏せてじっと彼女を見つめ、その表情を読みとろうとする。

それから、キスをした。

重ねられた彼の唇は男らしく、官能的だった。そして、激しさを秘めていた。首を傾けてさらに深く唇を重ねる。長い空白のときを埋めるかのように、いくらキスをしてもしたりないというように。だれより紳士的な男性のキスなのに、そのキスには紳士的なところがまったくなかった。

キャシーがキスをした相手は、あとにも先にもハリソンだけだけれど。

ハリソンはさらに彼女を引き寄せ、唇を開いた。彼女も同じようにすると、口のなかに舌を差し入れてくる。

これこそ、あるのは思い出だけという長い孤独な夜、繰り返し夢見たことだった。体にまわされたたくましい腕、しっかりと重ねられた唇、全身に伝わる彼の胸のたしかな鼓動——もうずいぶんそういったものとは無縁に生きてきた。スキャンダルのあとの長い日々のあいだは、生きていけるとはとても思えなかったけれど。

いままた、そういったものをあきらめてどうやって生きてこられたのだろうと思う。

ハリソンは唇を離したが、抱擁は解かなかった。「このあいだ東屋できみにキスしたあと、同じ過ちを二度と繰り返すまいと自分に言い聞かせていたんだが」

「わたしもよ」キャシーは呼吸を整えようと必死だった。キスで心がとろけそうになったことを彼に知られたくない。

「その誓いを守れるか自信がなくなってきた」

「わたしもだわ」

「きみもそう言うんじゃないかと思った」

彼のそばにいるのは危険すぎる。キャシーは常に息子のことを第一に考えなくてはならないのだ。

「いっしょにいるときは、できるかぎり自制心を働かせるべきなんでしょうね」

「そうだ。それがお互いのためだと思う」彼にきっぱり言われてキャシーはとまどった。

じっとハリソンの目を見つめる。そして、ふたりのあいだに新たに芽生えたあたたかな気持ちを発展させてはならないと肝に銘じた。息子のためにも、ハリソンとかかわりを持つわけにはいかない。「ええ。それで問題は起きないんじゃないかしら」キャシーははじめての舞踏会に出た世間知らずのデビュッタントのように恥ずかしそうにつぶやいた。

「ああ」ハリソンが彼女の体にまわしていた手をおろして一歩離れた。「そろそろなかに戻ったほうがいい。明日は大事な日だ」

「あなたから行って。わたしはもう少し外にいるわ」

「わかった」

ハリソンはうなずき、屋敷のなかへ戻った。

そう、互いが自制心を働かせれば、パーティが終わるまで友好的な関係を保てないはずはない。

ハリソンが立ち去ったあとも、キャシーは数分ばかり外にとどまった。四年も経てばキスされて動揺することもないだろうと思っていたのに、大きなまちがいだった。昔よりもっと強く心を揺さぶられている。

目を閉じて心のなかで自分を戒めた。いまさらハリソンとの将来を夢見ても虚しいだけだ。ふたりの過去が夢を打ち砕いたのだ。そしていま、キャシーには息子がいる。

背後から足音が近づいてくるのが聞こえ、深く息を吸って体をのばした。振り返ってはっとする。

「気持ちのいい晩じゃないか？」ジェレミー・ウェバリーだった。

近づいてくる彼を見ながら、キャシーは急いで立ち去ろうと決意した。「ええ、とても気持ちがいいわ。でも、そろそろ屋敷のなかに戻ろうと思っていたところよ」

「まだいいじゃないか。この一週間はほとんどきみと話ができていないんだから」

キャシーは両眉をあげた。「いまは領地に関して話しあうべき件はなにもないはずよ。なんにせよ、このサマーパーティが終わったあとでじゅうぶん間に合うと思うわ」

「ぼくの話題といえば、領地のことだけだと思っているのかい？」

「そうではないかもしれないけど。ミスター・ウェバリー、前にも言ったように、わたしはあなたと個人的な関係を築くことに興味がないのよ」

ウェバリーの目に怒りがひらめいた。怒ったのはミスター・ウェバリーと呼ばれたからなのか――彼は爵位のないことを示すその呼び名を嫌っている――またしても肘鉄砲を食らわされたからなのかはよくわからなかったが。

「それでも、きみだってレイザントンを運営していくうえでぼくが欠かせない人材であることはわかっているだろう。ぼくがレイザントンの爵位の相続人であることも。もちろんきみの息子の次ということだが」

なんて男！

「それは警告？」

「ぼくがなにを警告するというんだい？　単に事実を述べただけだよ。フェリングスダウンと親交を深めることは、きみのためにならないんじゃないかな。きみの息子のためにもならないし」ウェバリーはいったん言葉を切った。「ついでに言えば、フェリングスダウンのためにもならない」

キャシーは言葉を失った。彼は本気で言っているのだろうか？「なにが言いたいの？」なんとか声が出るようになると、キャシーはきいた。

「別になにも、カサンドラ。ただし言っておくと、レイザントン卿が屋敷に引きとってくれた日から、ぼくは領地を切り盛りしてきたんだ。エヴェレットには無理だとわかっていたから、ぼくが代わりに土地を管理する術を学んだ。いきなり割りこんできた赤の他人に――いまでも必要以上に、いや当人に値する以上に裕福な人間に、すべてを譲り渡すつもりはない」

キャシーは体の脇でこぶしを固め、せいいっぱい虚勢を張ってみせた。「あなたがそういうばかげた、しかも不吉なことを言う人だと忘れかけていたわ。レイザントンの領地は、わたしの息子のアンドリュー、レイザントン侯爵のものよ。今度そんな立場をわきまえない発言をしたら、二度とレイザントンの土地を踏めなくなると思っておいて」

ウェバリーの目に、かつて見たこともないような憎悪が宿った。

「失礼するわ」ふいに怖くなり、キャシーはそう言って歩き去った。足が震え、胃がむかむかした。いまにも吐きそうだ。

ウェバリーが本気だとしたら？　息子か、もしくはハリソンに危害を加えるつもりだとしたら？

考えておかなくては。ふたりを守るために自分になにができるかをきちんと考えなくては。そうキャシーは心に誓った。

14

翌日は、だれもこれ以上は望めないくらい大試合にもってこいの陽気となった。気温は暑すぎず、寒すぎず、優しいそよ風が吹いて、実に心地のいい日だった。

午餐のテーブルについている人々の気分も、お祭りさながらの雰囲気を盛りあげていた。あちこちで冗談が飛び交い、笑い声があがり、会話のざわめきはやむことがなく、話題といえばただひとつ、クロッケーの試合のことだった。

エリーはさっさと試合が終わってほしいと思っていた。実際のところ、自分が最後までやり遂げられるのか自信がない。

食卓を端から端まで見渡す。ハリソンでさえ試合を楽しもうと決意しているようだった。まわりの人から軽い挑発を受けてもおどけた態度で応じ、きょうだいのからかいにも笑顔で応えている。

もちろん、キャシーは沈黙を守っていた。いささかよそよそしい態度だったが、エリーはそれも当然だろうと思った。たぶん自分と同じで緊張しているのだ。けれども、ぴりぴりしているのは自分たちだけらしく、ほかの人々は試合の話に熱中している。

ジョージ、ジュールズ、リリアンは、ハリソンとキャシーに賭けていた。スペンスとペイシェンス、義弟ふたりは、エリーとチャーフィールド伯爵を推すことにしたようだ。

ふたりの伯母さえ、今回は珍しく意見がわかれていた。グッシー伯母はエリーと伯爵が勝者となると確信し、エスター伯母のほうは同じく自信を持ってハリソンとキャシーが勝利すると言いきった。

そして、陽気な議論がはじまった。当然ながら、ジュールズが賭けを提案した瞬間からはじまっていたのだが。昨夜の晩餐でもほかのことはほとんど話題にあがらなかったほどだ。いずれこの熱狂ぶりもおさまるだろうとエリーは期待したが、そうはならなかった。あと数分で試合がはじまるという段になると、人々の興奮はいっそう高まった。

そんな浮かれ気分から、エリーだけがとり残されていた。緊張のあまり朝食は少ししか食べられなかったし、昼食となるとほとんど喉を通らなかった。

双子は様々な種類の焼きたてのパンに冷肉、チーズ、デザートに特製のレモンカスタードというすばらしい献立を用意していた。その努力に報いなくてはと思うのだが、エリーにはやはり無理だった。全員がひとつの部屋に集まっているということも人々の興奮に輪をかけているらしく、間もなくはじまる試合の結果に関する議論は白熱するばかりだ。

前回の試合でハリソンとチャーフィールド伯爵が僅差で競っていたことを考えれば、今度はどちらが勝つかだれにも予想がつかなかった。もちろん、みんな慎重にエリーの経験のなさ――というより運動能力に言及することは避けていたし、キャシーが前回はほとんど競技に参加していないこと、キャシーが重圧にどう反応するかわからないということにも気づかないふりをしていた。ありがたいことに、いまのところ比較の対象となっているのはもっぱら男性ふたり——ハリソンとチャーフィールド伯爵の腕前だ。

だから、エリーとしては気楽に構えることもできるはずなのだが、そうはいかなかった。食事中も皿のうえの料理をつつきまわし、食べているふりをするのがせいいっぱいだった。

「ぼくのコールドチキンを試してみたらどうだい？」チャーフィールド伯爵が自分の皿を彼女のほうへ少しばかり寄せて言った。「これは実においしい」

エリーはほほ笑みを浮かべている彼を見あげた。「ありがとう。でも、自分のがあるから」

「きみの皿に盛られた料理はいまひとつなんじゃないかと思うんだが」

「そんなことはないわ。おいしいわよ」

「なら、食べないのには、ほかになにか理由があるにちがいない。今朝は食べすぎたか？」

エリーは目を細めて彼を睨んだ。

「ああ、そうだった。きみは朝食もろくに食べていなかった。なにか心配ごとでもあるのかい？　試合中にパートナーが空腹で倒れるなんてことになったら、ぼくも困るからね」

からかっているのだ。またしても。「わたしは元気よ。ちゃんとわかっているくせに」エリーは膝のうえのナプキンをのばした。「あえて言えば、ちょっと緊張しているだけ」

「どうして緊張しているんだい？」

さっき以上に怖い顔で睨んだつもりだったが、彼があいかわらず料理をほおばっているようすからすると、エリーのいらだちが伝わったかどうかは怪しかった。とはいえ、彼が食堂までエスコートし、隣に座ってくれてよかったと思う。彼のくつろいだ態度や自然とあふれでる自信のおかげで、エリーはなんとか、やはりクロッケーの試合には出られない、と集まった人々の前で宣言せずにすんでいるようなものだった。

そう宣言するのはいたって簡単なことだ。だれもエリーが競技できるとは思っていない。家族なら、大勢の人の注目を浴びるようなことはしたくないという彼女の気持ちを理解してくれるだろう。

「できるかどうか心配だなんて言いださないでくれ」

「心配だわ。あたり前でしょう。わたしは習いはじめたばかりで、全然うまくないのよ」

「きみのショットはぼくが対戦したどんな相手よりも正確だったよ。きみのお兄さんがたまに放つショットを別にすれば」

「だからこそ、ほんとうに兄に勝ちたいなら、あなたはほかの人をパートナーに選ぶべきだったんだわ」

「きみにとって、勝つことはそんなに大事なのか?」

エリーはフルーツを皿の端から端へと滑らせた。やがて深いため息をついてフォークを皿に置いた。「いいえ。勝とうが負けようがどうでもいいわ」

「じゃあ、なにをそんなに気に病んでいるのか、ぼくにはわからないな」

「自分のことよ。マレットを振るには支えが必要だし、倒れないためにはあなたに抱きかかえるようにして支えてもらわなくてはならないじゃない。それに——」

チャーフィールド伯爵がいきなり大声で笑いだしてまわりの注意を引いたので、エリーは口をつぐんだ。両隣と真向かいに座っていた男女が、なにがそんなに面白いのだろうといっせいにふたりのほうを向く。エリーはしかたなくフォークをとりあげてぐいとチキンに突き刺すと、口に放りこみ、なにごともなかったかのように咀嚼した。

しばらくひたすら料理に集中していたが、周囲で会話が再開されると言った。「あなたがわたしを抱きかかえるようにしたら、みんなにどう思われるかわかる？」

伯爵はグラスを口に運ぶ途中だったが、その手を止め、ゆっくりと向き直ってグラスの縁越しに彼女を見るとほほ笑んだ。そのまなざしは、単なるちゃめっけ以上のものを含んでいた。エリーが見たこともないような、煽情的なまなざしだ。

「わかるとも。きみの兄弟たちを除けば男はみな、ぼくを世界一幸運な男と思うさ」

「まさか！」エリーはけらけらと笑った。そのせいで、またしても食堂にいる半数の人の注目を浴びることになった。まわりの視線に気づかないふりをして水のグラスをとりあげ、ひと口飲む。水は冷たくて澄んでいたが、飲み下したときにはおがくずのような味がした。

「きみが心配することはなにもない」チャーフィールド伯爵はささやいた。「きっと名人級のプレーをする」

「初心者《ビギナー》の幸運《ズラック》よ」

「たぶん、あれがはじめてだったんだろう。でも昨日には上達していた。今朝の明け方に練習したときにはさらにうまくなっていた」

「でも、もし——」

伯爵が体ごと向き直ってきたので、エリーは言葉を切った。

「きみがやめたければやめてもかまわない、エリー。だけど、ほかのパートナーを探せとぼくを説得しようとしても無駄だ」

エリーは膝のうえでこぶしを固めた。彼が長く力強い指をそのうえに重ね、優しく握る。

いつから彼は、彼女をエリーと呼ぶようになったのだろう。

いつから彼女は、彼に手を握られると気持ちが落ち着くようになったのだろう。

「きみは大丈夫さ。大丈夫というだけじゃない。きっとすばらしいプレーを披露するよ」

そんな自信はなかったが、いまとなってはどうでもよかった。これ以上彼と会話を続けるわけにもいかない。すでにじゅうぶんすぎるほどまわりの目を引いている。

召使いがレモンカスタードを運んできた。招待客たちはまたたくまにデザートを平らげ、やがて食事がすむとハリソンが立ちあがった。

「きみもパートナーも準備はいいかな、チャーフィールド？」ハリソンがきいた。

チャーフィールド伯爵はテーブルの下でエリーの指をもう一度握り、すばやく目配せしてからハリソンのほうを向いた。

「パートナーもぼくも勝つための作戦を練り終えたところだ」

彼の自信たっぷりの発言に、またひとしきり場がわいた。どちらの組に賭けたかによって、歓声をあげる者あり、野次を飛ばす者ありだった。

「では、そろそろ勝負をはじめようじゃないか」

割れるような喝采が起こり、紳士たちは立ちあがって、それぞれのレディの手をとった。エリーが落ち着こうと深呼吸する前に、もう食堂には彼女と伯爵、ハリソンとキャシー以外、だれも残っていなかった。

チャーフィールド伯爵はまたとなく魅力的な笑みを浮かべて隣に立っていた。「心の準備はできたかい?」腕を差しだしながらきく。

「わたしのほうは準備万端よ。でも球を打つ番になって、あなたがわたしの腰に手をまわしたときに、兄弟のだれかに——もしくは全員に決闘を申しこまれても、警告を受けていないとは言わないでね」

「聞いてないのかい? 決闘は違法なんだ」

「フランス製のワインだってかつては違法だったわ。そう遠い昔の話ではなく。でも、みんな大いにワインを楽しんでいたはずよ」

チャーフィールド伯爵が笑った。深く、豊かで……気取りのないその声は、聞く者の心を酔わせる。エリーは先ほどまで感じていた不安が消え、知らず知らず気持ちがすっと落ち着いていくのを感じた。彼の前腕に手を置いて立ちあがる。

ハリソンはテーブルの反対側に立っていた。「負け戦に挑む用意はできたかな?」いまさえ過熱気味の闘いにわざと油を注ぐような言い方だ。兄はほんとうにこの勝負を楽しんでいるのだとエリーは思った。

「妹が球を打ったところを見たことがないくせに、ずいぶんと自信たっぷりだな」と伯爵。

「ぼくに自信があるのは」ハリソンが胸の前で腕を組んで答える。「自分の実力さ。そこへ才能あるパートナーが組むわけだから、気の毒だが、きみたちにはとても太刀打ちできないだろうよ」

ハリソンがパートナーに向かって片方の目をつぶってみせ、キャシーがはにかみがちな笑みで応えたのをエリーは見逃さなかった。あたりの空気が突如として、どことなく甘く魅惑的なものに満たされた。

四年前に恋人同士を引き裂いたものがなんだったにせよ、ふたりはいまでも愛しあっている。エリーはそう確信していた。運命が双方に意地の悪いいたずらをしかけただけなのだ。キャシーがどうしてザ・ダウンからの招待を受けることにしたのかはわからないが、ふたりがよりを戻すことができるなら、エリーはなんでもしようと心に誓った。

「おいで、レディ・エリッサ」チャーフィールド伯爵が言い、杖を差しだした。「そろそろこの自信家に、ほんとうの実力というものを見せつけてやろう」

エリーはチャーフィールド伯爵とともにテラスを横切り、階段をおりて屋敷の角をまわると、クロッケーのコースが設置されている東側の芝生に出た。ほかの人々はすでに集まっていて、笑いさざめきながらお楽しみがはじまるのを待っていた。

「いちおう挑戦したのはぼくのほうだから」伯爵がハリソンに言う。「きみたちの先攻でどうぞ」

ハリソンは非の打ちどころのない礼と、満面の笑みで応えた。「パートナーのためにもそうさせていただこう」

見物人から歓声があがった。集まった人々は競技の邪魔にならないよう、競技者からじゅうぶん離れて立っていた。それでもエリーには、彼らの息遣いが首筋に感じられるくらい近くに思えた。

とはいえ、少なくとも最初に球を打つ必要はなくなった。

大きく安堵のため息をつく。さすがに一発めを打つ勇気はなかった。

キャシーが黄色の球を選び、試合ははじまった。まずスタートラインに球を置き、第一のウィケットに狙いをつけて球を打つ。完璧なショットで、球は目標のわずか手前で止まった。

歓声があがり、キャシーは見物人のほうを向いてありがとうというようにうなずいた。

次はハリソンだった。青の球を選び、みなの予想どおりさらに目標近くに寄せるみごとなショットを放った。見物人たちの大歓声に、ハリソンは未来のシェリダン公爵という立場にふさわしい威厳たっぷりの一礼で応えた。

エリーの番がまわってきた。

赤の球を選ぶと、チャーフィールド伯爵がそれをスタートラインに置いた。

「用意はいいかい？」

彼のまなざしは穏やかで頼もしかった。パートナーを落ち着かせようとしているのがわかる。しかしエリーは緊張しすぎて、不安を抑えつけることができなかった。

それでもうなずき、置かれた球の後ろに立った。人々が励ましの拍手を送る。その拍手には不可能とも思える挑戦を試みる彼女を応援する気持ちと、どんな不格好なショットになっても力を尽くせという激励の気持ちが入りまじっているようだった。

家族のだれも、招待客のだれも、エリーがまともに球を打てると思っていないことは彼女自身よくわかっていた。だれひとり、この赤い球が狙った方向に転がることすら想像していないだろう。

激励の言葉がひときわ大きな声でいくつか飛んできた。そのなかにジョージの声を聞きわけ、エリーはほほ笑んだ。自分には最高の家族がいる。なんにせよ、彼女の挑戦を応援してくれている。

ごくりと唾をのみ、肩越しに伯爵のほうを振り返った。「はじめたほうがよさそうね」これが大きな過ちとなりませんように、と心のなかで祈った。

声援が続いている。チャーフィールド伯爵はエリーに近づき、左手を腰にあてた。

騒々しかった見物人たちがふっと静かになった。

伯爵が右腕を差しだすと、エリーはその前腕に杖をかけた。伯爵がさらに一歩彼女に寄り、右手も腰の反対側にあてた。

見物人たちが今度はしんと静まり返る。

エリーは凍りついた。

「さあ、球を打ってごらん」チャーフィールド伯爵が耳元でささやいた。「やってみないことにはなにもはじまらない」

エリーは立ち位置を調整し、伯爵にしっかりと体を支えられてマレットを振った。彼は手を彼女の腰にまわしたまま離さなかった。人々の視線がそのいささか不適切な体の支え方から、彼女の放ったみごとなショットに移るのに多少時間がかかった。

赤の球はほとんどハリソンの球と並んでいた。

チャーフィールド伯爵は彼女の腰をぎゅっとつかみ、前かがみになってその耳元でささやいた。「すばらしい。すばらしいのひとことに尽きるよ」

伯爵は杖を返し、エリーがバランスをとり戻すと一歩後ろに下がった。

エリーははじめ、あんぐりと口を開けている見物人たちのほうを見る勇気など自分にはとてもないと思った。男性にあんなふうに抱きかかえられるなんてはしたない、という声があがったら、身の縮む思いがするだろう。けれども、もはやどうしようもなかった。遅かれ早かれ、紳士淑女の非難を受けることになるのは避けられないのだ。

ゆっくりと振り返った。そしてこちらを見つめている家族や友人たちを目にして、よろめきそうになった。チャーフィールド伯爵が肘の下に手をあてて、体を支えてくれた。

エスター伯母はぽかんと開けた口に片方の手をあて、目に涙を浮かべていた。

ペイシェンスとリリアンは夫の腕にしがみつくようにして、臆面もなく泣いている。

だがなにより心を打たれたのは、ハリソンの顔に浮かんだ誇らしげな表情だった。

そして、ジョージ。

ジュールズ。

スペンスも。

あの事故の日以来、彼らのまなざしには常に罪悪感が見え隠れしていた。まるで彼女が直面する困難は、すべて自分たちの責任だと感じているかのように。

しかし、今日のまなざしはちがった。そこには……称賛の色があった。

エリーは頬が熱くなるのを感じた。恥ずかしいくらい真っ赤になっているにちがいない。かねてから人に注視されるのは苦手だった。いまはまわりの全員の目がこちらを向いている。

顔を上向けると、チャーフィールド伯爵の晴れやかな瞳があった。見物人たちはいまも無言だったが、エリーはふいにまわりの人々のことなどどうでもよくなった。大事なのは伯爵の瞳にも誇らしげな表情が浮かんでいることだ。

やがて、ふたりが見つめあうことが合図であったかのように、割れんばかりの拍手がわき起こった。ひとり、またひとりときょうだいたちが駆け寄ってきて、彼女をあたたかく抱きしめた。最初がハリソン、次がジョージ。みな彼女の成功に興奮していることを隠そうともしない。

「妹の実力をぼくらに隠していたな」ようやくきょうだい全員の抱擁がすむと、ハリソンがチャーフィールド伯爵に言った。

「言っておいたはずだよ。彼女にはすばらしい素質があると」

「そうだったな」ハリソンは笑いながら言ってキャシーのほうを向いた。彼女はエリーを抱きしめたところで、まだその手を握っていた。「妹があれだけの腕前を披露したとなると、この試合に勝つためにも、ぼくらも息を合わせてがんばらないとならないな」

「そうね。全力を尽くすわ」キャシーは自分の球が止まった地点まで歩きながら、肩越しに振り返った。「あなたもそうだと期待してる」

人々が屈託なく笑う。いまの感動的な場面で生まれた緊張がやわらいだ。

ハリソンは数歩歩いて足を止めた。「これで、この試合はいっそうレベルの高い闘いとなった。ぼくもパートナーも絶対に勝ちを譲らないつもりだ。そっちも一打たりとも気を抜かないほうがいいぞ」兄のこの発言にエリーは思わずほほ笑んだ。

「もちろん、ぼくらもそのつもりだ」

ハリソンは立ち去ったが、その足取りがふだんよりいくらか軽いようにエリーには思えた。妹の快挙が喜ばしいからか、キャシーと組めてうれしいからかはわからなかったが。

チャーフィールド伯爵は自分の球を置くと、エリーに教えたように的に向かって体を平行に構えてマレットを振った。幸運のグリーンの球がハリソンの球のほぼ数インチ手前で止まり、観客からまた拍手と歓声が起こった。

伯爵がエリーに近づいて腕を差しだす。並んで芝生を歩きながら彼女は、今日は人生で最高の一日だとつくづく思った。

彼のほうを見あげて言った。「勝てなかったら悔しい？」

チャーフィールド伯爵はそっと彼女の手を握った。「ぼくらはもう勝ったんだよ」

彼の言わんとすることがエリーにもわかった気がした。

15

ブレントはマレットを構えた。グリーンの球が幸運を呼ぶと本気で信じているなら、いま自分たちが優勢なのはそのおかげと思って感謝しなくてはならないところだが、あいにく彼は迷信深い人間ではないし、事実、いまハリソンとキャシーに差をつけているのはエリーの功績だった。彼女はすばらしかった。

ショットのたびに彼がしっかり体を支えてくれると信じて、力いっぱいマレットを振る。もし彼が手を滑らせでもしたら、ぶざまに芝のうえにくずおれることは承知のうえで。これほどまでに完全な信頼を寄せてくれる人間に、ブレントはいままで出会ったことがなかった。

「ライン上にあるハリソンの青い球を狙うべき？　それともキャシーの黄色い球をゴール前からはじいたほうがいいかしら」球を打とうと構えながらエリーがささやきかけてくる。

エリーがすぐそばにいるというのはいい気分だ。彼女の背中が軽く押しつけられている感覚も心地よい。こうして彼女を支え、その腰に腕をまわし、抱いていられるのは幸せだとも思う。

昨日の練習中に全身を駆け抜けた衝撃を、美しい女性を腕に抱いたときの自然な反応だとブレントは思っていた。今朝もそう思いこもうとした。しかしそれはまちがいだったと、いまはっきりわかった。

女性を腕に抱いただけでそれほど強烈な影響を受けるのであれば、ロンドンにあまたいる若くて美しいレディたちをダンスに誘うたび、ハイドパークへ連れだすたび、同じような下半身の重たさを感じていたはずだ。

そう、これはちがう。まったくちがう。

ブレントは頭を傾け、エリーの頬につきそうになるほど口を近づけてささやいた。「ハリソンの球をはじき飛ばしてやるといい。そのあとにぼくがいいショットを打てば、さらに相手に差をつけられる」

エリーはうなずき、構え直した。

「レディ・レイザントン」ハリソンが周囲の注目を集めるような大声で言った。「妹の作戦は、いい位置につけたぼくのショットを台なしにすることらしいぞ」

「やれ、エリー！」ジョージがコートの外から叫んだ。

「ハリソンの球を遠くへはじいて！」双子のひとりがつけ加える。

エリーはブレントの顔をのぞきこむようにしてくすくす笑った。彼は、身をかがめて彼女にキスをしないようにするのがせいいっぱいだった。

キスだけでもすてきだろうが、ブレントが求めているのはそれ以上のことだ。これほど体を寄せあいながら、その欲求を抑えつけなくてはならないというのは拷問に近かった。もっとも、エリーの家族の前でキスなどしたら、それだけで彼らになにをされるかわからない。

「ぼくのきょうだいたちは家族のだれに忠誠を誓うべきかということを、さっさと忘れてしまったらしい」ハリソンがむずかしい顔で言った。「いまのは覚えておくからな、ジョージ」いっせいに野次が飛び交った。ハリソンに向けたもの、ジョージに向けたものが入り乱れ、そこにハリソンをやっつけろとエリーをけしかける声がまじる。

「わたしたちもこの勝負になにか賭ければよかったわね」エリーへの声援が続くなかで彼女は言った。

ブレントは笑った。「きみならなにを賭ける？」

かすかに眉根を寄せてからエリーがほほ笑んだ。「なにも。わたし、ほしいものはなんでも持っているもの」笑みが広がる。「あなたならなにを賭ける？」

心は決まっていた。考えることなくブレントは答えた。「エル・ソリダーの繁殖権だな」

「そうね。それは賭ける価値があるわ。ひょっとして、いまからでも遅くはないんじゃないかしら」

ブレントは彼女を見つめ、胸がわずかに締めつけられるのを感じた。「そうかもしれない」

エリーの腰に手を添えたまま、ブレントはハリソンのほうを振り返った。「フェリングスダウン」興奮気味の観客にも聞こえるような大声で呼びかける。「パートナーとぼくは、この勝負にあるものを賭けたいと思う」

一瞬、場が静まり返り、やがて観客からロンドンまで聞こえそうな大歓声があがった。

「賭け！　いいじゃないか」みな同時に叫んでいた。

ハリソンは頭をのけぞらせて笑った。「で、きみとパートナーはなにを賭けるつもりなんだ、チャーフィールド?」

ブレントはエリーの兄の目をまっすぐ見て答えた。「ぼくらが勝ったら、エル・ソリダーの繁殖権がほしい」

ふたたび歓声と拍手の嵐がわき起こり、ハリソンだけが微動だにしなかった。それからもうひとり、ジョージだけが。

ジョージも、このサマーパーティのあいだにエリーの相手をすることでブレントが得る報酬の内容を知っているのだろう。そして、それを賭けの対象にするのがどういうことかに思いいたったにちがいない——ブレントは以前の取引を無効にしようと考えているのだ、と。

その取引には、エリーに匿名の求愛者のことを忘れさせる、彼女を本気にさせてはならない、決して彼女の評判や心を傷つけない、という三つの条件がつけられていた。

最初の条件はすでに満たしたとブレントは確信していた。出会って以来、エリーは一度もその求愛者のことを口にしていない。これだけ長い時間をいっしょに過ごしているのだから、まだ思いを残しているとしたらどこかで話題にのぼるはずだ。

あとふたつの条件については……。

彼女を傷つけて去っていくという心配は無用だ。そもそも彼女のもとを去っていくつもりはないのだから——永久に。

だが、エリーを本気にさせてはならないという条件については——。

ブレントは思わず口元をほころばせた。その条件を守るつもりはない。それどころか、なんとしても彼女の心を射とめたいと思っている。自分が愛しているのと同じように、彼女にも愛してほしい。

そう、ブレントはエリーを愛している。そのことにもはや疑問の余地はない。いま、彼女の兄ふたりもそのことを知った。この賭けがブレントの気持ちを代弁したはずだ。

ブレントはじっとハリソンを見つめた。彼が提案した賭けの裏にある真の意味を、エリーの兄ふたりは理解したようだ。ブレントが妹に求愛する許可を求めているのだと気づいたことは、彼らの表情を見ればわかる。

「負けたら?」ハリソンが真剣な口調になってきいた。

「馬を手放そう」ブレントはいったん口をつぐみ、それからつけ加えた。「それでも、ぼくの勝ちだ」

ハリソンの反応はゆるやかだったが、見まちがいようはなかった。唇の端がわずかに持ちあがり、笑みが徐々に広がって、やがて彼は大声で笑いだした。「レディ・レイザントン」彼はパートナーが立っているほうへ目を向けた。「ぼくらは賭けを挑まれたよ。チャーフィールド伯爵の挑戦を受けてもかまわないかな?」

賭けが成立するか否かを、人々は息をひそめて見守った。そして、レディ・レイザントンがきっぱりと「もちろん」と答えると、拍手喝采で応じた。

ブレントは背中に羽が生え、空高く舞いあがっていきそうな気がした。ハリソンが賭けを受け入れた。ということは……。

腕のなかにいる女性を見おろす。エリーに求愛してもいいと、家族から正式にお墨つきをもらったということだ。喜びに胸が高鳴った。

じっとエリーを見つめていると、彼女の笑みが困惑の表情に変わった。「ハリソンがあなたに向けた目つきを見た？」

「ああ」

「なにか、わたしの知らないことがあるの？」

「ふたりだけの秘密の賭けなんだ」

エリーは物問いたげに両眉をあげた。「話してくれる気はないの？」

「いずれね。きみはパートナーなんだから」彼女の鼻先を冗談半分につんとつつく。「でも、まずは試合に勝たなくては」

ブレントは彼女の背後に立ち、手でその腰をつかんだ。必要以上に身を寄せすぎているかもしれない。そう思ったとしても、彼女はなにも言わなかった。

もっとも、なにか言われたとしても、体を離したかどうかはわからない。ブレントとしてはこの先一生、エリーをこうして腕に抱いていたいと思っているのだから。

キャシーが一打を打つ構えに入ると、エリーは心臓がどきどきしはじめた。彼女が失敗したら試合は終わり。エリーとチャーフィールド伯爵の勝ちとなる。ショットが決まればゲームは続き、エリーに打順がまわってくる。

試合を逐一見守る観客のほうへ目をやった。太陽の下で立ち尽くしていることに疲れ、何人かはテラスに戻ってレモネードを飲みながら休んでいるだろうと思ったが、そういう人はひとりもいなかった。だれもがこの白熱した試合を一秒たりとも見逃したくないのだと気づき、双子が敷物を持ってこさせていた。グッシー伯母とエスター伯母さえ若い人たちにまじって芝生に座り、召使いの運んできたレモネードを飲んでいた。

「エリーの球に思いきりあてて、ハリソンのラインからはじいてやれ、レディ・レイザントン」敷物のうえでアメリア・ヘイスティングスの隣に陣取ったジュールズが叫んだ。

キャシーは黄色い球に一歩近づいて狙いを定めた。隣に立っていたハリソンが最後の指示を与えてから後ろに下がる。兄はきわめて冷静で落ち着いて見えたが、実はみなと同じように緊張しているのがエリーにはよくわかった。

「わたしの球にあてられたらどうしたらいいの？」エリーはチャーフィールド伯爵に寄りかかるようにしてきいた。体を近づけすぎているのは承知していたが、気にはならなかった。今日は一分一秒を楽しみたい。彼といられる一瞬一瞬を大切にしたかった。

「これまでと同じようにプレーすればいいんだよ。そして、もう一度打ち負かしてやればいい」

「あなたの賭けは？」

伯爵は彼女の上腕をつかみ、そっと自分のほうを向かせた。「賭けなんてどうでもいい。そもそも賭けたのはきみじゃないだろう。勝敗なんて、ぼくらがどれだけ楽しんだかを考えればささいなことだよ。わかったね、エリー？」

エリーはうなずいた。「でも、あなたがエル・ソリダーの子を喉から手が出るほどほしがっているのを知っているから」

「子馬を手に入れる方法はほかにもある。この試合の結果とは関係ない方法がね。だから、どうなるかなんて心配しなくていい」

エリーが答える前に、キャシーが的を狙ってマレットを振った。

黄色の球は芝生を転がり、赤の球へ向かっていった。静まり返ったなかにかつんという音が響き、黄色と赤が一瞬重なりあったかと思うと、エリーの木球は申し分ない位置からころころと転がっていき、ゴールからかなり離れたところで止まった。

観客から歓声とうめき声が同時にあがった。ハリソンはキャシーに走り寄り、彼女を抱えあげてくるくるまわった。

「大丈夫だ」チャーフィールド伯爵はささやいた。「ぼくらはまだ負けたわけじゃない」

エリーはうなずいたが、勝つのが容易でなくなったのはわかっていた。

ハリソンはまるで勝利を祝うかのようにもう一度キャシーを抱きしめると、肩に腕をまわし、並んで彼女の球のほうへ歩いていった。

エリーはほほ笑んだ。心の一部は喜びを感じていた。今日の試合が兄とキャシーのあいだの距離をぐっと縮めたのはまちがいない。とはいえ、自分と伯爵が勝利から遠のいたことは残念でならなかった。

「きみの番だ、フェリングスダウン」チャーフィールド伯爵は穏やかな、楽天的な声で言った。

「心配じゃないのか？」ハリソンが笑いながら自分の青い球に近づく。

「少しも。なんといっても妹さんがパートナーだからね」

エリーはチャーフィールド伯爵のお世辞に笑顔で応えた。それから拍手を送ってくれた観客のほうを向き、感謝をこめて軽くお辞儀をした。

ハリソンが球の後ろに立った。

いよいよだ。このショットが勝負の行方を決めると言っても過言ではない。

ハリソンはマレットを大きく弧を描くように後ろに引き、振りおろしはじめた。

だが、マレットが球をとらえる前に、右手のどこかからくぐもった音が聞こえ、ハリソンは地面にくずおれた。


ハリソンが倒れた瞬間、ブレントはエリーを体の前に引き寄せて地面に伏せた。かばうように彼女に覆いかぶさる。

数秒ほどそのままで、ふたたび銃声が響くのを待った。が、二発めはなかった。聞こえてくるのは、驚き怯える人々の悲鳴だけだった。

ブレントは頭を持ちあげて周囲を見渡した。銃弾が飛んできた木立のあたりに動くものを探したが、見えたのはその方角へ走っていくジュールズとスペンスの姿だけだった。ジョージはすでに屋敷のなかに招待客たちを誘導していた。

ブレントは体を起こした。「怪我はないか？」

「ハリソンが怪我をしたわ」

「わかってる。ここにいろ。ぼくがようすを見てくる」

「でも——」

「きみはここを動くな、エリー」立ちあがろうとする彼女の肩をブレントは手で押さえつけた。「頭のおかしいやつがほかにだれを狙っているかわからない」

そう言ってブレントは立ちあがり、ハリソンが倒れているほうへ駆けていった。

レディ・レイザントンが恐怖に目を見開いてパートナーのかたわらにいた。震える手でハリソンの上着を引っぱり、腕から脱がせる。シャツの袖の肩の下あたりに黒っぽいしみが広がっていた。

「キャシーとエリーを避難させろ」ハリソンは苦しげな声で言った。

痛みがひどいようだが、少なくとも意識ははっきりしている。ブレントは銃創について詳しいわけではないが、それがいい兆候であることは知っていた。

ブレントは近づいてきたジョージを見あげた。エリーもいっしょだった。

「さっきの場所から動くなと言ったはずだ、エリー」ブレントは彼女を引き寄せ、身を伏せさせた。

「じっとしていられなかったの」

「意外でないのはどうしてなんだろうな？」

エリーがハリソンに近づいた。「怪我はひどいの？」

「大丈夫だ」ハリソンは体を起こそうとしたが、ブレントに止められた。

「動くな。この銃弾がきみを狙ったものであれば、引き金を引いた人間に成功したと思わせておいたほうがいい。それに、エリーとレディ・レイザントンがすぐそばにいるんだ。もう一度きみが狙われたら、彼女たちにあたる危険性もある」

ハリソンはぐったりと地面に横たわり、やがてジュールズとスペンスが駆け寄ってきた。

「なにか見つかったか？」ジョージがきいた。

ふたりとも首を横に振る。

「事故かもしれないわ」とレディ・レイザントン。

「これは事故なんかじゃない」ジュールズがいま一度、なにか動きはないかと深い木立のほうを見やりながら言った。「何者かがハリソンを狙って撃ったんだ」

レディ・レイザントンはかぶりを振った。「本気だとは思わなかったの」小声で言う。

ブレントはじっとレディ・レイザントンを見つめた。血の気の失せた顔をし、怯えたように目を見開いている。ブレントは不穏なものを感じた。

「どういう意味です？」彼女に身を寄せてきく。「だれが本気だとは思わなかったと？」

レディ・レイザントンは自分が声に出してなにか言ったことにたったいま気づいたのか、びくりとした。そして、涙に濡れた頬をぬぐうとあとずさった。「だれでもないわ。ちょっと……言いまちがえただけ」

ハリソンが彼女の手をとってぎゅっと握った。「事故に決まってる、キャシー。こんなむちゃなことをする人間がいるはずがない」

数人の従僕が間に合わせの担架を持ってきた。レディ・レイザントンと手を握りあったまま、ハリソンは屋敷のなかへ運ばれていった。レディ・レイザントンは蒼白な顔で、頬を流れる涙を幾度もぬぐっている。

あのレディはなにかを隠している。ブレントはそう確信していた。

キャシーはハリソンの寝室の外の廊下を端から端まで行ったり来たりしていた。医者が手当てをしているところで、三人の弟とチャーフィールド伯爵が付き添っていた。

ハリソンは殺されていたかもしれないのだ。

警告しなくては。ハリソンの寝室の前に見張りをつけてもらわなくては。寝室にも。

冷えきった両の手で熱い頬を挟んだ。ウェバリーが脅しをかけてきたとき、まさか本気だとは思わなかった。ほんとうにハリソンを殺そうとするなんて考えもしなかった。

でも、あの男はやったのだ。

キャシーはいっそうせわしなく廊下を行ったり来たりした。

「少しは座ったらどう?」エリーがあいている手をキャシーの腰にまわして言った。「じきに手当ても終わるわ」

キャシーは友人の抱擁から離れた。自分には抱いてもらったり、慰めてもらったりする価値はない。ハリソンが撃たれたのはキャシーの責任だと知ったら、だれも彼女を許さないだろう。

「どうしてこんなに時間がかかるの？」いつになったら扉が開くのだろう。一刻も早くなかに飛びこんでハリソンの無事を確かめたいのに。

「お医者さまは万全を期しているのよ」

「でも、こんなにかかるはずがないわ。ハリソンの傷は思ったよりずっと悪いのよ」

「そんなことはないわ。運びこまれるときも自分の足で歩いていたもの。それほど深刻な怪我ではないということよ」

「ジョージが言ってたの。大量に出血してたって。ひょっとして……」

心配しすぎなのはわかっていたが、キャシーとしてもどうしようもなかった。これはすべて自分のせいなのだ。

あふれる涙を指でぬぐった。キャシーが顔をあげると、半ば瞼を閉じてじっとこちらを見ているエリーと目が合った。「どうしてわたしに招待状を送ったの、エリー？」

エリーは足を引きずりながら一歩彼女に近づいた。「なにがあなたとハリソンの仲を引き裂いたのかは知らないけれど、やり直す機会を持ってほしかったの。来てほしいと思ってはいたけど、ほんとうに来てくれるかどうかは自信がなかったわ」

「わたしの姿を見て驚いた？」

「すごくね」エリーはほほ笑んだ。「ハリソンと同じくらい驚いたと思うわ」

次の質問をどう切りだすべきか、キャシーは迷った。まちがった言葉を選べば、知られたくないことまで知られてしまう。「あなたが送ったのは招待状だけ？」

「招待状だけって？」

「たとえば、招待状のあとに手紙を送らなかった？」

「どういう意味かわからないわ」

とまどった表情のエリーを見つめ、手紙を出したのは彼女ではないらしいとキャシーは悟った。ああ、神様——祈るような気持ちで心のなかでつぶやく——ほかにも秘密を知っている人間がいるなんてことがあるのでしょうか。

「どんな手紙を受けとったの、キャシー？」エリーはさらに近づいて、なだめるようにキャシーの手に手を重ねた。

「わたしはやっぱり来るべきじゃなかったのよ。あるがままの状態で満足しなくてはいけなかったの」

「そんなことないわ。あなたとハリソンは互いの傷を癒やすための大きな一歩を踏みだした。なにか困っていることがあるなら、ここそあなたのいるべき場所なのよ」

エリーの言うとおりであればとキャシーは願った。ときを巻き戻し、ふたりを引き裂いたすべてを忘れ去ることができたら。ひょっとすると、できるかもしれないとさえ思った。

最後の一打を成功させたとき、ハリソンは彼女を高々と抱えあげた。ウェバリーはあれを見ていたにちがいない。ふたりの親密さを見せつけられ、脅しを実行する決意を固めたのだ。自分がハリソンに抱擁を許さなければ。手をふれることも許さなければ。そもそも、パートナーとなることを承諾しなければ――。

ぎゅっと目を閉じ、これからどうすべきか考える。チャーフィールド伯爵とハリソンの弟たちには、銃撃がウェバリーの仕業であることを打ち明けなくてはならない。しかし面と向かって追及されたら、あの男は否定するだろう。証拠がなければ、だれにもなにもできないのだ。ウェバリーは野放しのまま、きっとまたハリソンを殺そうとする。

心臓の鼓動が速くなった。

「わたし、帰らなくちゃ。わたしがここにいるかぎり、ハリソンは安全ではないわ」

「頭が混乱しているのね、キャシー」エリーは彼女の両肩をつかんで押さえつけた。

キャシーが身を振りほどいた。「いいえ、少しも混乱してなんかいない。わたしはあの手紙を受けとったから来たの。でも、もうどうでもいいわ。なにものもハリソンの命には代えられないもの」

「手紙ってなんのこと？」

キャシーはかぶりを振った。ともかく、早くこの屋敷を出ることだ。早ければ早いほどいい。

不思議と気持ちが落ち着いてきた。悲劇の渦中にあってなにより恐ろしいのは、次にどうするべきかがわからないときだ。けれどもう最悪のときは過ぎ去った。いまは、なすべきことがはっきりわかっている。

扉が開くと、キャシーは気を静めるように深く息を吸った。ジョージが医者に礼を言い、執事のフィッツヒューに、帰る前に医者に食事を振る舞うよう命じる声が聞こえた。キャシーは寝室に入った。

そして、ハリソンの横たわるベッドのかたわらまで一気に駆け寄った。

彼はシャツも寝巻も着ておらず、上腕に清潔な白い包帯を何重にも巻かれていた。包帯からハリソンの顔に視線を移すと、キャシーは息が止まりそうになった。

失血と、痛みを伴う治療からだろうか、その顔は紙のように真っ白だった。それでも命に別状はなさそうだった。

「具合はどう?」

「医者の拷問が終わったから、多少はよくなったよ」

冗談なのはわかっていたが、キャシーはほほ笑みを浮かべることもできなかった。

ハリソンが眉をひそめる。「きみこそ大丈夫か、キャシー?」

彼女はうなずいた。「わたしは家に帰るわ、ハリソン。女中がいま荷造りをしてる。荷物を馬車に積みしだい、出ていくつもりよ」

ハリソンは残念そうに瞼を閉じたが、やがて目を開いて彼女を見つめた。「当然だな。こんなことが起きたとあっては、帰りたくなったからといってもだれもきみを責めないよ。必要なら、うちの使用人たちにも手伝わせよう」

チャーフィールド伯爵が一歩前に出た。「悪いが、あなたを帰すわけにはいきません、レディ・レイザントン」

彼は厳しい目つきで彼女を見据えて続けた。「少なくとも、だれがフェリングスダウン卿を撃ったのか、教えてもらうまでは」

16

全員の視線が注がれるのを感じ、キャシーは顔から血の気が引いていった。

「キャシー？」

ハリソンが問いかけるようにささやく。だが、キャシーは彼のほうを見ることができなかった。目を合わせたら、銃撃の原因をつくったのが自分であると彼にわかってしまう。

「なにか知っているなら話してくれるべきだと思います」チャーフィールド伯爵が言った。

その言葉に衝撃を受けてキャシーは思わずよろめいた。「できないわ」

「話してもらうしかありません」

突然、体の平衡感覚がなくなった。ジョージがそばにいて支えてくれなかったら、床に倒れこんでいたかもしれない。

「ジュールズ、扉を閉めてくれないか？」伯爵が言った。「それから廊下にだれもいないことを確認してほしい」

ジュールズは急いで扉を閉めに行った。

「スペンス、妹さんとレディ・レイザントンに椅子を持ってきてもらえないか？　ふたりとも座ったほうが楽にちがいない」

エリーの末弟が椅子をとりに走った。

「ジョージ、手を貸してくれ。体を起こしたい」ハリソンは半ば体を持ちあげながら言った。弟はためらった。「ほんとうに大丈夫か、ハリソン？　たったいま――」

「手を貸せ、ジョージ」ハリソンはきっぱり命じた。

チャーフィールド伯爵がベッドの反対側にまわり、ジョージとふたりでハリソンを起きあがらせた。エリーがすばやくその背中に枕をあてる。

「これは……どういうことなんだ、チャーフィールド？」ハリソンの声はかすれていたが、キャシーを安心させるだけの力強さは残っていた。

チャーフィールド伯爵がキャシーに視線を戻した。表情は厳しいままだ。彼は気づいている。それはまちがいなかった。

「どうして説明できないんです？」スペンスが椅子を二脚持ってきて、その一脚にエリーが座ると伯爵は言った。

ふたたび全員の視線が集まる。キャシーが椅子に座って背をまっすぐにしていられるのは、意志の力以外のなにものでもなかった。

「キャシー、あなた、さっきの銃撃のことでなにか知っているの？」エリーも眉間に皺を寄せ、いぶかしげな口調できいてきた。

キャシーは深く息を吸い、訴えるようなまなざしでチャーフィールド伯爵を見た。「わたしはザ・ダウンを出ていかなくてはいけないの。それがハリソンの身を守る、唯一の手段なのよ」

「だれから守るんです?」チャーフィールド伯爵が問いつめる。

彼女はかぶりを振った。それは言えなかった。なにがあっても。

「答えるんだ」ジョージが珍しく高圧的な口調になる。

「言えないわ」キャシーは叫んだ。「わたしさえいなくなればなにも起こらないはず。彼はわたしをここから遠ざけたいの」一瞬言葉を切る。「ハリソンから遠ざけたいだけなのよ」涙がぽろぽろこぼれるのを感じ、手で頬をぬぐった。「本気だとは思わなかったの。ごめんなさい」

ハリソンが不審そうに目を細めた。「だれの話をしているんだ、キャシー?」

「それは言えない。だれかがばかなことをしそうだから」彼女は手ぶりで全員を示した。

「そうしたら、事態がさらに悪くなるだけだもの」

「何者かが故意にハリソンを撃ったのだとしたら、ぼくらだって見過ごすわけにはいかない」とスペンス。

彼は兄弟のなかでもとくに短気で、歯に衣着せぬ物言いをする。その反面、人の過ちもすぐに忘れるのだが、この件ばかりは忘れないだろうとキャシーは思った。たぶん、だれひとり忘れることも、許すこともない。

「いまここで教えてもなんにもならないわ」チャーフィールド伯爵から渡されたハンカチで涙を拭きながら彼女は言った。「警察に行っても無駄よ。自分は撃っていないと否定するだけだから」

「警察に行くつもりなどはなからない」ジュールズが言った。「自分たちの手で解決する」

「だめよ！　そんなことは無理。ハリソンを守ることができるのはわたしだけなの」

怪我をしていないほうのこぶしで、ハリソンが思いきりベッドの脇を打った。医者に皮膚を縫合されたばかりで、腕を包帯でぐるぐる巻きにされているとは思えない勢いで。「なにを言ってる！　きみは、ぼくのことを女の後ろに隠れるような男だと思っているのか！」

キャシーは椅子から立ち、ベッドの脇の床に膝をついた。手をのばし、指でハリソンのこぶしを包みこむ。「こんなことになったのはわたしのせいなの。本気だと気づくべきだった。でも、まさかと思っていたのよ」

「だれのことなんだ、キャシー？」

「ウェバリーよ」

「ウェバリー？」ジョージが信じられないというように繰り返した。「ハリソンを殺そうとしてまで、あの男はなにを手に入れたがってるんだ？」

つかのま、だれも言葉を発しなかった。やがて伯爵がジョージの問いに答えた。「見ればわかるだろう」ひざまずく彼女のほうを目顔で示す。

「ウェバリーはキャシーを愛しているのか？」ハリソンは起きあがるつもりか、ベッドのうえで身じろぎした。ジョージが兄の肩に手を置いて枕のほうへ押し戻した。

「ウェバリーの動機が愛だとは思えないな。ちがいますか、レディ・レイザントン？」

彼女はうなずいた。

「いつ、ウェバリーの狙いに気づいたんです？」チャーフィールド伯爵がきく。

またしても恐怖が胸を突き、キャシーはこれ以上言わせないでと懇願するように伯爵を見つめた。

「チャーフィールドの質問に答えてくれ、キャシー」ハリソンが断固として言った。答えをきかずにはすまさないという決意がうかがえる口調だった。「いつからウェバリーに脅されていた？」

「六カ月ほど前から」キャシーは小声で答えた。「最初はごくあたりさわりのない発言からはじまったの。いつでもそばにいて力になるからと、そんなことを言いだして」小さくため息をついたが、その吐息は震えていた。「そのうちにだんだん、個人的なことをほのめかすようになってきたわ。たとえば、ずっとひとり身でいるわけにもいかないだろうとか、幼い息子を育て、ふたつの地所を管理しなくてはならないのだから、再婚も考えてみるべきだとか」

「ふたつ？」スペンスがきき返す。

キャシーは床から立ちあがると、椅子に浅く腰かけた。「父が兄のベンジャミンを勘当したという噂は聞いているでしょう。わたしが結婚する前のことなんだけれど……」

「理由はわかっているんですか？」チャーフィールド伯爵がたずねた。

キャシーは首を横に振った。あの晩のことはすべて忘れようとしてきた。人生で二番めに最悪の晩だった。

「ベンジャミンがイングランドを発つ晩に会いに来てくれたの。父に勘当されたから、これから港へ行って国を出るつもりだと言っていたわ。アメリカのボストン行きの切符を持ってね。その二年後に父が亡くなったときはじめて、遺産がすべてわたしに遺されたことを知ったの。ベンがなにをしたにせよ、なぜホーリーヴァインを去ることになったにせよ、いずれは父も兄を許すだろうと思ってた。でも、そうはならなかった」

　彼女はハリソンの目を見つめ、それ以上は話さなくていいと言ってくれることを願った。だが、ハリソンはそうは言わなかった。

「先を続けてくれ、キャシー」

「ホーリーヴァインは限《げん》嗣《し》相続（財産の分割を防ぐため、自由に譲渡、遺贈ができないよう法律で相続人が限定されていること）の対象ではなかったの。ロンドンの屋敷も。だから息子が成人するまではすべてわたしのものなのよ。成人したら、アンドリューが受け継ぐことになる」

「ウェバリーもそのことを知ってるのか？」ハリソンがきいた。

「知っているはずよ。レイザントンの土地を長年管理していたんだもの。ホーリーヴァインには別に管理人がいるけれど、ウェバリーはそちらの財政状況にも目を光らせていたと思うわ」

「それにしても、どうしてウェバリーがハリソンを撃ったとわかる？」ジョージがきいた。

「本人がそう言ったから」

「本人が！」スペン人がこぶしを近くの小さなテーブルに叩きつけた。「いつ？」

「ゆうべよ」キャシーはハリソンが横たわるベッドに視線を戻した。「テラスにいる……わたしたちを見たの」

「彼はなんと言った？」ハリソンがきく。

キャシーはかぶりを振った。「正確には覚えていないわ。ただ、あなたと親交を深めることは、わたしのためにも、あなたのためにもならないと言っていたわ。そのときは、まさかあなたに危害を加えるつもりだなんて思いもしなかったのよ」

「そんなことわかるはずがない。これはきみのせいではないよ」

「たぶんそうね。でも、こんなことにならないよう、なにかできたはずなのよ」キャシーは立ちあがってみなに向きあった。「やっぱりわたしはここを出ていくわ」

だが、チャーフィールド伯爵にあっさり拒絶された。「悪いがそうさせるわけにはいきません、レディ・レイザントン。あなたにはザ・ダウンに残ってもらう」

「でも、わたしがいたら、ハリソンの身に危険が迫るかもしれないのよ」

「ぼくらが彼を守ります。あなたのことも」

キャシーは首を振った。この人たちはウェバリーがどれほど権力を求め、富に執着しているかを知らないのだ。「どうやって守るつもり？　朝から晩までハリソンを見張るの？」

「いや」チャーフィールド伯爵は答えた。「そうではなく、危険を排除するんです」

ジョージが一歩前に足を踏みだす。「喜んで、ウェバリーのやつをザ・ダウンから追いだしてやる」

「ぼくも協力するよ」スペンスがジュールズに向かってうなずきながら言った。

「追いだしたところで、彼が危険人物であることには変わりはない」と伯爵が言った。「社会的に信用が高く、発言に重みのある人物の前で罪を認めさせるんだ。彼がここから遠く離れたところ――できればイングランド国外に住むしかなくなるように」

「だれか心あたりがあるのか？」

チャーフィールド伯爵はほほ笑んだ。「招待客のなかに議会に強い影響力を持つ人物が何人かいるだろう。たとえば、きみの義理の弟さんふたりもそうだ」

「だが、ふたりは親族だからな」とジョージ。「親族の証言はさほど説得力を持たないんじゃないか？」

「パーネストン公爵なら縁戚関係にないだろう」

「たしかにそうだ」ジョージが硬い笑みを浮かべて言った。「だが、だれが相手であれ、ウェバリーがあっさりハリソンを殺そうとしたと認めるとは思えない」

「だろうな」チャーフィールド伯爵は同意した。「彼に自白させることができる人間はたったひとりしかいない」

部屋中がしんとなった。だれのことだろうとみな頭をひねっているようだ。

キャシーは心臓の鼓動がいっそう速くなるのを感じた。頭のなかで血管が激しく脈打っている。チャーフィールド伯爵の言うとおりだ。ウェバリーが自分の行為を得意げに語るであろう相手がひとりだけいる。

最初に気づいたのはハリソンだった。「だめだ。ぼくが許さない」

「なにを許さないんだ？」ジュールズがきいた。

「それしか方法はない」伯爵が落ち着いた、静かな口調で言った。

「ほかの方法を探すんだ」ハリソンが反論する。

「なんの話をしてるのか説明してくれないか？」スペンスが口を挟んだ。

「説明するまでもない」ハリソンはまたベッドから起きあがろうとした。「そんなことをさせるわけにはいかないからだ」

キャシーが立ちあがった。「かまわないわ、ハリソン」できるかぎり冷静な口調で言う。「あなたの許可を得る必要はないもの」

「ほかの方法を考えればいいことだ、キャシー」

ハリソンの抗議を無視して、キャシーはチャーフィールド伯爵をまっすぐ見た。「あなたのその計画には、わたしがかかわっているんでしょう」

チャーフィールド伯爵はうなずいた。「ええ。ただし、ある程度の危険が伴いますが」

キャシーは笑いだしたくなった。「ささいな危険よ。ハリソンがもう一度ウェバリーに撃たれて死ぬかもしれないことを思えば」

「キャシー、だめだ」とハリソン。「ほかにも方法があるはずだ」

彼女はベッドに腰かけてハリソンの手をとった。「彼にあなたを脅すような真似は絶対にさせないわ。わたしにできることがあるならなんだってする」決然とうなずいてから伯爵のほうを向く。「なにをすればいいのか説明してくださらない？」

「ウェバリーを追いこむにはまず、彼にフェリングスダウンを撃ったこと、そして同じことを繰り返す意思があることを認めさせる必要があります」

「いつ彼と会えばいいかしら」

「できるだけ早く。今夜にでも。あの男も疑われていることに気づかないほど頭が鈍くはないと思います。ことにゆうべ、フェリングスダウンに危険が及ぶようなことを口にしたからには」

ジョージが一歩前に出た。「晩餐のあと、四重奏団《カルテット》の演奏会がある。演奏中にキャシーがふたりきりで話したいことがあると、ウェバリーを誘ったらどうだろう？　黄色い客間の扉を開けたままにして、部屋の明かりはつけておく」キャシーのほうを向いて続けた。「どの部屋のことを言っているかわかるね？」

「ええ」

「あの部屋なら完璧だ」ジュールズも賛同した。「両側に別の部屋に続く扉があって、片側はエリーの書斎、反対側は図書室につながっている」

「そのうえ奥には、父上がロンドンから来たときに、秘書が使う小さな事務室まである」スペンスが言った。「バーネストン公爵に隠れていただくのにもってこいだ。ウェバリーの自白を一部始終聞けるだろう」

「キャシーに危険が及ぶかもしれないとはだれも考えないのか？」ハリソンがベッドを囲む

全員を睨みつけて言った。

ジョージが胸の前で腕を組んだ。「危険なんかないさ。彼女のことはぼくらが守る」

ハリソンの心遣いにキャシーは胸を打たれた。彼の手を自分の胸元に持っていく。「あなたを殺しかけたのに罰を受けずにすむなんて、ウェバリーに思わせてはだめよ。だれかが彼を止めなくてはならないわ」

「もしなにかあったら――」ハリソンが言いかけたが、チャーフィールド伯爵が片方の手をあげて彼をさえぎった。

「心配するな。ぼくらがそばにいる。絶対になにも起こらない」

それで話は決まった。ウェバリーを止めるためなら、キャシーはどんなことでもする覚悟でいた。けれども疑問がまだひとつ、心の隅に引っかかっていた。ハリソンを、それから伯爵を見つめる。ふたりなら答えてくれるだろうかと思いながら。「なぜウェバリーはハリソンを殺そうとしたのかしら」

答えたのはチャーフィールド伯爵だった。「ウェバリーが本気でフェリングスダウンを殺すつもりだったとは思えない。殺す気なら、簡単に殺せただろう。完全に無防備だったわけだし、標的にするのはたやすかったはずだ」

「では、やつの狙いはなんなんだ？」スペンスがきいた。

「ここからは推測にすぎないが」チャーフィールド伯爵は背中で手を組んだ。「レディ・レイザントンを怯えさせ、ザ・ダウンを離れるよう仕向けることじゃないだろうか。レイザントンとホーリーヴァインをわがものにするという野望を達成するために、彼はレディ・レイザントンと結婚するしかないわけだが、きみたちふたりがよりを戻しつつあるのを目にしてなんとかしなくてはとあせったんだろう。フェリングスダウンを撃ったのも、重傷を負わせてパーティが中断されることを狙ったんじゃないかと思う」

キャシーのなかで、ウェバリーに対する嫌悪感がさらに募った。「結婚しても、彼の手に入るのはホーリーヴァインだけよ。レイザントンは長子相続が定められているもの。エヴェレットが亡くなって、爵位とともにアンドリューが受け継いだの。レイザントンが彼のものになるためには、息子が――」

一瞬、心臓が止まった。「まさか！」息もできないほどの恐怖が全身を駆け抜ける。「あの男、アンドリューを殺す気なんだわ！」

ハリソンが彼女の手を握った。「そんな機会はもう彼にはないよ。パーネストン公爵がウェバリーの自白を聞けば、警察はそれを厳然たる証拠として彼を一生牢にぶちこむさ」

ハリソンが苦労してまっすぐ体を起こす。「ジョージ、おまえとスペンス、ジュールズはウェバリーを見張れ。かたときも目を離すな」

「もちろんだ」ジョージが言った。「ジュールズ、さっそく階下へおりて、あいつを監視してくれ」

ジュールズが扉に向かいかけて言う。「ハリソンはどうしたときかれたら、みんなになんと答えればいい？」

「かすり傷だったと言っておいてくれ。今日の晩餐には出るし、演奏会も楽しみにしているとな」

「大丈夫なの？」キャシーがきいた。ハリソンの傷はもっと深刻な状態であってもおかしくなかったが、思ったよりは軽かった。それでも大量の出血をしている。安心はできない。

「大丈夫だ。行け、ジュールズ。ウェバリーに、パーティを台なしにする計画は失敗に終わったとわからせてやりたい」

ジュールズが部屋を出ると、チャーフィールド伯爵はまたじっとハリソンを見つめた。

「いっしょに夕食をとれるくらい元気だと思わせることは、たしかにこちらに有利に働く。うまくいけばウェバリーが激怒のあまりわれを忘れ、レディ・レイザントンとの会話で警戒をゆるめるかもしれない」

「ぼくは大丈夫だ。晩餐には食堂におりて、キャシーにあれこれ世話を焼いてもらうことにするよ」

ハリソンの表情には、だれの目にも明らかなほどあたたかな愛情が満ちあふれていた。

「そしてときが来たら」ハリソンは続けた。「あの男にイングランドを出て二度と戻ってこないか、一生牢屋で過ごすかどちらかを選べと迫る役は、ぼくにさせてほしい」

それは当然の権利だということで全員の意見が一致した。

「なら、わたしたちも部屋を出たほうがいいわね」とエリー。「晩餐までハリソンが少し休めるように」

彼らはひとりずつハリソンの寝室を出たが、キャシーだけは残った。扉が閉まる音がするまでじっとしていたが、やがて立ちあがると窓際まで歩いた。「ごめんなさい」

「謝ることはない、キャシー。これはきみのせいではないんだ」

「ウェバリーがしたことに関しては責任はないかもしれないけど、それでもわたしはだれかに警告するべきだったのよ。ただ、彼が本気だとは夢にも思わなくて」

「きみに、あの男とふたりきりになってほしくない。危険すぎる」

ハリソンの心配そうな表情を見て、キャシーはベッドの脇に戻った。「あなたはなにも心配しないで。みんながいればわたしは安全よ」

「わかってる。それでも、心配せずにいられないんだ」

キャシーはほほ笑んだ。いかにも彼らしい。以前から思いやり深い人だった。そういうところを愛していたのだ。

「もう行くわ。今晩どんなふうに話を持っていくか考えておかなくてはならないし」身をかがめ、そっと彼にキスをする。「あなたも休まなくちゃ」

「きみがここにいてくれたほうが休まるんだが」

キャシーはまたほほ笑んだ。「それはどうかしら」

扉まで歩き、ひとこと「おやすみなさい」と言って、後ろ手に扉を閉めた。

どうしてまたこういうことになってしまったのだろう。どうしてふたたび彼を愛してしまったのか？

握りあったときの手のぬくもり、キスをしたときの唇の優しさを思いだし、キャシーはふと悟った。自分はふたたび彼を愛するようになったのではない。

彼を忘れたことなど、愛さなくなったことなど、一度もなかったのだ。

17

エリーは、父の秘書が使う小さな事務室の中央にある書き物机のうえの書類をすべて片づけた。そして、人が動いたら音をたてそうなものはしまった。バーネストン公爵が不器用というわけではない。それどころか、このうえなく優雅な物腰の紳士なのだが、万が一にでも公爵がなにかにつまずいて音をたて、ここに人が隠れていることが発覚する危険は冒したくなかった。すべてが水の泡になってしまう。

今夜の計画はうまくいくはずだと幾度自分に言い聞かせても、胸に居座る不安を追いやることはできなかった。キャシーは危険を承知で、ウェバリーとふたりきりで話をすることに同意した。そうするしかなかったのだろう。あの男はすでに一度ハリソンを撃っている。兄を殺すつもりなのか、脅してキャシーから手を引かせることが目的なのかはわからない。ただ、なにがなんでもレイザントンとホーリーヴァインの地所を手に入れようと心に決めているのは明白で、その唯一の手段がキャシーと結婚することなのだ。

そして、アンドリューを排除しようとしている。

事務室の片づけを終えると、エリーは扉を閉めた。廊下の突きあたりの音楽室では、カルテットが用意をはじめており、それぞれが楽器の調律をしているらしく、ばらばらな音が閉じた扉からもれ聞こえていた。やがてしばらくしんとなったかと思うと、演奏がはじまった。

思わずリズムに合わせて体を動かしたくなるような軽快な曲だった。

ダンスは、どうしてもエリーが挑戦する勇気を持てないもののひとつだ。怪我を負ったばかりのころは、どの医者にも二度と立てないだろうと言われた。それでも立つだけでなく、歩くことまでできるようになった。

その後も、馬の背で体の均衡を保つなど到底不可能と言われたにもかかわらず、乗馬を習得した。

最近では、ザ・ダウンの東に位置する丘をのぼりきった。だれもが足の不自由な人間にはできないだろうと思うようなことに、エリーは挑戦し続けてきたのだ。

だが、ダンスだけは試みようという気になれない。回転するのがむずかしいというだけでなく、男性の腕のなかで足を引きずることを思うと耐えられないのだ。彼女も、そして愚かにも彼女にダンスを申しこんだ気の毒な男性も、恥をさらすことになるのは目に見えている。

しかし、一度でいいから男性に抱かれ、舞踏室を優雅に舞ってみたいという願いは捨てきれずにいた。

魅惑的な管弦楽の調べにますます心惹かれ、エリーは思わず杖を体の前について、両手を象牙の柄にのせた。肩越しに振り返ってだれもいないことを確かめてから、音楽に合わせてリズムをとる。

部屋の中央に立ったままで動くことはしなかったが、体を前後に揺すった。曲が山場に差しかかると、目を閉じて、いま自分は健康な二本の足で立ち、ブレントの腕のなかにいると想像してみた。ふたりはフロアを滑るように踊っているところだ。

彼本人がすぐ後ろにいることにいつ気づいたのか、自分でもよくわからない。彼のそばにいるといつも感じる肌のほてりを覚えたときだろうか。

それとも、うなじが興奮にうずいたときか。

心臓の鼓動が一気に速まったときかもしれない。

理由はどうあれ、エリーははっとして勢いよく頭を巡らして彼を見た。その動作で体のバランスを失った。

体勢を立て直そうとしたが、惨めな結果に終わるのはわかっていた。よろめきながら、床が迫ってくるのを覚悟した。

気がつくと、彼女はブレントの腕のなかにいた。

「驚かせて悪かった」彼はしっかりとエリーを抱きとめて言った。「でも、ぼくには幸運だったな」

彼の腕が腰にまわされ、筋肉質な太い腿が体を支えてくれている。エリーは杖を落としてしまっており、彼にしがみつくしかなかった。

ブレントは彼女をさらに自分のほうへ引き寄せてほほ笑みかけた。「驚かせなかったら、きみがバランスを失うこともなかっただろうし、となると、ぼくはきみを抱きしめる口実を別に探さなくちゃならないところだった。協力に感謝するよ」

「まあ」エリーはそれしか言えなかった。彼にみっともないところを見られたのは恥ずかしかったが、それでも彼に抱かれているのは幸せな気分だ。しかも、彼も同じ気持ちだと言ってくれた。

「音楽に合わせて踊っていたね」

エリーは首を横に振った。「わたしは踊らないの」

「やってみたことは?」

「踊るなんて絶対に無理だもの」

「クロッケーができなかったのと同じで?」

エリーは抗議しようと口を開きかけ、また閉じた。話しはじめたのは、めったに口に出しては言わないことを認めるためだった。「踊らない理由はね、上手に体の均衡を保ちながらステップを踏めるようになったとしても——そんなことができるようになるとは思えないけれど——ぎこちない踊り方では自分もパートナーも恥ずかしい思いをするだけだからよ」

ブレントは左眉をひょいと持ちあげ、信じられないというように彼女を見おろした。「そんなことはありえない」

「やめてちょうだい。パートナーの男性は気の毒に、踊りながらわたしの手をとればいいのか、杖をつかめばいいのかもわからないと思うわ」

「たぶんきみは、ふさわしい踊り方を知らないんだ。そうでなければ、ふさわしいパートナーと踊ったことがないんだ」

〝ふさわしいパートナー〟というひとことは聞かなかったふりをして、エリーはきき返した。「たとえば、どんな踊りのこと？」

「ワルツだよ」

なんとばかげたことを言いだすのかと彼をなじりたかったが、できなかった。以前から踊ることには心を惹かれていたし、とりわけ背が高くたくましい男性に抱かれて踊ることは長年の夢だったからだ。

いま、突如としてその夢が現実になろうとしている。エリーは実際、彼女の知るだれよりもたくましくてハンサムな男性の腕のなかにいる。しかもその男性は、淡いとは言えない恋心を抱いている相手で、カルテットがちょうどワルツを演奏しはじめていた。

「踊っていただけますか？」彼が小さく一礼する。

エリーはかぶりを振った。やっぱりできない。ブレントはいままで彼女のどんな見苦しい姿も受け入れてくれた。けれども、ダンスばかりはそうはいかないだろう。ステップを踏むごとに、ぎくしゃくした動きを感じとることになるのだから。

「ぼくを信じて、エリー」彼はささやいた。「音楽が流れていて、いまぼくたちはふたりきりだ。だれにも見られない」

「あなたが見るわ」彼女もささやき返した。

「ぼくは数に入らないさ」

数に入らないどころではない。ブレントの視線がほかのだれの視線よりも気になるのだ。

「踊ろう、エリー」彼がささやいた。

エリーはじっとブレントの目を見た。そのうち、ふいに彼に抱かれて踊ることができるなら、どんなばつの悪い思いをしようとかまわないという気持ちになった。

ブレントの肩へと片方の手を滑らせ、もう片方の手を彼のてのひらにのせた。

「ぼくの首に腕をまわすといい。そのほうが体が安定するようなら」

エリーはうなずき、片方の腕を彼の首にまわした。

やがてブレントが足を踏みだす。

最初の数歩はぎこちなく、空想のなかで思い描いていた優雅なダンスとはほど遠かったが、それでもエリーは踊っていた。

「もう片方の腕も首にまわして」音楽に合わせて動きながらブレントがささやいた。「肩の力を抜くんだ」

エリーは両腕を彼の首にまわし、彼のほうはエリーの腰に腕をまわした。ふたりして居間の、家具の置かれていない狭い空間を優雅に滑っていく。広々とした舞踏室で踊るのがどんな感じかは想像もつかないが、ここではまるで魔法にかかったように体が軽かった。

ロンドンでは、ブレントのようなハンサムな男性はエリーに目もくれなかった。社交界で女性に引っぱりだこの男性が彼女にダンスを申しこんだとしたら、正気を疑われることだろう。どうして彼が食事のたびにエスコート役を買って出るのか、あれほど真剣にクロッケーを教えてくれるのか、こんな苦労をしてまでワルツを踊ろうとするのか――本能がさまざまな疑問を呈していたが、いっぽうでその同じ本能が、理由など考えるなと警告していた。彼との時間を楽しみ、さまざまなことを経験してみればいいではないかと。

ブレントの肩に頭をもたせかけ、つきまとう疑念をすべて払いのける。そして男性に抱かれて踊る快感に浸り、足が不自由なことを忘れられる幸せを堪能した。

「音楽が終わった」やがてブレントがささやいた。

「まあ」

ふたりは抱きあったまま動きを止めた。しばらくして彼が言った。

「エリー？」

「なに？」

顔をあげ、ブレントと目が合った瞬間に唇が重なった。

その口づけは激しく貪欲で、切実になにかを求めていた。おそらくそれは、エリーが与えたいと思っているものだった。

キスをされるたび、彼女はまるで自制心が働かなくなる。なぜなのかわからないが、自分ではどうしようもなかった。彼の手、彼のキス――いや、彼のすべてがエリーの心を強烈に揺さぶるのだ。ブレントの存在が自分にとって大きくなりすぎている。それが危険なのは承知していた。いまエリーは夢の世界に生きており、決して愛してはくれない男性を愛しているのだから。

なんといっても彼は伯爵だ。毎年ある期間をロンドンで過ごさなくてはならないし、議会に出席し、種々の仕事をこなし、社交行事に顔を出すことが求められている。足の不自由な女性を腕にぶら下げるようにして人前に出るわけにはいかないのだ。

部屋を横切るときの、自分のぎくしゃくした動きを思い起こす。階段をのぼるときの不格好な姿。手すりに寄りかかり、一段一段体を引きあげなくてはいけないのだ。疲れてくると足をずるずると引きずるしかなくなる。

エリーは障害者であり、それはどれだけ願っても変えられない事実だ。どれだけ望んでも、自分はブレントにふさわしい相手にはなれないのだ。

彼の首にまわしていた腕をおろし、ゆっくりと唇を離して顔をそむけた。

「どうした？」ブレントは息をはずませていた。両手で彼女の上腕をつかんで体を支えながら、心配そうに眉根を寄せ、顔をのぞきこんでくる。「今夜のことが気にかかるかい？」

エリーは答えなかった。答えられなかった。彼女はこれまで、体の不自由な自分を哀れんだことはほとんどなかった。いままでもじゅうぶん罪悪感に苦しめられている兄弟たちの前で、自己憐憫に浸ることを自分に許さなかったのだ。けれども今夜はなぜか、深い悔恨の念にとらわれていた。

「キャシーはウェバリーに、ハリソンを撃ったことを認めさせられるかしら」

「わからないな」

ブレントにふたたび引き寄せられ、エリーは彼の胸に頬を預けた。彼の心臓の鼓動が感じられた。

「きみにひとつ約束してほしいことがあるんだ、エリー」

深く豊かな声が耳元に響く。こんなふうに永遠に彼の胸に抱かれていたらどんなにすてきだろう。自然と心が落ち着く彼のこの声を一生聞いていられたら、ほかにはなにもいらないのに。

「なに？」

「今夜、きみはこの場にいないでほしい」

エリーは顔をあげた。「そういうわけにはいかないわ。わたしはパーネストン公爵とあの事務室に入るつもりよ」

「わかってる。だが、事務室から出ないでほしいんだ。ここでなにがあろうと、どんな音が聞こえようと、きみはぼくが呼ぶまで事務室から一歩も出るな。わかったね？」

「ええ、でも――」

「でも、じゃない。わかったね？」

エリーは深く息を吸ってうなずいた。

「よし」

ブレントはもう一度ぎゅっと彼女を抱きしめると体を離し、彼女の目をのぞきこんだ。

「そろそろ晩餐の席に向かったほうがよさそうだな。もう食堂に集まっている客もいるだろう。この部屋が人の注意を引いてはまずい。ぼくたちもしかりだ」

ブレントが床から杁をとりあげるあいだ、エリーは居間を見渡した。今夜はこれからここでさまざまなことが起こるのだ。

もうすでにいろいろなことがあったけれど。一生忘れられないようなことが。

エリーは片方の手に杖を持ち、もう片方の手を軽く曲げた彼の肘に滑りこませた。そして、並んで扉に向かった。

「エリー」部屋を出る前にブレントが言った。

「なに？」

「きみのダンスはすばらしかった。ありがとう」

「こちらこそありがとう。わたしにできるとは思わなかったけど」

「きみにできないことなんてほとんどないという気がするよ。その直感はたぶん正しいんじゃないかな」

「覚えておくようにするわ」

「ああ、ぼくが忘れさせないさ」ブレントはそう言って優しく手を握った。

燃えるように熱いものがエリーの血管を駆け巡った。彼に抱かれていると、自分は健常者だと、完璧な女性なのだと思えてくる。ただし、そうでないことは常に肝に銘じておかなくてはならない。

ブレントはああ言ってくれたけれど――彼といっしょならなんでもできるということを忘れさせないと言ってくれたけれど、結局のところ本気のはずはない。少なくとも、エリーが願うような意味で言ったわけではないのだ。

本気だったとしても、彼が自分の人生にこの先もずっとかかわっていくなどと期待してはいけない。ここにはエリーの家族や友人がいる。まったくの他人のなかにいたら、ふたりの関係はおそらくちがったものになってくるだろう。

かたわらにエリーがいることが、きっと気まり悪く感じられるにちがいない。その理由は考えるまでもなかった。

キャシーはワインのグラスをとりあげてひと口飲んだ。それからグラスをテーブルに戻したが、その前にハリソンの腕に手を置き、身を乗りだして彼の耳元でささやいた。

「ウェバリーはまだこちらを見てる？」ことさら媚びを含んだ笑みを浮かべてきく。

「今晩、やつがきみから目を離したのはせいぜい一、二秒だろうな。晩餐が終わるまで撃たれずにすんだら、ぼくは幸運だと思うくらいだ。あのむすっとしたしかめっ面からすると、嫉妬に狂ってるぞ。警告だけでなく、殺しておけばよかったと思っているのはまちがいない」

「ふざけないで、ハリソン」

「悪かった」ハリソンは彼女の手に手を置き、指で包みこんだ。「緊張してるのか？」

キャシーはあでやかな笑みを浮かべたまま首を振った。「ぴりぴりして当然なんだろうけど、緊張よりも怒りのほうが大きいの。ウェバリーがそこまで腹黒い男だったなんて信じられない。本気でわたしと結婚できると思っているのかしら」

「そのつもりなんだろう。彼はきみが息子をどれほど大切にしているか知っている。アンドリューに関しての効果的な脅しをいくつかかければ、自分の言いなりにできると踏んでるんだ。子供の身が脅かされるとなると、母親はどんな犠牲でも払うものだからね」

「いまは、なによりも彼が憎くてたまらないわ。ほんとうに見下げ果てた男ね。この場で立ちあがって、彼があなたになにをしたかを暴露しないでいるのに骨が折れるくらいよ」

ハリソンが顔をのけぞらせて笑った。

愉快そうに笑うハリソンを見てウェバリーはどんな顔をしているのだろうと、キャシーは思わずテーブルの反対端のほうをちらっと見た。

ウェバリーは顔を真っ赤にし、手を白いテーブルクロスのうえに置いて、ぎゅっとこぶしを固めていた。

「ぼくらになにがあったんだろう、キャシー？」

ハリソンの問いかけに、キャシーは驚いて視線をゆっくり彼に戻した。激しい思いをたたえたまなざしを見て、全身が熱くなるのを感じる。「どちらにも、止めることのできないようなことよ」

「かつてのぼくらのあいだにあったものをとり戻すことができるだろうか？」

キャシーの心臓の鼓動が速くなった。「わからないわ。でも、できると思う」

ハリソンはそっと彼女の手を握り、期待に満ちた表情で優しく彼女を見つめた。「なら、とり戻す努力をしよう」

キャシーの目に涙がこみあげ、目の前の端正な顔立ちがぼやけてくる。「そうね、そうしましょう」

ハリソンがテーブルを囲む招待客の長い列を見渡した。「だが、その前にぼくらにはやらなくてはならないことがある。用意はいいかい？」

「ええ、早く彼の正体を暴いてやりたいわ」

「エリーとパーネストン公爵が事務室に入ったことを確認してから、ウェバリーに近づくんだ」

キャシーはうなずいてハリソンの顔を見つめた。「あなたのほうは大丈夫？　さっきより少し顔が青ざめているようだけど」

「大丈夫さ。あれはほんのかすり傷だし、医者がきちんと手当てをしてくれた」

キャシーはほほ笑み、椅子の背にもたれた。

間もなく芝居の幕が開く。ハリソンの寝室を出たあと、何時間もかけて言うべきせりふを練習した。いまからが本番だ。

ハリソンの命がこの演技の成否にかかっている。

そして、息子の命も。

18

あらかじめ決めてあったとおりキャシーは食堂を出たところで足を止め、ジュールズとアメリア・ヘイスティングスの三人で会話をはじめた。それもまた入念に練られた作戦の一部だった。晩餐のあと、ふたりとしばし話しこんで、ほかの客に先に音楽室に入ってもらう。そうしてエリーとパーネストン公爵が事務室に向かう時間を稼ぐのだ。彼らがジェレミー・ウェバリーの話を一部始終聞けるように。

ウェバリーがキャシーを置いて音楽室に行く心配はなかった。今晩はかたときも目を離さずにいるつもりのようで、いまもフェリングスダウンの祖先の肖像画に興味を引かれたふりをして、数フィート手前をうろうろしている。会話が終わるのを待ち、彼女を演奏会にエスコートしようというのだろう。

ウェバリーの真の狙いがつかめると、彼の行動は大声でふれまわっているかのようにわかりやすかった。ここぞこそ立ちまわるようすを見て、キャシーは胸が悪くなった。いまとなっては、彼のすべてが嫌いだ。

ジュールズとアメリアは話を切りあげて立ち去った。キャシーが音楽室へ急ぐかのように向きを変えたところで、ウェバリーに呼びとめられた。

「カサンドラ」彼はいそいそと近づいてきた。「今宵の演奏会では隣に座ってもかまわないだろうか？」

彼女は振り返り、胸にたまった憎悪のありったけをこめてウェバリーを睨んだ。「遠慮しておくわ」激しい敵意がはっきりと相手に伝わるよう、真正面から彼を見据える。「実を言うと、あなたとふたりきりで話せる機会を探していたの。いまならちょうどいいわ」そう言ってウェバリーにくるりと背を向け、黄色の居間に向かった。

ウェバリーが追って来ないとは考えなかった。彼の行動にはたったひとつの目的しかない。レイザントンの爵位と土地を手に入れること。その野望の達成をはばむ障害をすべてとりのぞき、キャシーを得ることだ。

しかも、彼が障害と考える人物のなかには、ハリソンだけでなく、息子のアンドリューも含まれていることがわかった。

膝ががくがくしてくるのをキャシーは必死にこらえた。どんなことをしても息子を守らなくては。そう思うと、ウェバリーと対決する勇気も生まれてくる。

憤然と廊下を進み、ひとつめの部屋を過ぎた。なかはハリソンが言ったように真っ暗だ。次の部屋も同様だった。だが三つめの部屋は煌々と明かりがついていた。そこが、ウェバリーの自白を聞こうとハリソンたちが待機している居間だった。

キャシーは室内に入った。

ウェバリーもあとに続き、後ろ手に扉を閉めた。ふたりだけになると、キャシーはくるりと彼のほうを向き直った。「あなた、なにをしたの？」きつい口調で問いつめる。

「なにをしたかって？　言ってる意味がわからないな」

ウェバリーが一歩彼女に近づき、さらにもう一歩間合いをつめる。

「それ以上来ないで」キャシーは彼を押しとどめるように片方の手をあげた。「あなたにそばに来てほしくないの」

「本気じゃないんだろう」ウェバリーが気味が悪いほど静かな口調で言った。

「あら、本気よ。本気どころじゃない」彼女はパーネストン公爵が隠れている事務室の扉に一歩寄った。「あなたがなにをしたかはわかってるのよ、ミスター・ウェバリー。わからないのは、そんな卑怯な手を使う目的はなんなのかということだけ」

キャシーは故意に彼をミスター・ウェバリーと呼んだ。その呼び名を彼が嫌っていることは承知のうえで。彼は常に洗礼名で呼ばれるのを望んだが、ようやくその理由がわかった。洗礼名で呼ばれるか、レイザントン侯爵の名で呼ばれるかという立場にいずれはおさまるつもりだからだ。アンドリューを殺してでも。

「ぼくがなにをしたというんだ？　さっぱりわからないな」

ウェバリーのぎらぎらした目の輝きからして、自白を引きだすのは簡単ではなさそうだった。しらを切り通し、そのうちキャシーの確信が揺らぐことを期待しているのだろう。だが、彼女のほうも追及の手をゆるめるつもりはなかった。いま彼を止めなければ、不安におののきながら一生を過ごすことになる。

「わたしはばかじゃないのよ、ミスター・ウェバリー」

「その呼び名は使うな！　ぼくの名前はジェレミーだ。きみにもそう呼んでもらいたい」

「いいえ、ミスター・ウェバリーと呼ばせてもらうわ。わたしがそうしたいと言えばそのとおりになるの。わたしはレイザントン侯爵の未亡人であり、息子は侯爵なんだから」

キャシーは背筋をのばし、自白のきっかけとなるはずのせりふを口にした。「レイザントンは息子のものよ。あなたにはあの土地から出ていってもらうわ」

このひとことに、彼は完全に意表を突かれたようだった。予想以上に激しい憤怒をあらわにした反応が返ってきた。

「冗談じゃない！」ウェバリーはどなった。「レイザントンはぼくのものだ！　ぼくのものなんだ！」

「この先も、あなたのものにはならないわ」

「なるさ。きみもぼくのものになるんだ」

キャシーはからからと笑った。怒り狂うウェバリーを前に、あらんかぎりの勇気をかき集めて。それでも面と向かって嘲笑したことは、狙いどおりの効果を生んだ。彼の目つきがいっそう険しくなり、顔がまだらに赤く染まる。

「ヘンリー伯父に引きとられたときから、レイザントンはぼくのものになった。ぼくがずっと管理してきたんだ」

「だから、正当な所有権が与えられると思っているの？」

「情けないきみの夫よりは、領主たる権利があると思うね。伯父でさえそう考えていた。エヴェレットの死後、ヘンリー伯父がすぐにこの世を去るようなことがなかったら、彼はぼくにすべてを遺してくれたはずなんだ」

「そんなはずはないわ」キャシーはつんと顎をあげて反論した。「爵位と地所の正当な相続人はわたしの息子なのよ」

「息子だと？　あの子がレイザントンを継ぐなどありえない！　そんなことはぼくが許さない」

ウェバリーが言葉を切った。顔から血の気が引いていく。言いすぎたと気づいたのだろう。

キャシーは全身の怒りをぶつけるように彼に向かって宣言した。「いまこの瞬間から、あなたにはレイザントンに一歩たりとも足を踏み入れないでもらうわ。自分の荷物をとりにいくことだけは許すけれど、そのあいだもずっと監視をつけるから、そのつもりでいて」

ウェバリーがかぶりを振って笑みを浮かべた。「そんなことを命じる権限はきみにはないはずだ、カサンドラ」

「なら、協力してくれる人を探すわ」

「だれだい、フェリングスダウンか？」

キャシーは答えなかった。レイザントンから追放すると脅すことで、怖いくらい彼を激昂させてしまった。これ以上挑発するのは危険かもしれない。

「きみたちふたりの関係がどうなっているのか、ぼくが知らないとでも思うのか？」ウェバリーは顎の骨が浮きでるほど、きつく歯を食いしばった。「きみがまた彼と恋に落ちたことない。


に気づいてないとでも思うのか？」

ウェバリーがまた一歩近づいてくる。キャシーは逃げだしたくなったが、踏みとどまった。エリーとパーネストン公爵が隠れている部屋のなるべく近くで、彼に話をさせなくてはならない。

「今日のは警告だ、キャシー。今度はフェリングスダウンが幸運に恵まれるとはかぎらないぞ。次は怪我をさせるだけではすまない。殺してやる」

「わたしが親しくなった人をかたっぱしから殺すつもり？」

「ぼくの一生をかけた計画を台なしにはさせない。レイザントンはぼくのものだ。伯父に引きとられた日から、隅々までぼくが切り盛りしてきたんだ。ぼくがすべてを手にするのも時間の問題のはずだった。スキャンダルが起こったとき――」

ウェバリーが言葉を切った。

続きはきかずにおいたほうがいいのはわかっていた。だが、キャシーはそのままにはできなかった。あのときなにがあったのか知りたい。どうして父は、たったひとりの息子を勘当したのか。どうしてたったひとりの娘を破滅的なスキャンダルに巻きこんだのか。

「あのスキャンダルのことをなにか知ってるの？」真実をきくのは怖い、けれどもききたい、という相反する思いに引き裂かれながら、キャシーはたずねた。

ウェバリーがにやりとする。あたたかな笑みでも、開けっぴろげな笑みでもない、不吉な笑いだった。

「なにもかも知ってるさ」そう言いながらもう一歩彼女に近づいた。「薄汚い詳細をひとつ残らず知ってるよ。どの部分を最初にききたい？」

キャシーは答えなかった。ウェバリーはこの会話を楽しんでおり、うながすまでもなく先を続けることがわかっていたからだ。

「まずは、きみの父上がなぜたったひとりの息子と親子の縁を切り、イングランドから追放したかをききたいか？　それともなぜ、きみとエヴェレットが裸で抱きあっているところを見つかるはめになったか、そっちのほうが知りたいか？」

キャシーは壁に手をついて体を支えた。やめてと言いたかった。ハリソンもこのおぞましい話をすべて聞くことになるのだ。それでもやはり真実が知りたかった。四年ものあいだ自分を苦しめてきた問いに対する答えがほしかった。

ウェバリーの目をじっと見る。彼はけがらわしい話を聞かせるのが愉快でたまらないらしかった。

「なるほど。きみはエヴェレットといっしょに見つかった晩になにがあったかのほうに、興味があるようだな。当然、覚えていないだろう――」

意地の悪い笑みが広がった。

「薬をのまされていたんだからな、カサンドラ。きみも、そしてエヴェレットもだ。そうでもしなければ、エヴェレットが女性とベッドにいるところを見つかるなんてことは金輪際なかっただろうよ。彼の性癖はちょっと変わっていたんでね」

キャシーは吐き気を覚えた。手を腹部にあて、ぎゅっとつかむ。それ以上聞きたくなかった。先を続けてほしくなかった。それでも、自分がすべてをきかずにいられないのはわかっていた。

「そのことは知っていたんじゃないのか、きみも？」

いまの話に打ちのめされたことは押し隠し、キャシーは嫌悪をこめて彼を睨みつけた。

「エヴェレットの倒錯した趣味がすべての非劇を引き起こしたんだ。彼と、きみのお兄さんの趣味がね」

「兄はちがったはず――」

ウェバリーが肩をすくめた。「たぶんちがっていたんだろう。だが、計画を進めるためには、きみの父上にそう思わせる必要があった」

足元の地面が崩れ落ちていく。「あなたはわざと兄の評判に傷をつけたの？　父が兄を勘当するように？」

「それも計画の一部だった。ホーリーヴァインの相続人は限定されていないと知ったとき、ぼくはそこも自分のものにしなくてはと考えた。ホーリーヴァインとレイザントンの地所を合わせれば、この一帯でもっとも影響力を持つ地主になれる。フェリングスダウンをしのぐほどの」

キャシーのなかで怒りが燃えあがった。これほど人を憎んだことはないと思うくらい、彼が憎かった。「なんて卑劣な嘘つきなの、あなたは。思いどおりになんか決してさせないわ」

「いや、させてもらうよ。ぼくの計画は完璧だ。きみを妻に迎えれば――」

ウェバリーが手をのばしてくる。手にふれられ、キャシーは彼女自身思ってもみなかった衝動に突き動かされた。相手が反応する間もなく、思いきり腕を後ろに引くと、彼の頬を引っぱたいたのだ。


ぴしっと肌を打つ音が、ブレント、ハリソン、ジョージ、スペンスが隠れている小部屋にも響いてきた。ハリソンはキャシーを援護しようと扉に手をのばしたが、ジョージとスペンスが落ち着けというように兄の肩に手を置いた。ブレントは片方の手をあげ、じっとしているよう合図した。

「二度とわたしにさわらないで」キャシーが言うのが聞こえ、ブレントは居間のようすを見るために開けておいた小さな隙間をのぞいた。そして目にした光景に思わずにやりとした。

ウェバリーは数歩後ろによろめき、左頬をさすっていた。「平手で打つとは穏当じゃないな、カサンドラ。将来きみを手なずけるのが楽しみになってきたよ」

「そんな機会は一生訪れないわ」

「そうかな？　ぼくは目的のために懸命に努力してきたんだ。いまさらあきらめるわけにはいかない。きみの亡き夫の変わった性癖が明るみに出れば、レイザントンの家名が地に堕ちるのはまちがいなかった。事態は深刻で、思いきった手段に出る必要があったんだ。ぼくはできるかぎりのことをして収拾につとめたんだよ」

ウェバリーが両手をポケットに突っこんだ。「全員にとって幸運だったのは、ぼくが彼の尻ぬぐいには慣れていたということだ。昔からやらされてきたからね」

ウェバリーが小部屋の前を行ったり来たりしはじめ、ブレントは全員を少し後ろに下がらせた。ここに隠れていることを悟られてはまずい。もっとも、心配するまでもなかった。ウェバリーは自分の話に夢中で彼らのほうを見もしなかったからだ。

「気の毒なヘンリー伯父は最初、エヴェレットを国外に追放しようと考えたんだが、そうさせるわけにはいかなかった。エヴェレットが屋敷を出るとなると、ぼくは爵位を相続できなくなる。第一相続人を確実に排除すること。それが、ぼくがレイザントン侯爵となる唯一の道だった」

「あなたがエヴェレットを殺したの？」

ウェバリーはすぐには答えなかった。だれもが息をつめ、彼がその質問に答えるのを待った。

「ああ、カサンドラ。きみはぼくをなんだと思っているんだ？」

「人殺し！」

ウェバリーは笑った。「ちがう。ぼくもさすがにそこまで計算していたわけじゃない。もっとも、きみの夫は以前から健康がすぐれなかった。死因はインフルエンザだよ。医者の見立てどおりだ。もちろん、ぼくが調合した特別な薬は、医者が用意したものほど効果がなかったようだがね」

「なんて人なの！」

「きみだって、愛しいエヴェレットが死んで少しばかりほっとしたんじゃないのかい？　彼を愛したことはなかったはずだ。どうしてあんな男を愛せる？　情けないくらい女々しいやつだったじゃないか」

「だからって、死に値する人ではなかったわ！」

「きみは優しいんだな。常々そう思っていたよ。当初からきみを計画に巻きこむのは気が進まなかったんだが、この役にはぴったりだったんだよ。きみの兄上もね」

キャシーは首を横に振って口を開いたが、言うべき言葉が見つからないようだった。

「きみの父上に長男を勘当して、国外に追放するよう仕向けるのは簡単だった。父上がホーリーヴァインの名に誇りを持っていることもこちらの有利に働いた。それにぼくは、ベンが新たな生活をはじめられるよう多額の援助を申してたからね。父上はおそらく、息子は何不自由なく生活していると信じていたにちがいない」

「兄を失ったことが父の死期を早めたのよ」

「気の毒に思うよ、カサンドラ。心からね。だがホーリーヴァインを手に入れるためにはそうするしかなかったんだ」

ウェバリーはあいかわらず居間を行ったり来たりしながら話を続けた。「兄上が去ったあと、ぼくは計画の第二段階にとりかかった」

「父の具合がよくないという手紙を送って、わたしを呼び寄せたのね」

「そんなに怒った声を出すことはないだろう。完璧な計画だったことはだれだって認めざるをえないはずだ。きみがロンドンにあるレイザントンの館に着くと、ぼくはきみを小さな客間に案内してワインを飲ませた」

「あのワインに薬がまぜてあったのね」

ハリソンが扉から飛びだしていかないよう、ブレントは彼を抑えつけなくてはならなかった。

「もちろん、体に害のある薬じゃない。眠ってもらうためのものだ」

「人でなし！」

「おいおい、ぼくの未来の妻となる女性がそんな口をきいちゃいけない」

「あなたの妻になんかなるものですか」

「ところがなるんだ。フェリングスダウンに五体満足で生きていてほしければ、きみはぼくの妻になるしかない」

「いやと言ったらどうするの？　彼を殺す？」

「当然ながらね。今日の午後のあれは警告にすぎない。今度は腕を狙うだけではすまされないぞ。心臓に穴をあけてやる」

「やめて！」キャシーが叫ぶ。衝撃的な事実を次々に聞かされ、もはや精神的に限界なのがブレントには見てとれた。

ひとつうなずいて、ブレントは扉をぱっと開けた。ハリソンとジョージ、スペンスがすぐあとに続く。反対側の扉も同時に開き、ジュールズとふたりの義弟が飛びだした。

「いったいなにごと――」

ウェバリーはぎょっとして居間の両端を交互に見やった。目にあからさまな憎悪をみなぎらせている。

「残念ながらそこまでのようだな、ウェバリー」ブレントはウェバリーと扉のあいだに立った。この悪党を逃がすわけにはいかない。だが、それ以前にキャシーをウェバリーの手の届かないところへ遠ざける必要があった。「レディ・レイザントン、どいてくれないか」

ハリソンが腕を広げると、キャシーは彼の胸に飛びこんだ。

「なんとも感動的な場面だな」ウェバリーが言った。「だが、きみたちの芝居には飽き飽きした。ぼくは音楽室に行くとするよ。みごとな演奏が聞こえてる」

「おまえはどこにも行かない」ウェバリーの険悪な視線からキャシーを守るように、ハリソンが彼女の前に立つ。「刑務所以外のところへはな」

ウェバリーが耳ざわりな声で笑った。「なんの罪で？」

「殺人と殺人未遂だ」

ウェバリーは首を振った。「だれが告発する？」

「ぼくら全員さ。みんなおまえの話を聞いていた」ジュールズが答えた。

「どうかな。きみたちのだれかが訴えでたところで、ぼくは否定するだけだ」

「これだけ大勢の人間が聞いていたんだぞ。エヴェレットを死に追いやり、ハリソンを撃ったことは否定できまい」

「昔の恋人を忘れられないフェリングスダウン卿が恋敵を蹴落とそうと、家族と共謀してぼくを陥れたのだと主張したら、世間の人はどっちの話を信じるかな？」

そのとき彼の背後で、パーネストン公爵が狭い事務室から姿を現した。「だが、わたしの証言なら絶対的な証拠となるだろう。だれもが信じるはずだ。わたしの発言はどこでも非常に尊重されている」

ウェバリーが後ろによろめいた。「くそ！　ぼくをはめたのか！」

逃げ道を探し、部屋のあちこちに狂気じみた視線を走らせる。

パーネストン公爵が一歩前に出た。「きみを訴える用意がある人間として、わたしはフェリングスダウン卿の代わりに、もうひとつの選択肢があることをきみに伝えておくべきだと思う。イングランドを出て二度と戻ってこないことだ。でなければイングランドにとどまり、ふさわしい罰を受けるしかない」

「いやだ！」ウェバリーの目はまだ出口を探していた。「そんなことできるものか！」

「できるとも」パーネストン公爵は続けた。「実際にするつもりだ。きみのしたことは許しがたく、刑を免れさせるわけにはいかない」

「レイザントンはぼくのものだ。ぼくのものなんだ！　あの土地のために一生懸命働いてきたんだぞ。だれにも渡さない！」

ウェバリーは出口へ向かって闇雲に走った。行く手をはばまれるとまた別の扉へ突進する。

だが、どこにも逃げ場はなかった。たったひとつ、エリーの隠れている小さな事務所に続く扉を除いて。

彼はその開いた入り口に目をとめた。扉の向こうにエリーが隠れているのを見て、逃げ道がひとつだけ残っていることに気づいたのだ。

ブレントが飛びだしたが、ウェバリーのほうが一歩早かった。エリーの腕をつかんで暗がりから引きずりだす。そして自分の前に立たせると、彼女のこめかみに拳銃を押しあてた。

「全員道をあけてぼくを通せ。もちろん、レディ・エリッサは連れていく」

ブレントはわかったというように手をあげた。「出ていっていい。だれもあとは追わない。だが、レディ・エリッサを連れていくのはだめだ」

「だめだと？」

ウェバリーはぐいとエリーを引き寄せた。彼女は体のバランスを崩して手をのばしたが、空をつかむばかりで、そのまま転びかけた。ウェバリーが腕を引っぱりあげて無理やり立たせる。エリーは痛みに悲鳴をあげた。

「彼女を放せ！」ブレントが叫んだ。「ぼくがきみといっしょに行く」

ウェバリーは笑った。「それはごめんだ。レディ・エリッサのほうが面倒がない。どういうわけかあんたたちはみな、この哀れな娘をいたく大切にしているからな。彼女がいれば、ぼくも安心というわけだ」

ブレントはエリーの目を見つめた。安心させるつもりだったが、彼女の怯えきった目つきに思わず息をのんだ。エリーは彼の虚勢の裏にある、隠しようのない恐怖を見てとったのだ。

ブレントがもう一度交渉を試みた。「好きにどこへでも行けばいい。あとを追うことはしない。ただ、レディ・エリッサはここで解放してくれ」

ウェバリーはその訴えを鼻であしらった。「ぼくだってばかじゃない、チャーフィールド。あんたたちはこの娘をとり戻したとたん、ぼくを追ってくるつもりだろう。それがわからないとでも思うのか？　だめだ。いっしょに連れていく。もう一度生きて彼女に会いたいなら、絶対に追ってくるな」完全に狂った目つきで、理性が感じられない話しぶりだ。

ブレントには、彼が正気を失いかけているのがわかった。エリーの兄弟たちもその表情からして、同じことを感じているようだった。狂気に冒された人間を相手にするのは、考えるだけで恐ろしい。わずかなりとも理性を残している人間ならば、理屈で説き伏せることもできるが、ウェバリーの場合、すでにその段階は過ぎているようだった。彼の考えでは、レイザントンまでたどり着けばわが身の安全は保証されるのだ。

そして、現レイザントン侯爵を亡き者にすれば、自分が相続人となることができると。

ブレントはあらゆる可能性を考慮したが、エリーをこれ以上の危険にさらさないですむ手段を思いつけなかった。

「動くな。ひとりもだ！　追いかけてきたら後悔することになるぞ」

ウェバリーが彼女を扉のほうへ引っぱっていった。時間は残り少ない。取っ手に手がかかった瞬間、ブレントは彼に飛びかかろうとした。エリーをこの部屋から出したら終わりだ。

をあげた。

だが、実際に足を一歩踏みだす前にウェバリーがエリーの頭の脇を銃で殴り、彼女は悲鳴をあげた。

「やめろ！」ブレントは叫んで足を止めた。降参を示して両手をあげ、こみあげる怒りをなんとか抑えようとする。

ウェバリーは銃口をエリーのこめかみに強く押しつけた。彼女が身を縮める。「止めようとしたら彼女を撃つぞ！」

そう叫んで、本気であることを強調するようにひとりひとりの顔をのぞきこんだ。ウェバリーと目が合ったとき、ブレントは脅し文句を吐かずにいられなかった。「ウェバリー、おまえはもう死んだも同然だ。どんなことをしようと、どれだけ時間がかかろうと、ぼくが息の根を止めてやる」

「来るなら来てみろ、チャーフィールド。彼女の命はないぞ」

ウェバリーがエリーを廊下へ押しだすのを、ブレントはなすすべもなく見ているしかなかった。やがて勢いよく扉が閉まり、音をたてて狂ったように打つ胸の鼓動以外、聞こえてくるのはキャシーが静かにすすり泣く声だけになった。

彼女がウェバリーに殺されでもしたら……。

そんなことは考えたくなかった。いまエリーを失ったら、どうやって生きていけばいいのかわからない。

ウェバリーがエリーを引きずっていく音が廊下から聞こえてきたが、力強い手が上腕をつかんで彼を引きとめた。

「あの男は狂ってる」スペンスが食いしばった歯のあいだから言った。「いまさらなにを手に入れるつもりなんだ？　ぼくたちにすべて知られたというのに」

「どうだっていいんだろう」とジュールズ。「レイザントンの地所さえ手に入れば」

「そんなことは不可能だ！」ジョージがどなる。「レイザントンには息子がいる。土地も爵位もあの少年のものだ。万が一――」

ジョージは最後まで言わずに言葉を切った。

「なんてことだ！」ブレントの背後からいっせいに声があがった。息子に危険が迫っているとキャシーが気づくのに一秒とかからなかった。

「ハリソン！」彼女は叫んだ。「彼はアンドリューを殺す気なのよ！」

「落ち着いて、キャシー。あの子はぼくらが守る」

ブレントは扉に向かって走った。エリーの不規則な足音をこれ以上聞いていられなかった。居間から飛びだすと、エリーの家族もすぐあとに続いた。

ジョージがブレントの腕をがっしりとつかんだ。「追っていったらエリーを殺すとウェバリーは言ったぞ」

「レイザントンに着いたあとも、あの男がエリーを生かしておくと本気で思ってるのか？」

そう口にしたとたん、恐怖がブレントの胸をわしづかみにした。

沈黙があたりを覆う。彼の言うとおり、レイザントンの館に着いてしまえば、エリーはもはやウェバリーにとって無用の存在となる。

「武器が必要だ」ブレントは一刻も早くエリーのもとへ駆けつけたかった。あの男に手をかけられる前になんとしても助けださなくては。

「ぼくがとってくる」スペンスが駆けだした。

「馬の用意は？」

「ぼくがしよう」ジュールズが言ってその場を離れた。

「わたしにも一頭用意してもらおう」パーネストン公爵が反論を許さない口調で言った。

ブレントはうなずき、玄関に続く広い廊下を走っていった。

開いたままの玄関扉を目にし、言いようのない喪失感に襲われる。

そこにはすでにエリーの姿はなかった。

19

エリーの脚は容赦なく痛み、殴られた頭もいまだずきずきとうずいていた。

ウェバリーは彼女を引きずるようにして丸石敷きの道を厩舎へ向かった。彼女が支えなしでは歩けないことなど一顧だにせず、馬上に押しあげるときも障害を気遣うそぶりはまるで見せなかった。

別々の馬に乗せてくれたらよかったのに、とエリーは思った。そうしたら楽に追い越していけたのに。しかし鞍のうえで体を安定させる間もなく、ウェバリーが後ろにまたがってきて猛然と馬を疾走させた。

どこへ向かっているかはわかっている。レイザントンの館に連れていくつもりだろう。常軌を逸した彼の頭のなかでは、無事レイザントンに到着しさえすれば夢に描いた生活が送れるはずなのだ。そんな夢は——爵位とそれに伴う土地を手に入れるという夢など、実現するはずがない。これは言わば最後の悪あがきで、うまくいくはずはないのだ。

ただ、なにより恐ろしいのは、幼いアンドリューの命が狙われているということだ。ブレントやハリソンが間に合うといいが。彼らはきっと助けに来てくれる。どうやって助けてくれるかまではわからないものの、エリーはかたときもそれを疑わなかった。

もっとも、それもエリーしだいだ。ブレントや兄弟たちが追いつけるよう、時間稼ぎをしなくてはならない。

レイザントンの館に着くと、ウェバリーはいきなり手綱を引いて馬を止め、地面に飛びおりた。そしてエリーを無理やり引きずりおろした。あまりに唐突だったため、彼女は不自由なほうの足を妙な角度で地面につき、そのまま倒れこんだ。激痛が走る。

「立て。くそ！」

痛みがひどくて立てないふりをしようかと思ったが、ウェバリーをひとりで屋敷に行かせる危険は冒せなかった。なかには幼いアンドリューがいる。そばにいるのは乳母だけだ。ウェバリーの手は借りずに膝立ちになった。だが、腕をつかまれて乱暴に体を引きあげられ、思わず痛みに声をあげた。

「歩け！」ウェバリーが彼女を引きずるようにして歩きだした。「チャーフィールドといっしょのときは、さほど歩くのに苦労しているようには見えなかったぞ」

「杖がいるのよ」エリーは彼についてよろよろ前に進みながら、あえぐように言った。脚が痛む。丸石のうえで転んだときに膝をすりむいたようだ。前方に玄関に続く三段の石造りの階段があった。転ばずにのぼれるとは思えない。

ウェバリーはエリーの足のことなど気にもとめていなかった。彼女の腕をつかんだまま屋敷に突進していく。

エリーは最初の一段でつまずいて転んだ。

ウェバリーは虫けらでも見るがごとく彼女を見おろし、まだ生かしておくべきか、靴で踏みつけてしまおうか迷っているようにしばしためらった。だが、生かしておいたほうが有利と判断したのだろう。腕をつかんで残り二段を引きずりあげた。

レイザントンの執事が扉を開けて愕然として言った。「レディ・エリッサ？　どうなさいました？」

「出ていけ！」ウェバリーはどなった。「全員ここから出ていけ！　いますぐだ！」

「だめよ！」エリーはつかまれた腕を振りほどこうとしながら叫んだ。「出ていってはだめ！」

「行け！」

執事がためらっていると、ウェバリーはポケットから銃をとりだして怯えた顔の執事の頭上を撃った。

玄関広間や奥の部屋から悲鳴があがる。やがて、走りまわる足音が小さくなっていった。

「逃げてはだめ！」エリーは叫んだが、静まり返った館にはもうだれも残っていないことが知れた。

ウェバリーは大理石の玄関広間を突っきり、らせんを描く対の階段へと向かった。行き先は三階にある子供部屋だ。三歳のアンドリューと乳母のグレイブリムがいる部屋に、ウェバリーがたどり着いたらおしまいだ。エリーと年老いた乳母だけでは、銃を持った男に対抗できるはずがない。

「のぼれ！」右側の階段のたもとまで来ると、ウェバリーがどなった。

エリーはわざと膝をついて起きあがれないふりをした。

「立て、この役立たず！」ウェバリーは激昂して彼女の腕を引きあげ、無理やり立たせようとした。

エリーは悲鳴をあげ、彼の手が振りおろされると両腕で頭をかばった。腕がこぶしをまともに受け、頭にも衝撃が伝わって視界がぼやける。

「立つんだ！」

今度は思いきり平手で顔を打たれ、また腕を引っぱられた。エリーはやむなく立ちあがったが、もう一度あの調子で殴打されたら気を失う恐れがあった。アンドリューのためにも意識ははっきりさせておかなくてはならない。

一段めはのぼったものの、腕を強く引っぱられて二段めでバランスを失った。そのまま転倒し、すさまじい痛みに襲われた。スカートの下であたたかな血が脚を伝っていく。

「階段をのぼるのに時間がかかるのよ、わたしは」彼女はあえいだ。

「こっちは時間がないんだ！」

自分でもどうやってのぼったのかわからないが、気がつくと二階にたどり着いていた。エリーは床に座りこみ、痛む脚を押さえた。

「立て！」

「無理よ！」

二階の手すりにつかまって玄関広間を見おろした。脚の痛みは尋常でなく、この上にある子ども部屋までとてものぼりきれるとは思えなかった。三階へ続く長い階段を見あげる。これ以上は一歩もあがれそうにない。

「立てと言っただろう。さもないと――」

近づいてくる蹄の音に、ウェバリーは脅し文句をのみこんだ。

「だめ！」

子供部屋にいたる階段はすぐそばにあった。ウェバリーは追手につかまる前に幼いアンドリューを始末すべきだと考えたのだろう、いきなりエリーの腕を放した。子供を殺すことのほうが彼女より大事なのだ。

行かせるわけにはいかなかった。エリーは四つん這いのまま、階段をのぼりかけた彼の脚に腕を巻きつけた。

ウェバリーが蹴りつけてくる。エリーは一瞬宙を浮き、体ごと柱に叩きつけられた。痛みに悲鳴をあげながらも手を離さなかった。子供部屋に着いてしまえば、彼は邪魔が入る前にアンドリューを殺すだろう。もはや幼い子供を守る者はだれもいないのだ。

「放せ、このアマ！」

しがみついていると、今度は頭にこぶしが飛んできた。エリーは一瞬ひるんだものの、力を振りしぼって彼の脚を抱えこんだ。殴られた痛みは耐えがたかった。ウェバリーはもう一度彼女を平手打ちすると、今度は彼女の腕をつかんで体ごと持ちあげた。

階下から床を踏みならすくぐもった足音が聞こえてきた。みな口々に彼女を放せとどなっている。ブレントの恐慌をきたした声を聞き、彼は自分を助けるためならなんでもしてくれるだろうとエリーは思った。しかし、もう手遅れだ。

長い階段を見おろす。蹴り落とされたら下まで転がっていくしかない。落下を止めるものはなにもなかった。

だが、ウェバリーは蹴ってこなかった。代わりにエリーの腕をつかんで体を引きあげ、盾のように自分の前に抱えた。

「あんたたち全員、出ていけ。ここはぼくの屋敷だ」

エリーの腰に腕をまわし、彼女を引きずるようにして三階の子供部屋に続く階段をのぼっていく。一段ごとに体を持ちあげながら。

「止まれ、ウェバリー」パーネストン公爵が命じた。だが、ウェバリーは歩みを止めなかった。武器を持った男が八人、じりじりと階段をのぼってくるにもかかわらず、子供部屋までたどり着こうと心を決めているらしかった。その歪んだ思考回路によれば、三歳のレイザントン侯爵を殺しさえすれば、自分が爵位を相続し、手に入れる権利があると考えるすべてをわがものにできるはずなのだ。

エリーが階段のたもとに目をやると、キャシーが立っていた。青ざめた頬をとめどなく涙が伝っている。この恐ろしい試練が去り、子供部屋に飛びこんでわが子を腕に抱くことを、ただただ願っているようだ。

「銃を置け、ウェバリー」ブレントのあとから階段をのぼりつつ、ハリソンが言った。「エリーを解放するなら、きみは自由の身でイングランドを発つことができる」

「いやだ！　爵位はぼくのものだ」ウェバリーはキャシーに視線を移した。「ぼくがあの私生児にレイザントンの爵位を継がせると本気で思ってるのか、カサンドラ？　きみの薄汚い秘密をぼくが知らないとでも思ったか？」

「アンドリューには手を出さないで。あの子はまだ幼いのよ」キャシーが階段を一段あがった。

「なにを言ってる？　あの子は偽物だ。ペテン師だ。ぼくはウェバリー家の最後の生き残りなんだ。爵位を受け継ぐのはぼくで、あの子ではない」

ウェバリーはエリーをさらに数段引きあげた。

ブレントも一段階段をあがった。さらにもう一段彼に迫る。「ウェバリー、そんなにうまくいくはずがない。ぼくたちがそうはさせない。ひとりを撃ったところで、ためらいなくきみを殺すつもりの男がほかに七人いるんだ」

「銃を置きなさい」パーネストン公爵も言った。「われわれは逃げる機会を与えてやっているのだぞ」

「あんたらはわかってない。だれひとり、彼女がなにをしたかわかってないんだ」

ウェバリーの非難がなにを意味しているのかエリーは知っていた。彼がいま暴露しようとしている秘密を、彼女は以前から知っていたのだ。

頭のなかがぐるぐるまわっているようだ。めまいをこらえ、友人をじっと見つめる。キャシーは真っ青な顔で大きく目を見開き、ウェバリーから階段の途中に立つハリソンへと視線を走らせた。

「ぼくが知らないとでも思ったか、カサンドラ？　ぼくはエヴェレットのことをだれよりもよく知っていた。あの子が彼の子供ではないことも知っている」

ウェバリーは子供部屋の閉じた扉を見やり、エリーを引きずりながらさらに一段階段をあがった。

「その告発は、レディ・エリッサとはなんの関係もないだろう。彼女を放せ」ブレントが言う。

ウェバリーは逆に手に力をこめた。

「これでどうだ？　彼女を放したが最後、ぼくにはなにもなくなる。伯父がなにも遺してくれなかったのと同じように」

ウェバリーがまた一段あがった。

「伯父はなりふりかまわず彼女の嘘に調子を合わせ、あの私生児を正当な後継ぎだと言いはった」嫌悪をこめた耳ざわりな声で続ける。「エヴェレットは世間が思うような堕落した息子ではないと、あの子供が証明してくれると思ったのさ」

ウェバリーが声をあげて笑い、エリーの背筋を悪寒が走った。

「だが、ぼくは知っていた」

ウェバリーはもう一度キャシーに目をやった。「あの私生児をエヴェレットの息子で通すことはぼくが許さない。それくらいなら、レイザントンの名が途絶えたほうがましだ」

「やめて、ジェレミー」キャシーが叫んだ。

「やめるものか」いま一度ちらりと子供部屋の扉を見やってから、キャシーに視線を戻す。「ウェバリーの血を一滴も継いでいない子供にレイザントンの爵位を相続させるなんて、そんなことは断じて許さないぞ」

エリーはハリソンのほうへ目を向けた。その瞬間、兄がウェバリーのほのめかす事実を理解したことがわかった。彼は溺れる人間が空気を求めるように大きくあえいだ。

「キャシー？」ハリソンは彼女のほうを振り返った。

ウェバリーが狂ったようにげらげら笑いだす。「まったく、愉快な場面だな。どうしてぼくがあの子供に爵位を継がせるわけにいかないか、あんたにもよくわかっただろう。フェリングスダウン」

ハリソンは二段ほど階段を駆けあがった。「あの子を傷つけでもしたら――」

「止まれ！」ウェバリーがエリーを階段のへりに押しやった。「でないと彼女を突き落とすぞ」

ハリソンは足を止めた。

エリーはブレントの目をじっと見つめたが、意識が遠のいていった。体力も尽きかけている。彼の強さが必要だ。ウェバリーに階段から突き落とされるなら、その最後の瞬間に彼の姿を目にしていたかった。

「エリーを放せ」ブレントが目に殺意をきらめかせる。「彼女を解放するなら、きみは歩いてここを出て、イングランドを発つことができる」

「放さなかったら？」

「命はないものと思え」

ウェバリーは笑った。「結局どうしようが行き先は地獄だってことを、ぼくが理解していないとでも思うのか？」

ウェバリーはさらに一段階段をあがり、ようやく三階までたどり着くと足を止めた。階段からふたつめの扉が子供部屋だ――少年が乳母といっしょにいる場所まで、あとほんの数歩だった。

銃をエリーの顎に押しつけ、自分のほうを向かせる。そしてにやりとした。

「これからどうなるかわかってるだろうな？」笑みが広がった。「このためにおまえをここまで連れてきたんだ」

エリーは彼の意図をはっきり悟った。彼女を突き落とすことでまわりの注意をそらし、その隙にアンドリューを殺そうというのだ。

手をのばして手すりをつかもうとしたが遠すぎた。エリーは必死にもがいた。

ウェバリーは平手で思いきり彼女を叩き、それからぐいと引き戻した。

唇の両端をわずかに持ちあげて不気味な笑みを浮かべ、ぞっとするような冷ややかな目つきで彼女の顔をのぞきこむ。

「うまくいきっこないわ」エリーはあえいだ。「だれかがあなたを止める」

「どうかな。みんなおまえを助けようと必死になるさ」

「全員が……そうとはかぎらないわ」

彼はエリーをもう一度階段のへりまで引きずっていった。「やってみるか？」

そのあとはすべてがあっというまのできごとだった。

ウェバリーは彼女を押しやり、子供部屋に走った。同時に一発の銃声が空気を引き裂いた。キャシーの悲鳴が銃声に重なり、兄弟たちの叫び声がそこにかぶる。だが、エリーに聞こえたのはブレントの声だけで、それは薄れゆく意識のなかで、暑い夏の日のさわやかな一陣の風のように耳に届いた。

「エリー！」

ひとりで死ぬわけじゃない。ブレントがいっしょにいる。

そう思ったのが最後だった。彼女は前のめりに長い階段を転げ落ちていった。

20

「やめろ！」

恐ろしい悪夢を見ているようだった。エリーが前にのめったとき、ブレントは自分の心臓が体内から転げ落ちた気がした。一刻も早く走りたいのに、ブーツに砂がつまったかのようで、緩慢な動きしかできなかった。エリーはバランスを崩し、真っ逆さまに階段を落ちていった。一段、また一段と――ブレントはなすすべがなかった。

周囲で銃声が鳴り響く。だがブレントはウェバリーがどうなったか確かめる余裕もなかったし、その気もなかった。夢中で階段を駆けのぼる。最悪の事態を避けたいということしか頭になかった。

手を差しのべ、落ちてくるエリーを途中で抱きとめようとしたが間に合わなかった。彼女の体が異常な角度によじれ、頭が壁に激突した。

「エリー！」

ブレントは彼女を抱きあげ、傷の具合を確かめようと後頭部に手をあてた。

「怪我はひどいのか？」ハリソンが駆け寄ってきた。

「わからない」ブレントはエリーの額にかかる髪をかきあげた。顔の片側を血が筋になって伝っている。

「これを」別の兄弟が清潔な白いハンカチを差しだした。

ブレントがそのハンカチを彼女の額に押しあてると、ハンカチはみるみる血に染まっていった。

キャシーがふたりを追い越して階段をあがる。「エリーをここまで運んで。横にならせないといけないわ」

ブレントはエリーを抱いて立ちあがり、キャシーに続いて、ウェバリーの遺体が横たわる場所の反対側へ廊下を進んだ。そして南向きの部屋に入ると、エリーが目覚めるのにぴったりの部屋だと思った。

エリーが目覚めてくれたらだが。

ブレントは首を振ってそんな考えを振り払った。

もちろん、エリーは目覚める。彼女は強い人だ。これまでにもさまざまなことを乗り越えてきたのだから。ふと彼女の顔の痣に目をやり、胸がいっそう痛んだ。彼女がこんな目に遭うなんてまちがっている。こんな目に遭わなくてはならないようなことはなにもしていないはずだ。

「だれか医者を呼びにやったか？」エリーをベッドに寝かせるとブレントはきいた。

「ああ。それにパークリッジとバーキンガムが双子を呼びに行ってる」ジョージが答えた。

「彼女たちもそばにいたいと言うだろうから」

「あのたらいには水が入ってるのか？」ブレントは部屋の反対隅の洗面台を示した。

ハリソンがさっと場を離れ、たらいと清潔な布数枚を持って戻ってきた。

ブレントはそのうちの一枚をゆすぎ、エリーの顔をそっと拭いた。血がぬぐい去られると、額の傷はさほどひどくは見えなくなったが、逆に顔の痣がくっきりと浮かびあがった。

「なんてことだ」青黒くなった目の下の皮膚に冷たい布を優しく押しあてる。「あの人でなしめ。死んでなかったら、ぼくがもう一度殺してやるところだ」

「やつは死んだよ。ぼくら全員がそれを立証できる。もっとも、パーネストン公爵がその責を負うとおっしゃっているが」

ブレントはうなずき、さらに乾いた血を拭きとった。「靴を脱がせたほうがいい。足を怪我しているかもしれない」

ジョージがベッドの脇に近づいた。「ぼくがやるよ。そういうのには慣れてるんだ。子供のころ、痛むときはよく足をさすってやったから」

彼はエリーのかたわらに腰かけると、不自由なほうの足を持ちあげた。「エリーはきみに、足の状態を見てほしくないと思う」ブレントを見てそう言う。「見てもいいのはぼくだけということになってる」

「なら、言わなきゃいい」

ジョージがうなずき、無言でブーツのレースをほどいた。エリーの足を持ちあげてそっとブーツを脱がせる。足に手をふれられるとエリーはうめいた。

「くそ、信じられない」ジョージは食いしばった歯のあいだから言った。

「どうした？」ハリソンも足を見やり、さらに口汚い悪態をついた。

「大丈夫だ。エリー、大切な人」ブレントはしっかりと彼女を抱えたままなだめるように言った。彼女は首を激しく左右に振り、痛みから逃れようとしてもがいた。

やがてエリーが落ち着くと、ブレントは肩を押さえていた手を離し、ベッドの足元のほうを見やった。そして、目にしたものに息をのんだ。

彼女の足は奇妙な形にねじ曲がっていたが、歩くときに足を引きずっていることからして、それに似たものは想像していた。ただ、痣だらけで腫れあがった足、血のにじんだ靴下には、わが目を疑った。

「スカートをめくってみるんだ」ブレントは命じた。

「それはできない。エリーがきっと――」

「めくれ！　せめて膝までても。両脚とも見せるんだ」

ジョージはそれ以上逆らわず、ゆっくりとエリーのスカートを膝までめくった。

「あの男め」ブレントはうなり、ハリソンにもっと水と布を持ってくるよう頼んだ。

「あの人でなし、何度彼女を地面に投げ落としたんだろう」戻ってくるとハリソンが言った。

「この状態からして、一度や二度じゃないな」

扉が開いて全員が振り返った。キャシーだった。

「すぐにお医者さまが見えるわ」扉を閉めながら言った。「エリーの具合はどう？」

「医者に急いでもらったほうがいいな」

キャシーはベッドに駆け寄った。エリーを見おろすなりさっと顔色が変わる。涙があふれてぽろぽろと頰を伝い、顔に哀れみの表情が広がった。

エリーの言っていたのはこういうことなのだとブレントは悟った。エリーを知らない人々は彼女を障害者と見る。他人は避けて通る。だが最悪なのは、彼女を愛する人々だ。彼らは哀れみを見せる。エリーが決して受け入れることのできない感情が、その哀れみなのだ。

だから彼女は、不自由な体を世間から隠してきた。ザ・ダウンでの生活に甘んじていた。人が嫌いなのではなく、どこまでも人が好きなゆえに。そして、まわりの人々に哀れまれることに我慢ならないからだ。

「彼女は大丈夫だよ」気がつくとブレントはそう言っていた。

「もちろん大丈夫よね」キャシーは答え、頰から涙をぬぐうと、清潔な布をゆすいでブレントに手渡した。もう一枚布をゆすぎ、ジョージに渡す。

「骨は折れていないようだ」ブレントはエリーのすりむいた膝に布を押しあてて言った。「だが、医者には早く来てほしい。くるぶしがどんどん腫れあがってきてる」

扉が開き、ジュールズとスペンスが医者を連れてきた。

「ドクター・ブルンスウィック、来てくださってありがとうございます」ハリソンが医者を出迎えた。「エリーが事故に遭いまして」

「パーネストン公爵から事故の話は聞きましたよ。手当てがすんだら、ウェバリーの遺体のほうも見ておきましょう」

部屋にいる面々に足を止めて挨拶することもなく医者は奥に進むと、エリーを見おろしてたずねた。「乳母のグレイブリムはいますか？」

「ええ」キャシーが答えた。

「よかった。手を貸してもらいたいので彼女を呼んでください。ほかの方々には部屋から出ていただきたい」

ブレントはためらったが、医者は彼を見て、口調をやわらげながらもきっぱりと言った。

「出てください。手当てがすみしだいお呼びします」

ブレントはうなずき、キャシーやエリーの兄弟たちのあとについて部屋を出た。

「ネリー」キャシーが廊下で待機していた女中のひとりに声をかけた。「グレイブリムを呼んで、お医者さまのお手伝いをするように言って。それから厨房に行って従僕にお湯をたっぷり――ほかにもお医者さまが必要になりそうなものを――用意して、三階に持っていくようにと伝えて」

「かしこまりました、奥さま。いますぐに」ネリーはぴょこんと膝を曲げてお辞儀をすると、命じられたことをするために小走りで立ち去った。

「階下で手当てが終わるのを待ちましょう。あちらのほうが落ち着けると思うわ」

キャシーは向きを変えて階段へ向かいかけたが、ハリソンの問いに足を止めた。「息子さんは無事かい？」

キャシーはうなずいた。「グレイブリムがおもちゃ入れのなかに隠れさせてくれたの。あの子はかくれんぼをしていると思っていたみたい」

「帰る前にぼくに紹介してくれるんだろうね？」

キャシーの顔からさっと血の気が引いた。

断るだろうかとブレントは思ったが、彼女は断らなかった。いずれ息子とハリソンが顔を合わせることは避けられないと悟ったのだろう。握ったこぶしを開き、体の脇におろした。

「もちろん。会っていただけたらうれしいわ」
二、三歩階段のほうへ歩いたところで子供部屋の扉が開き、幼い男の子がネリーの手を引いて飛びだしてきた。そしてキャシーの顔を見るなり若い女中の手を離し、彼らに駆け寄った。
「お母さま、お母さま、あのね」

全員が走り寄る少年を見つめた。

「なあに？」目線が子供と同じになるようキャシーが体をかがめる。

「ネリーがね、今度お池に連れてってくれるの。そこでお魚を見るの」

「そうなの？」

「うん。グレイブリムがね、お医者さまのお手伝いをしなきゃいけないから、ネリーにお散歩に連れてってもらいなさいって言ったの。だれか病気なの？」

「いいえ。わたしのお友達が怪我をしたの。で、お医者さまが来て、手当てをしてくださることになったのよ」

「ふうん」少年は答えてからゆっくり顔をあげた。まわりの大人が自分を見ていることにはじめて気づいたかのように。

「アンドリュー、わたしのお友達を紹介させて」

少年は母の手をとって前に出た。髪の毛の黒っぽい色合いがハリソンとまったく同じで、目の色も同じだ。フェリングスダウン侯爵と少年がうりふたつなのはだれの目にも明らかだった。

彼女はハリソンの前で足を止めた。「アンドリュー、フェリングスダウン侯爵よ。フェリングスダウン、こちらが息子のレイザントトン侯爵アンドリュー」

「こんにちは、アンドリュー」

「こんにちは、フェリングスダウン侯爵」

少年はすばらしく礼儀正しいお辞儀を披露し、次の紹介を待った。

紹介を受けてもみな軽くうなずいただけで、ほとんど会話はしなかった。ハリソンと彼の前に立つ幼い少年を見比べ、言葉を失っていたのだ。

「みんな、お母さまのお友達なの？」ひととおり紹介がすむと、少年がきいた。

「そうだよ」ハリソンが答えた。

その答えをどう受けとめたものか少年は考えているふうだったが、肯定的にとらえることに決めたらしかった。

「お父さまのことも知ってる？」

ハリソンはうなずいた。「ああ、知ってた」

幼い侯爵は肩を落とした。「ぼくも知ってたらなあ」落胆したように言う。「お父さまが死んじゃったとき、ぼくはまだすごく小さかったから、あんまり覚えていないんだ」

少年はふと口をつぐみ、やがて輝くような笑みを浮かべた。「いっしょにお池にお魚を見に行く？　バーティが言ってたんだ。海の怪獣みたいにおっきなのが一匹いるって。ぼく、まだ見たことがないんだけど」

「バーティって？」ハリソンがきいた。

「お庭で働いてる人。ときどき釣りに連れてってくれるんだ」

「釣りは好きかい？」

「もちろん。このあいだはすごくおっきなのをつかまえたんだよ。バーティに手伝ってもらってだけど。ぼくはまだ小さいからひとりじゃできないんだ。でもいつかはひとりで釣ってみせるさ」

「そのうち、いっしょに釣りに行けるかもしれないな」

「うん！　どこがいちばん釣れるか、ぼくが教えてあげるよ」

「楽しみにしてるよ」とハリソン。

「聞いた、お母さま？　フェリングスダウン卿がぼくと釣りに行きたいって」

「ええ、聞いたわ。すてきね」キャシーは息子をぎゅっと抱いてから、ネリーのほうを向かせた。「今日はネリーと行ってらっしゃい。いい子にしてるのよ。戻ったらジンジャークッキーをあげるからね」

「やった」少年は廊下をスキップしていき、見えなくなった。

だれもなにも言わなかった。なにも言えないのだろうとブレントは思った。やがてキャシーが気まずい沈黙をやぶった。

「ついてらして。お医者さまに呼ばれるまで客間で待ちましょう」

そう言うなり、さっさと階段をおりていった。

「ぼくはここに残るよ」ブレントがキャシーの後ろから呼びかける。「医者が必要なものがあるかもしれない」

それはほんとうだったが、エリーのそばにいたいというのもあった。

「ぼくは外に出て、双子が来るのを待つ」とジョージ。新鮮な空気が吸いたいのかもしれないし、ハリソンとキャシーをふたりきりにしたいのかもしれなかった。

「ぼくも行く」スペンスが言った。

「ぼくも」と、ジュールズ。

ハリソンの三人の弟は階段をおりて玄関から外に出た。ハリソンはキャシーのあとについて一階の客間に入った。

そして、ブレントは三階に残り、人類が知る最悪の拷問がはじまった。

待つことだ。

ハリソンは客間の扉を閉めたが、なかに進む勇気を奮い起こせずにいた。四年前のあの晩の真相が、容易に受け入れがたいものであるのはわかっていたはずなのだが。

「キャシー？」喉の塊をのみこむようにして声をかけた。

彼が全人生を懸けて愛した女性は部屋の奥に立ち、窓の外を眺めていた。彼女の肩越しに、幼い少年が池に向かって芝生のうえをスキップしていくのがぼんやりと見えた。

「あの子はぼくの子なんだな」ハリソンは言った。答えがわかっているから問いではない。事実を述べただけだ。公にはできなくても自分の息子をそうと認めるのは、彼にとって大切なことだった。

キャシーは振り返らずにうなずいた。「あの晩、わたしに薬をのませたとウェバリーが認めたわ。聞いていた？」

「ああ」

「なにがあったのか自分でもわからなかったの。だから弁解のしようもなかった。すべてが悪夢のようだったわ。目覚めたら知らない部屋で、知らないベッドのうえで、知らない男性と寝ていたの。頭ががんがんするなか、知らない人たちに指差され、ふしだらな振る舞いを責められたのよ。なんのことだかさっぱり理解できなかった。わたしはなにもしていないんだもの」

キャシーはようやく振り返って彼と向きあった。涙がぽろぽろと頬を伝っていた。

ハリソンが近寄ろうとしたが、彼女は片方の手をあげて彼を押しとどめた。

「すぐにあなたに手紙を送ったわ」

「受けとっていない」

「わかってる。ウェバリーが手紙を集めたのよ」

キャシーは涙があふれる目をそっと押さえ、震える息を吐いた。「あなたの子供を身ごもってると知ったとき、わたし……父とレイザントン卿に話したの。これで結婚を強制されずにすむと思って。ほかの男性の子供をエヴェレットの子として通すことになるわけだから。ところが、話を聞いてレイザントン卿は喜んだのよ」

「息子にはおそらく子供をつくることができなかったからか。それにしても、どうしてきみの父上までがレイザントン卿の話に乗ったんだろう。借金でもあったのか？」

キャシーは首を振った。「兄のためよ」

「きみの兄上？」

「ウェバリーが、ベンはエヴェレットの恋人だと言いたてたの。もちろんほんとうのことではないのよ。でもいまにして思えば、父はベンを勘当しなかったらその噂を広めると脅されたにちがいないわ。兄の評判を救うために、父はウェバリーの言いなりになったんだと思う」

キャシーは窓際を離れ、ソファの端に腰かけた。ハリソンもその隣に腰をかけたが、彼女に不安を与えないよう、じゅうぶんな距離を置いた。

「イングランドを発つ前にベンがさよならを言いに来たの。そして、老侯爵が言ったことはなにひとつ信じないようにとわたしに約束させたわ。あのときはどういう意味かわからなかったけれど、いまならわかる。ウェバリーが裏ですべてを操っていたのね。ホーリーヴァインとレイザントンの両方を手に入れるために」

「兄上はイングランドを出てどこへ向かったんだろう」

キャシーは顔をあげた。「アメリカに渡ったわ。たしかボストンという町だったと思う。聞いたところによると、アメリカってものすごく広くて、そのほとんどは人の住まない荒地だとか」

「アメリカがどれだけ広かろうと、きみの兄上がどこにいようとかまわない。ぼくが見つけだしてここに連れ帰るよ。彼はホーリーヴァインの正当な後継ぎだし、ホーリーヴァイン伯爵となって当然の人だ」

「兄を捜してくれるの？」

「もちろんだ。こうなったのは彼のせいではない。きみのせいでも、ぼくのせいでもないように」

キャシーは彼の手に手を重ねようとしたが、ふれあう瞬間で思いとどまった。「ありがとう、ハリソン」

そのあと長いこと、どちらも口を開かなかった。やがて、ハリソンが彼女のほうを向いて言った。「レイザントンは息子に優しかったのかい？」

ハリソンはきかずにいられなかった。息子が不当な扱いを受けていなかったかどうかを確かめておきたかった。

「虐待するようなことはなかったわ。あなたがききたいのがそういうことなら。ただ、なにもしなかったのも事実よ。結婚してからエヴェレットがわたしに要求したのは、子供を自分の目につくところにいさせないことだけ。わたしは言うとおりにしたわ。だから彼はアンドリューに一度も会っていないの」

ふたりはまた黙りこんだ。ソファの端と端に腰かけたままで。その気になれば、手をのばしてふれあうこともできただろう。それでも、いまのこの距離を埋めるためには、まだまだ語らなくてはならないことがあるような気がした。

やがて、キャシーが激しい思いをこめたまなざしで彼を見つめた。「あなたが会いに来てくれるのをずっと待っていたのよ。無理やり結婚させられたあとでも、いつか来てくれるんじゃないかとずっと思ってた」

「スキャンダルが広まったあと、会いに行ったよ」

「いつ？」

「次の日の朝さ」彼女をとり戻そうとどれだけ必死だったかをハリソンが認めたのは、これがはじめてのことだった。「ロンドンの屋敷まで行ったが、会わせてもらえなかった。それでも強引に押し入って、屋敷中狂ったようにきみを捜しまわったよ」

「そのときはもう父に田舎へ連れていかれてたの。夜明け前に出発したわ」

「首を折るぞと脅したら、執事がそう言っていたよ」

ふたたびキャシーの目から涙があふれた。

「結婚式のためにレイザントンの屋敷に行ったと聞かされた」

「わたしはエヴェレットと結婚なんかしたくなかった。あなたが馬で教会に駆けつけ、わたしをさらってくれるんじゃないかとずっと期待していたの。そして、ふたりで永久に幸せに暮らせたらどんなにいいかって」

「ぼくは誇り高すぎた。ロンドンの屋敷でずいぶんとばかな真似をしたからね。レイザントンまで追いかけていって、ぼくを選んでくれときみに懇願するのは潔しとしなかったんだ」

「わたしがあなたを愛してるとわかっていなかったの？」

「わかっていたはずだった。でも、心の痛手が大きすぎて」彼は座ったまま向きを変え、彼女の握りしめた手に手をのばした。

キャシーも彼のほうを向き、ふたりの視線がからみあった。

「アンドリューはレイザントン侯爵よ」キャシーは穏やかな、静かな口調で言った。「あなたが自分の子と呼ぶことはできない」

「わかってる」

ハリソンは胸が張り裂けるような悲しみを知っていると思っていた。キャシーに裏切られたと思ったときに経験した心の痛みは、とてつもなく激しく、すべてを奪い尽くすようだった。けれども、今回の痛みはそれとはちがっていた。もっと深く心をえぐる痛みだった。

「きみをずっと愛していた」ハリソンは思わず胸のうちを吐露した。

キャシーは激しく嗚咽をもらし、いきなり彼の胸に飛びこんだ。「愛してるわ。腹が立って悔しくて、あなたを憎もうと心に決めた。憎めると思ったのに、結局は憎めなかったわ」

ハリソンが彼女の頬にキスをし、そのままゆっくりと顔の脇をなぞっていき、唇にたどり着いた。「きみとともにかなえたいと思っていた夢はすべて打ち砕かれた。だがどんなに努力しても、きみを愛する気持ちを断ちきることはできなかった」

「わたしたち、これからどうなるのかしら」

ハリソンは笑った。「結婚するのさ。ずいぶんと時間を無駄にしてしまった。この先一生愛していきたい女性がいて、成長を見守っていきたい息子がいる。きっと屋敷いっぱいの子供ができるよ。レイザントン侯爵はもうひとりきりじゃない」

「ああ、ハリソン。愛しているわ」

「ぼくのほうがその倍愛しているさ」ハリソンは言って彼女を引き寄せ、もう一度キスをした。

「まずはエリーに話さないと」いったん唇を離し、キャシーをしっかりと抱きしめる。「きみをパーティに招待したのはエリーなんだろう？」

「ええ。でもわたしが招待に応じた理由はほかにあるのよ」

その答えにハリソンはとまどった。「どういう意味だい？」

「招待状を送ってくれたのはまちがいなくエリーよ。だけど、わたしが来たほんとうの理由は、招待状のあとに届いた手紙にあるのよ」

「どんな手紙だい？」

キャシーは書き物机まで歩き、鍵のかかった引き出しを開けた。戻ってくるとハリソンに一通の手紙を渡した。「脅迫されたの」

ハリソンはゆっくりと手紙を開いて読んだ。

『レディ・レイザントン
一週間後にフェリングスダウン侯爵がサマーパーティを開く。あなたも出席なさるがいい。断れば、必ずや不幸が訪れる。
われわれはあなたの秘密を知っている。その秘密を侯爵に知られたくなかったら、晩餐に遅れることなく姿を見せ、最後の客が帰るまで屋敷に滞在なさい。
われわれを失望させないことだ』

「グッシー伯母とエスター伯母だ」ハリソンはにっこり笑って言った。

「え？」

ハリソンは頭をのけぞらせて笑った。「グッシー伯母とエスター伯母だよ。きみを脅迫したのはあのふたりだ」

「それはたしかなの？」

「まちがいない。これはエスター伯母の筆跡だ。見てすぐにわかったよ。文章を考えたのはグッシー伯母だな。ペンデルトン公爵は晩餐に客を招いても、最後の客が帰る前に自室に引っこんでしまうことで知られていてね。グッシー伯母は客が帰る前に主人がいなくなるなど無礼の極みだと思っているから、彼が主催する催しには出席したがらないのさ」

「ふたりに腹を立ててる？」

「まさか！　その反対だよ。早くきちんとお礼を言いたい」

キャシーはほほ笑んだ。「わたしもだわ」

ふたりはもう一度キスをした。唇を離すとハリソンが言った。「医者が呼んだようだ。エリーのところへ戻ろう」

ふたりは立ちあがり、手をとりあって客間を出た。

階段のたもとでキャシーが足を止めた。「チャーフィールド伯爵はエリーに対して特別な感情を持っていると思うのだけれど、あなたはどう思う？」

「たぶん、そのとおりさ」

もっとも、チャーフィールドの感情が本物なのか、雇われて演じている役の一部なのかはわからないが。

もし本物なのだとしたら、チャーフィールドがザ・ダウンに招待された理由を、そして例の取引のことを、エリーが知らないままでいることを祈るばかりだ。

ずたずたに引き裂かれた心の傷が癒えるまで、今日の怪我の千倍は時間がかかるにちがいないから。

21

いったいどうして手当てにこんなに時間がかかるのだろうといぶかりながら、ブレントはひたすら寝室の扉の前を行ったり来たりしていた。

女中が水の入ったたらいときれいなタオルひと束を持って、三度ほど急ぎ足で部屋を出入りしたので状況をきいてみようとしたが、若い女中は小走りに前を通り過ぎ、声をかけるきっかけがつかめなかった。

扉の向こうから二度ほど低いうめき声が聞こえてきた。それを廊下でじっと聞いているのは耐えがたかった。ほんとうなら、彼女のかたわらに駆けつけたいところだ。一瞬でも顔を見ることができたら、少しは気持ちが楽になるのだが。なにもわからないというのが、ただ待つだけというのが、なによりつらかった。

もう一度廊下を端から端まで歩いた。これ以上待てないと思ったちょうどそのとき、扉が開いた。

ブレントは医者に近づいた。「彼女の容体は?」

「いい話からすれば、彼女はとっくに目を覚ましていて、わたしの手当てが手荒いと文句を言っていますよ」

医者のほほ笑みを見て、ブレントは幾分心が軽くなった。

「頭の傷はまだしばらく痛むでしょうが。グレイブリムにカーテンは閉めておくよう言ってあります。痛みがひどくなったときにお茶にまぜて飲むよう、薬を置いておきました。彼女は強い女性ですよ。昔からそうだった。一日、二日でよくなるでしょう」

「悪い話もあるのですか？」ブレントは胃がぎゅっと締めつけられる気がした。

「今回の事故で、足に損傷がなかったとは言えません。これまでになく腫れあがっていて痣になっています。薬で痛みはある程度抑えられるでしょうが、ひょっとすると——」

「ひょっとするとなんです？」明るい見通しではないとしても、なんにせよ続きが知りたかった。

「腫れが引くまで怪我の程度ははっきりとはわからないんですが……」

「最悪の場合は？」

「この先歩けなくなることも考えられます」医者は万が一にもエリーに聞かれることのないよう、声をひそめて答えた。

「いまぼくらにできることはなんですか？」

医者が首を横に振った。「祈ることですな。いまできることはそれしかない」

ブレントはうなずいた。神に祈るのは得意とは言えないが、エリーのためならやってみようと思う。

「少なくとも、一週間はベッドから起きあがらせないでください。もう少し長くかかるかもしれない。わたしが起きあがる許可を与えたあとも、あの足では歩いてほしくない。移動の際はだれかに抱えてもらったほうがいいでしょう。ともかく、足を高くして寝ていること。それがなにより大事です」

ブレントはうなずいた。

「明日の朝、もう一度ようすを見に来ます。痛みが激しいようなら、ブランデーを少々飲ませてあげるのも悪くないでしょう。ただし、飲ませすぎてはいけません。いまでもかなり頭がずきずきしているはずですから。頭痛をひどくしてはなんにもならないのです」

「わかりました」ブレントが答えると、医者は階段のほうへ向かった。キャシーとハリソンが階下で待機している。そこでまた、同じ問いと答えが繰り返されるのはわかっていた。ふたりが医者を玄関まで見送ることも。

ブレントは寝室まで歩いて扉を開けた。

カーテンが閉まっていて、部屋のなかは暗かった。医者の指示どおりだ。治療に使った薬や軟膏の強烈なにおいがし、エリーの怪我がいかに深刻だったかがうかがい知れた。

グレイブリムがベッドのかたわらに立ち、きれいな冷たい布をエリーの額にあてていた。

「眠っているのか？」ベッドの脇のグレイブリムの向かいに椅子を引き寄せ、エリーの手を握った。

「数分ごとに目を覚ますんですけどね」グレイブリムは言った。「たいがいは眠っています。眠ったほうがいいんですよ。あれだけのことがあったあとなんですから」

ブレントは手で顔をこすった。ウェバリーに背中を押され、体のバランスを失ったときの彼女の顔が忘れられない。頭を壁に打ちつけたときの彼女の目がいまも脳裏に浮かぶ。ぐったりとした体を抱えあげたときの感触が——軽くてもろい、壊れもののような感触が、まだこの腕に残っている。

彼女の足元に視線を移した。薄い毛布が足を覆っていたが、無残な傷を負っているのはわかっている。くるぶしが赤く腫れあがっていた。

ゆっくりと手をのばしてエリーの手にふれ、互いの指をからめた。グレイブリムが忙しく立ち働いていたが、ブレントは気にとめることなくひたすら彼女を見つめていた。背後で扉が開き、だれかが部屋に入ってきた気配がした。

開いたドアのほうを見ると、ハリソンとキャシーが近づいてくるところだった。彼らはベッドのそばまで来て足を止めた。

「眠ってるのか？」

「ああ。しばらくは目を覚まさないだろうと医者は言っていた」

ハリソンとキャシーはベッドのそばに置かれた椅子に腰かけた。ハリソンがエリーの足をじっと見つめる。「当時なにがあったか妹から聞いたか？　どうしてエリーがこういう体になったか」

「いいや」

ハリソンは唇の端をわずかに持ちあげ、悲しげな笑みを見せた。

「話すはずがないな。あの日なにがあったか、妹はだれにもほんとうのことを語っていない。

父や母にもだ」

キャシーは立ちあがるとグレイブリムから布を受けとり、無言でうなずいた。乳母は部屋を出ていった。

「あの事件があった日、ぼくは十三歳だった。エリーとジョージは十一歳。ジュールズは九歳、スペンスは七歳だった。気の毒に、エリーは四人の男兄弟に挟まれた女の子だったんだ。始終ぼくら四人のあとをついてきたんだが、ぼくらのほうはなんとか振りきろうとしたものだよ。外に遊びに行くときにエリーが追いかけてくると、母に文句を言ったのを覚えてる。どうして彼女が家にじっとして双子と遊んでいられないのか、理解できなかったんだ。双子は女の子なんだから、あの子たちと遊べばいいのにと思っていた。三歳の子とできる遊びはそうそうないのだと母は説明してくれたが」

ハリソンは前かがみになり、膝に肘をのせた。「ある日、弟たちとぼくは小川で遊んでいた。土手に動物のねぐらみたいな穴があいているのを見つけてね。見たこともないような大きな穴だったから、きっと海に住む怪獣が掘ったものにちがいないと思った。それで一日中、その怪獣が姿を見せるのを待っていたんだが、結局なにも現れなかった。そのうち暗くなってきて、家に帰ったものの、土手に戻るのが待ちきれない思いだったよ。翌日ぼくらは怪獣が現れたらやっつけるための武器をそれぞれ手に持って、土手へ出かけた。ぼくは何時間もかけてとがらせた木製の剣を持っていき、ジョージは弓矢だったな。ジュールズとスペンスがなにを持っていたかまでは覚えていないが、そんなことはどうでもいい。ぼくらが家を出ると、またしてもエリーが走ってあとを追いかけてきた。棍棒を手にしてね。今日はいっしょに来ちゃだめだと言ったんだが、彼女はやっぱりついてきていた。かなり距離を置いてこっそりあとを追ってきていたから、気づかれているとは思わなかったんだろう。だが、ぼくらは気づいていた。妹を連れていくわけにはいかなかった。なにしろ怪獣退治だ。女の出番はない。だからエリーをまこうと決め、実際にそうしたんだ」

ハリソンは立ちあがり、外の景色でも眺めるように窓際まで歩いた。カーテンが閉まっていてなにも見えないにもかかわらず。

「ぼくらはまた一日中、怪獣が現れるのを待っていた。でも、やっぱりなにも現れず、そのうち暗くなってきたんであきらめてうちに戻った。いずれにしても、もう夕食の時間だった。食べるものを持っていくなんて思いもつかなかったからね。みんなは手を洗って食堂におりていったが、エリーはおりてこなかった。母が召使いに妹を呼びに行かせ、女中が戻ってきてエリーは部屋にいないと告げた。今日は丸一日部屋にいた気配はないと。ぼくはすっかり悦に入ってたのを覚えているよ」ハリソンはベッドまで戻って支柱に寄りかかった。「エリーをまく作戦がうまくいったと思って満足していたんだ。母はエリーが迷子になったのかもしれないと言ったが、ジョージは連れていってもらえなかったからすねてるんだろうと言った。ぼくらを困らせようと迷子になったふりをしてるだけにちがいないと、みんなそう思っていた」

ブレントは優しくエリーの手を握った。

「幸い父も母も、エリーが好んでこんなに遅くまで外にいるわけはないと、ぼくらの言うことを一瞬たりとも信じなかった。すぐに召使い全員を呼び集めて捜索にかからせた。ジュールズとスペンスはまだ小さくて暗がりでは危ないからと、彼らは母と残った。ジョージとぼくは父に連れていかれて午後に自分たちが通った道をたどったが、エリーはどこにもいなかった」

ハリソンはしばらくのあいだ黙りこんだ。キャシーが彼のそばに寄って手を握る。ハリソンはほほ笑んだが、その笑みに喜びの色はなかった。

「翌日、父は近隣の屋敷にも伝言を送って協力を求めた。みんな、召使いを割けるだけ割いて集まってきてくれ、村の人たちも捜索に加わった」

「結局いつ見つかったんだ？」ブレントがきいた。

「二日後だ。エリーは使われなくなった井戸を覆う腐った板を踏み割っていた。底に叩きつけられたときに足を痛めたんだろう。井戸から引きあげられた彼女を見たとき、なんで足が後ろ向きについてるんだと思ったのを覚えてる。右足は左足の十倍くらいの大きさに腫れあがり、紫と黒のまだらになっていた」

ハリソンは目を閉じた。「医者が足をまっすぐにしようとしたときのエリーの悲鳴がいまでも耳に残ってるよ。ジョージとジュールズとスペンスは父の書斎で身を寄せあっていた。目を閉じ、耳をふさいで悲鳴を聞くまいとしたものの無駄だった。しまいに医者は右足を切断するしかないと言ったが、母が断固拒否した。エリーは憔悴し、衰弱しきっていて、母はもう助からないものと覚悟を決めたようだった。事実、危ないところだったんだ」

苦痛に満ちた思い出が一気によみがえったのか、ハリソンは手で髪をかきあげた。それから椅子に座り直し、もう一度膝に肘をついた。

「エリーの足は化膿していたし、寒さのなかでふた晩も過ごしたために熱もあがってきていた。それでもありがたいことにエリーは生きのび、事件の傷痕はいまもぼくたち全員の心に残っている」

「エリーはあなたを責めてはいないわ」キャシーが言った。「だれひとり、責めていない」

「責めて当然なんだ」ハリソンはごくりと唾をのんだ。「エリーがこういう体になったのはぼくたちのせいなんだ。いや、ぼくのせいだ」

なぜ彼女の兄弟たちがこれほどまでにエリーを守ろうとするのか、ブレントにもようやく理解できた。彼女の怪我に対して責任を感じているからだけではなく、彼女に対して責任を感じているのだ。だがその考え方にはひとつ誤りがある。

足が不自由になったことでエリーは弱くなったとだれもが考えている。けれども、そうではない。障害を持つことで、彼女はいっそう強くなったのだ。

エリーはまれに見る女性だ。ブレントがこれまでに紹介されたつくり笑いを張りつけた女性たちよりはるかに勇敢だし、彼が知るだれよりも知的だ。そして男女を問わず、だれよりも巧みに馬を操る。

ハリソンたちにはどうしてそれがわからないのだろう。なぜ罪の意識に目を曇らされ、彼女の強さに気づこうとしないのだろう。

口に出してそう言おうとしたとき、苦しげな低いうめき声がしてブレントははっとした。「大丈夫だ、エリー」あまり激しく動かないよう、体を押さえながらささやく。「横になってじっとしているんだ」

エリーはおとなしくなり、やがてゆっくりと瞼をあげた。

「じっとしてるんだよ」ブレントはまたささやいた。

「ブレント?」

「ぼくがそばにいる。きみはもう安全だ」

「ウェバリーは……?」

声は弱々しかったが、エリーが全身を緊張させているのはわかった。

「あいつはもういない」詳しい説明は省いてひとこと言った。

「死んだの?」

ブレントは笑いだしたくなった。さすがにエリーだ。直感が鋭い。頭の回転の速さはだれにも負けない。きょうだいのなかでも群を抜いている。

「ああ、彼は死んだ」

「殺そうとしてたのよ……アンドリューを。わたし、なんとかして――」

「わかってる。きみはぼくがこれまで会っただれよりも勇敢な人だよ」

「もう少し眠るといい、エリー」ハリソンが身を乗りだして言った。「パークリッジとバーキンガムが双子を呼びに行ってる。彼女たちが来たが最後、おちおち休めないのはわかっているだろう」

全員が笑った。エリーでさえ笑みを浮かべようとした。しかし、そのせいでまた痛みがひどくなったようだ。

廊下からけたたましい話し声が聞こえてきた。彼女とふたりきりになる機会はこれでもうなくなったとブレントは悟った。

扉が開き、ペイシェンスとリリアンがさっそく場をとり仕切った。まずは男性陣をエリーから遠ざけなくてはということらしく、ハリソンとブレントは早々に部屋から追いだされるはめになった。

この先エリーとふたりきりになれるのは、数日後になるだろう。それまでは長い、空虚な日々が続くのだ。

耐えられるかどうか、ブレントには自信がなかった。

22

二週間と四日後、エリーは外出に耐えられるまで回復したとようやく医者が認めた。ブレントは彼女を腕に抱いて待機していた馬車まで運び、ハリソンとふたりがかりで座席に座らせた。座席のあいだの床にはクッションを置き、彼女が楽に脚をのばせるよう十以上の枕を重ねておいた。

「座り心地はどうだい？」

「快適。こんなにわたしを甘やかすとろくなことにならないわよ」

「そうかい？」

「たぶん。こうされることに慣れてしまうもの」

「慣れちゃいけないのか？」

エリーがほほ笑んだ。彼女の笑顔はやっぱりすてきだ。

「ええ。わたし、わがままで鼻持ちならない女になってしまうかも」

「ありえない。きみはわがままで鼻持ちならない女になどなれない性分なのさ」ブレントはキャシーから毛布を受けとり、エリーの脚にかけた。「馬車を出していいかい？」

「ええ」

ブレントは馬車をおり、ハリソンとキャシーのところに戻った。「ほかのみなが帰ったあとも、滞在させてくれてありがとう」

「ごいっしょできて楽しかったわ」キャシーが言った。「エリーも楽しんでた。あんなに回復が早かったのは、あなたがそばにいてくれたおかげじゃないかしら。彼女にとってもよかったのよ」

「ありがとう」事実そうだったらうれしいがとブレントは思った。

「ちょっと失礼してよろしければ、エリーにさよならを言いたいわ。すぐにまたお見舞いに行くからって」

キャシーは馬車に近づき、エリーと話をはじめた。

「キャシーの言うとおりだと思う」ハリソンが言った。「エリーの回復が早かったのはきみのおかげだよ。そこで、きみが今後妹とのことをどうするつもりか、きいておきたいんだが」

ブレントはエリーの兄を正面から見据えた。「結婚を申しこむつもりでいる」

ハリソンが両眉をひょいと持ちあげた。「まだ申しこんでいないのか?」

「ああ。お父上におうかがいを立ててからと思っていたからね。まずは、ぼくがエリーのいい夫になると、公爵にきちんとわかっていただきたかった」

「ぼくらの取引の件はどうする?」

「あれはすべて無効でいい」

「エル・ソリダーの繁殖権はいらないのか?」

「いらない。あの取引はエリーと出会う前に交わしたものだ。ぼくが――」ブレントは言葉を切り、やがて世界中の人に向かって宣言したいことを誇らしげに口にした。「ぼくがどれほど彼女を愛しているかに気づく前のものだ」

ハリソンはほほ笑んだ。「結婚祝いはなににするかこれで決まったぞ」

「きみのアラブ馬は、ぼくがエリーに求婚する理由とはなんの関係もないからな」

ハリソンは笑った。「わかってるさ。だからこそ、贈り物に最適なんだ」

ブレントは生まれてこのかた経験したことのない幸福感に包まれていた。もちろんそれは、エリーの兄がまたとない贈り物を約束してくれたからではない。エリーへの求婚を認めてくれたからだ。

雲のうえを歩いているような気分で馬車に戻った。

「ほんとうにぼくらが付き添わなくて大丈夫か？」ブレントが座席に座ると、ハリソンはエリーにきいた。

「ええ、大丈夫よ。チャーフィールド卿がちゃんとザ・ダウンまで送り届けてくれるから」

「そう長くはかからない」ハリソンはつけ加えた。「一週間か、長くて二週間だ。最新の財産目録をじっくり調べ、新しい管財人に疑問点がないことを確認するだけだから」

「まずはレイザントンのことを片づけなきゃ、ハリソン。そのほうが大事よ」

「エリーをよろしく頼む」ハリソンは言って扉を閉め、御者に出発するよう指示した。

馬車が走りだすと、ブレントはクッションに背を預けた。

エリーは最後にもう一度手を振ってから座席にもたれて彼を見た。「すぐにザ・ダウンを発つつもり？」

「きみがそうしろと言うなら」

彼女はうれしそうに頬をピンク色に染めてかぶりを振った。「そんな。あなたがいてくれたら、わたしはうれしいわ。みんなロンドンに戻ってしまって、たぶん屋敷のなかはがらんとしているもの。しばらくのあいだは双子がべったり付き添ってくれると思うけれど」

「彼女たちは世話好きだからな」

「こちらが窒息しそうになるくらいにね」

ブレントは笑った。たしかにエリーのふたりの妹が競うように姉の世話を焼くさまを見るのは、なかなか愉快だった。

「きみさえかまわなければ、もう少し滞在させてもらおうかな」

「ありがたいわ。よかったらハリソンとキャシーが戻るまでいて。レイザントンの弁護士と話しあうためにロンドンへ行く前に、数週間ほど立ち寄ってくれると言っていたから。でも、ハリソンがキャシーをロンドンへ連れていきたい理由はそれだけじゃない気がするの」

「というのは？」馬車に揺られながらブレントは胸の前で腕を組んだ。「きみのお兄さんはどんな隠れた動機を持ってると思うんだい？」

「ふたりの婚約発表が大きな波紋を呼ばないよう、キャシーといっしょのところを社交界の人々に見せつけておきたいんじゃないかしら」

「ハリソンとレディ・レイザントンは結婚すると思う？」

「もちろんよ。ふたりが深く愛しあっているのはだれの目にも明らかだもの」

「そうかな？」

「とぼけないで」エリーは形のいい小さな鼻に皺を寄せて彼を睨んだ。「気づいていないとは言わせないわよ」

まったく。しかめっ面をしても彼女は美しい。その濃いブラウンの瞳を楽しげにきらめかせて見つめられるたび、心臓がひっくり返りそうになる。

「わかった、わかった。気づいてるよ。互いに惹かれあっているようだ」

「惹かれあってるどころではないわ」エリーは反駁した。「あのふたりは気も狂わんばかりに――」

馬車が轍にはまり、エリーは座席から投げだされそうになった。

ブレントがさっと立ちあがって手を差しのべ、隣のクッションに移って彼女を抱きとめる。

「大丈夫かい？」

「ええ、なんともないわ。ちょっと驚いただけ」

「申し訳ありません、旦那さま」御者がうえのほうから言った。「轍が目に入らなくて」

「だれにも怪我はなかった」ブレントはエリーをしっかり抱いたまま答えた。

「それはようございました」御者が答える。馬車の速度がいくらかゆるくなったようだ。

「もう少しの我慢だ、エリー。じき屋敷に着く」

エリーは彼の胸に頭をもたせかけた。がたごと揺れながら進む馬車のなかで、ふたりは無言で抱きあっていた。よき道連れとして会話を続けるべきかとブレントは迷ったが、沈黙が心地いい場合もあると考え直した。いまがまさにそうだ。

しばらくしてふと変化を感じ、彼女を見おろした。「どうした？」彼女の口元に笑みが浮かんでいるのを見て、ブレントはきいた。

「この夏はなんて楽しかったんだろうと思っていたの」

「楽しかった？　どうして楽しかったなんて言えるんだい？」

「あら、もちろんこの夏を振り返るとき、思いだすのはウェバリーのことではないわよ」

「なら、どんなことを思いだす？」

笑みが顔いっぱいに広がった。「毎朝のレースのこと。はじめてのクロッケーの試合のこと。あなたが毎日わたしを楽しませてくれたこと――そんな義理もないのに」彼女はいったん言葉を切ってからあとを続けた。「それからはじめてのワルツのこと」

ブレントの胸は喜びにはちきれそうになった。彼も忘れないだろう――草地で馬を駆るエリーをはじめて目にしたときのこと。挑戦をしかけてきたときの彼女の目の輝き。彼女がはじめてブレントを信用して杖を手放し、体を支えさせてくれたときのこと。はじめていっしょにワルツを踊ったこと。そのどれもがいつまでも大切にしていきたい思い出だ。

なのに彼女の発言のなにかが心に引っかかった。「まるで、この先思い出が増えていくことはないと思っているような口ぶりだね。ほんとうにそう考えているのかい？」

エリーは視線をあげて彼の目を見つめた。「単に事実を述べただけよ。サマーパーティは間もなく終わる。あなたが出席してくれてよかったと思っているわ。あなたはどんな女性も一度はあこがれるような、すてきなパートナーだったもの。だれより思いやりがあって、ハンサムで。ペイシェンスにもリリアンにも、あなたには気をつけろと警告されたのよ。もっとも、もう出会ったあとのことだったけれど」

「警告だって？」ブレントはきき返した。「具体的にはどんな警告を受けたんだい？」

「あなたはロンドンでもいちばん人気のある独身男性だから、気をつけるようにって。ふたりによると、あなたの名前はいつもデビュッタントの花婿候補の一番めにあがるそうね。想像もできないほど裕福なうえに、ロンドンでも一、二を争う魅力的で知的な男性だと。なにより、たちの悪い女たらしとして名を馳せているとか」

彼は目を丸くした。「ずいぶんな評判をいただいてるんだな。そんな高い評価に自分が値するのかどうか、自信はないが」

エリーが笑った。「はじめて聞く話ではないんじゃない？　何年ものあいだ、まわりの人たちからなんと言われているか知らないはずはないわ。そういうスキャンダラスな噂を楽しんでいたんでしょう」

ブレントは笑わずにはいられなかった。もちろん自分の評判については知っていたし、それが得意だったときもあった。だが、エリーにはそういう人間だと思われたくない。

「その話とぼくらが過ごした時間がどう関係しているのかがわからないな」

ふと表情を曇らせ、彼女はうつむいて馬車の隅の一点を見つめた。「あなたはだれであれ、自分の好きな女性とおつきあいできる立場にある。それは周知の事実だわ」

「自分は別にしてと言いたいのか？」

「やめて、ブレント。からかわないで」

エリーは膝のうえでこぶしを固めていたが、彼がそこに手を重ねるとさっと引っこめた。

「最初にハリソンからサマーパーティを企画していると聞いたとき、わたしはその二週間のあいだ、どこかへ出かけていようと思ったの。でも、留守にするつもりだと兄に言ったら、屋敷に残るよう強く説得されたわ。兄弟のだれかが意中の若い女性を招待しているから、その女性たちをどう思うか、わたしの意見を聞きたいんだと。最初はハリソンのつくり話かと思った」彼女はほほ笑んだ。「彼らがそういう女性と出会っていたことも知らなかったから。本当だったのかもしれないわね。ジョージはレディ・ブリアンナに夢中のようだし、ジュールズはミス・ヘイスティングス、スペンスは……そうね、彼とレディ・ハンナはお似あいのふたりだと思うわ」

「どうしてハリソンは、ザ・ダウンに客を招く口実をわざわざこしらえなきゃならなかったんだろう？」

「たぶん、兄は気づいたのよ――」エリーはふと口をつぐんだ。

「ハリソンがなにに気づいたというんだ？」

「わたしが——」

「なんだい？」

「一年以上前からわたしは、ある紳士と文通をしていたの。その人は愛情のこもった手紙をくれて、ロンドンでのできごとをこと細かに教えてくれたわ。わたしもその手紙を受けとるのを心から楽しみにしていた」

「名前は知ってるのかい？」

「なんと名乗っているか？　それともほんとうはだれなのか？」

「その内緒の恋人は偽名を使ってたのか？」

エリーはくすくす笑った。「正体はわたしの妹たちよ」

ブレントは驚きを隠せなかった。それでも幸い、彼がその事実を知っているとはさすがのエリーも思わなかったようだ。あの双子の妹がそんな策を弄したことにびっくりしただけと受けとったらしい。

「そうなのよ、ブレント。あの無邪気な顔のふたりがわたしの求愛者をかたるなんて信じられないでしょうけど、ほんとうのことなの」

「どうしてわかったんだ？」

「恥ずかしいことに、すぐにはわからなかったわ。二通めか三通めの手紙だったかしら。わたしのすてきな求愛者が、妹のリリアンが好んで使う独特の言いまわしを使ったの。あとは、その人が答えを知っているあれこれに注目するだけでよかったわ。たとえば、わたしの好きな色、好きな食べ物、好きな花。彼とわたしの好みが一致しないことなどなにひとつなかったのよ。そんな退屈な人が実在すると思う？」

ブレントは笑った。やれやれ。彼女はだまされたふりをして家族全員をだましていたのか。

「それでぼくが呼ばれ、さりげなくきみのパートナー役を振られたと？」

「さりげなくどころか、いやおうなくと言ったほうがいいんじゃないかしら。説明させて。わかってほしいんだけれど、あなたといっしょに過ごした時間はとても楽しかったわ。あんなに楽しんだのは生まれてはじめてというくらいに。一分一秒が大切な思い出よ。だけど、あなたがはめられたんじゃないかと気になるの」

「どういうことだい？」

「気づいたと思うけれど、パーティに招待されたお客さまにはみなパートナーがいたわ。あなたとわたしを除く全員がね。あなたは最初からカモとして呼ばれたのよ」

「カモになったという気はしないが」

「ありがとう」ユリーはにっこりした。「だからといってその事実は変わらないわ。あなたがなにかの口実に釣られてここに来たのだとしても、わたしはこのサマーパーティを企画してくれた兄弟に一生感謝し続けると思う。あなたはわたしを特別な女性のように感じさせてくれた。そのことはずっと忘れないわ」

「ぼくが本気だったとは思わないのか？」

彼女はまたほほ笑んだ。だが今回の笑みにはかすかに悲しみがまじっていた。「そうではないけれど。あなたはとても優しい人よ。騎士道精神が体にしみこんでいるのね。でもわたしは、この夏に起きたことをどれひとつとして真剣に受けとめてはいないの」

「真剣に考えてほしいとぼくが望んでも？」

彼女の笑みが消えた。「できないわ」

「どうして？」

「わたしがロンドンを避け、ザ・ダウンから離れない理由を忘れたわけではないでしょう？どこかへ行きたいと思ったら、だれかに抱えてもらわなくてはならないことも」

「実を言うと忘れていたな。それに、きみはいま怪我をしているから抱えられなくちゃいけないだけだ。それだって、ぼくは少しもつらくなかったよ。きみを腕に抱くのがうれしくて、そうする理由を思いだす暇などなかった」

エリーは顔を赤らめた。「お願い、もうやめて。わたしはこの数週間のことを客観的に眺めようと努力しているのよ」

「ぼくだってそうだ」

「いいえ。あなたは優しくて、男らしくて、とっても魅力的な人よ。だけど、あなたがわたしを気遣ってくれればくれるほど、ことがややこしくなるだけなの」

彼は体の向きを変えてまっすぐ彼女の顔を見つめた。「きみを見るとき、ぼくはどんな思いでいるかを伝えようとしてるだけだ。この数週間でどれだけきみを好きになったか、知ってほしいだけだ」

エリーはかぶりを振った。どれほど言葉を連ねても、彼女の心には届かないのだとブレントは悟った。行動で示すしかない。

自分の思いを伝えうる行為はたったひとつしかない。彼女が顔をそむける前にブレントは顔を下げ、その唇にキスをした。

23

いま体中で荒れ狂っている感情に行き場がないことをエリーは知っていた。ブレントとの未来を思い描いたりしたら、その夢はいずれ粉々に砕け散るだけということもわかっていた。これまでに抱いた数えきれない夢と同じように。それでも彼にキスをされるたび、現実と空想を区別するはずの理性が吹き飛んでしまう。

走る馬車のなかでのキスも、彼とならまたとなくすばらしい体験だった。

ブレントは肘で彼女の体を挟みこむようにし、てのひらで頭を支えた。そして貪るように唇を重ねてきた。

それでもエリーにはじゅうぶんではなかった。彼の首に腕を巻きつけ、もっと深いキスを求めるかのように口を開く。

ブレントに口づけされたときに感じた興奮を、あますところなく覚えておきたい。彼の感触を肌に刻みつけておきたい――なぜそう思うのかは自分でもよくわからなかった。たぶん、こんな夢のようなできごとは二度と起こらないとわかっているからだろう。ブレントがザ・ダウンを去ったら、ふたりの人生は二度とまじわらない。心が認めたくない事実を、頭はとうに理解しているのだ。

「ぼくがどれだけきみを好きか、これでわかってもらえただろうか」

エリーは答えなかった。答えようがなかった。彼が本気かもしれないなどとは一瞬たりとも考えたくない。そんなはずはないのだから。彼は、かのチャーフィールド伯爵。ロンドン一女性に人気のある独身男性なのだ。

すでに三十歳近くになっているが、結婚したことはないという。どうしてだろう？　たぶん、どれだけ理想的なデビュッタントであっても、ブレントが妻に求めるなにかを持っていなかったからだ。しかし、彼の探し求めるものが自分にあるなどと思いこむのは愚かというものだ。ただ……。

ふたたびブレントの唇が迫ってきた。熱い欲求をむきだしにした情熱的なキスだった。自分が彼にとって特別な存在だなどと考えてはいけない。そうは思っても、彼に対する思いを止めることはできなかった。この深い、深い思いは。

体中がうずくほどの激しい思い――。

けれども、自分はブレントを愛してはいない。

エリーは盲目的に恋に落ちることを決して自分に許さなかった。それは自殺行為だ。もちろん惹かれてはいる。少しだけ愛してる。夜明けの完璧な静寂を、夕焼けの鮮やかな色合いを愛するように。野原や牧草地で馬を全速力で駆る解放感を、春の雨があがったあとのさわやかなにおいを愛するように。ブレントのこともそんなふうに愛しているだけ。もう一度感じたい、味わいたいと思うような、特別ななにかとして。ただし、〝もう一度〟はありえない。彼を愛する気持ちがどんなものかを実感できるのはいまだけなのだ。

ブレントが頭を傾け、さらに深く唇を重ねてきた。

エリーは彼の豊かな髪を指で梳き、髪が指にからまる感触を楽しんだ。そうしながら、自分の体を押しつける。

呼吸が荒く、きれぎれになる。まるで体から酸素を奪われ、代わりにいつ爆発してもおかしくない熱を帯びた物質を送りこまれたかのようだ。エリーは彼にしがみつき、今度こそいつもあと少しで届きそうな魅惑の境地へいざなわれたいと思った。

ふいにブレントが唇を離し、苦しげに大きく息を吐いて身を引いた。

唐突にキスを中断され、エリーは彼をもう一度引き寄せようとした。

「着いたよ」

「ザ・ダウンに？」

「ああ」

心の準備もできないうちに馬車の扉が開いて、従僕が踏み段をおろした。

「レディの部屋は用意されてるかい？」エリーを馬車から抱えおろしながらブレントがきいた。

「はい、閣下。レディ・エリッサがお戻りになると、フェリングスダウン卿から前もってご連絡をいただいていましたから」

ブレントはうなずいて彼女を抱えたまま歩道を歩き、開かれたままになっている玄関扉へ向かった。自室に入れば侍女のジェニーがいて、身のまわりの世話をしてくれるだろう。そのあとは自分から呼びにやらないかぎり、ブレントと顔を合わせることはない。ザ・ダウンを去るときに挨拶くらいはできるかもしれないが。ほかの客はみなすでに帰っている。彼がとどまる理由はなにもない。

ブレントとさよならするなんてできない。いまはまだ。せめて……。

「わたしを抱いて」エリーはささやいた。

ブレントに聞こえたのはまちがいなかった。階段を三分の一ほどのぼったところだったが、彼ははたと足を止めた。片方の足をひとつうえの段にかけたところで凍りつき、腕の筋肉をびくりと引きつらせる。そして、彼女を見おろした。

「愛してほしいの」エリーは繰り返した。

ブレントはあえぐように浅い呼吸を繰り返し、やがて深く息を吸うと口を開きかけた。だが、言うべき言葉が見つからないとでもいうようにまた口を閉じ、そのまま決然と階段をのぼっていって女中の前を通り過ぎた。

「ジェニー」エリーは気がつくとこう言っていた。「あなたの手伝いはなくても大丈夫よ。下がっていいわ」

「は、はい。お嬢さま」

ジェニーは顔を真っ赤にしてうつむき、床を見つめたまま顔をあげなかった。

「ありがとう、ジェニー」女中の反応に気おくれを感じまいとしてエリーは言った。「手を借りたいときは呼ぶわ」

「わかりました」ジェニーがおどおどとお辞儀をして部屋から飛びだしていく。

「感づいてるな」ブレントはドアを閉めながら言った。

「気にしないわ」実際、エリーは気にならなかった。ブレントに抱かれること、キスされること、ふれられ、愛されること以外、なにも考えられなかった。

「キスして」顔を上向け、彼の唇にそっと唇を合わせる。

どうやってベッドまでたどり着いたのか定かではなかった。ただ、ブレントが唇を離したとき、エリーはマットレスのうえに横たわって頭の下に枕を敷いていた。

「ほんとうにいいんだね、エリー？」

「もちろんよ。あなたはかまわない？」

ブレントは笑った。いつもの笑い声とはちがう、かすれてしゃがれた、激しい情熱を感じさせる声だった。

「そういうのは普通、女性が男性にきくことじゃないな。その……前には」

「わかってる。でもわたし、この手の経験がほとんどないんだもの」

「ほとんど？」

エリーは頬が赤らむのがわかった。「まったく」

「どういうことになるか知ってるかい？」

エリーは小さくため息をもらした。「知ってるわ。だけど、あなたが話を続けてるかぎり、なにも起こらないと思う」

ブレントが笑った。弓形を描く彼の高い頬骨をじっと見つめていると、エリーは全身が熱くなるのを感じた。がっしりとした顎に目をやる。ハリソンがザ・ダウンに滞在中、一日に二度髭を剃るのをさぼっているときのように、うっすらと陰ができていた。その顔にふれたいとエリーは思った。

手をのばして、てのひらを彼の頬に添わせる。腕にかすかな震えが走り、その震えがくねりながら胸へ、さらに下って腿のあいだの秘密の場所へと伝わっていく。

原始的とも言える欲求が体のなかで爆発し、エリーは認めざるをえなくなった――彼にふれてほしくてたまらない。

「ブレント、お願い」

魂を震わせるような低いうなり声を絞りだし、彼は頭を下げてふたたびキスをした。

いつ、どうしてこうなったのかわからないが、キスの合間に衣服が一枚、また一枚と脱がされていき、気がつくとエリーは全裸になっていた。恥ずかしいと思うべきなのだろうが、恥じらいは感じなかった。彼に足を見られていることも気にならなかった。医者は馬車旅のあいだにぶつけることがないよう、何重にも包帯を巻いてくれていた。

ブレントがゆっくりと覆いかぶさってくる。足首にはふれないよう注意しながら体をおろしてくる。ついにあたたかな肌が重なりあい、体内で千もの星がはじけた。

「こうしてきみを抱くことを、ぼくが幾度夢見ていたか知ってるかい？」

「わたしを抱くことを？」彼の言葉が真実でなかったとしても、もうどうでもいい。

エリーもブレントに抱かれることを夢見ていたのだから。そしてその夢がいま、現実になろうとしているのだから。手を持ちあげて彼の頭を引き寄せ、キスをする。唇が合わさるたび、手で愛撫されるたび、すべてを焼き尽くすような激しい炎が燃えあがった。

愛の行為はすばらしかった。エリーは身を震わせながら、想像もしなかった世界へと導かれていった。

その瞬間には痛みがあったものの、長く続かないことはわかっていた。ブレントはしばらくじっとしていたが、エリーの体のこわばりが消えると、ゆっくりと規則的なリズムで動きはじめた。いつしかエリーは、雲のうえの高みへと運ばれていった。

彼の両肩に指を食いこませ、無我夢中でしがみつく。だが、ついに我慢できなくなって激情に屈し、いまあがってきた高い崖から一気に飛びおりた。

狂ったように打つ胸の鼓動がおさまる前に、自分の名前を呼ぶ彼の声が聞こえた。それは甘く、心地よく耳に響いた。

ブレントの体に腕をまわし、しっかりと抱きかかえる。今日のことは永遠に忘れないだろうとエリーは思った。やわらかな肌に押しつけられた、わずかにのびた無精髭のざらっとした感触。自分の胸に伝わる、彼の激しい心臓の鼓動。うえに重なる重たい体の心地よさ。

長いこと、エリーはただ彼を抱きしめていた。筋肉質な肩を手でなで、がっしりとした腕をなぞる。手の届くかぎり、ブレントのすべてにふれたかった。彼の体の隅々までを、なんとかして心に刻みつけておきたかった。いずれ、彼はここからいなくなる。顔を見ることも、ふれることも、キスすることもできなくなる。一度だけ愛されたこの記憶をいつまでも大切にしていかなくてはならないのだ。

ついにブレントが肘をついて体を起こし、エリーを見つめた。魔法のようなひとときは終わったのだ。それでも後悔はしたくなかった。彼は、思い起こすたび胸を熱くしてくれるであろう、すばらしい思い出をくれた。

ほほ笑みかけようとしたが、ブレントの信じられないほど端正な顔立ちを見ると、こみあげる涙に視界がぼやけた。

「大丈夫かい？」

彼の口調には優しい気遣いがあふれていた。エリーは目の隅からこぼれ落ちた涙をぬぐい、笑みを浮かべた。

「あなたは美しいって人に言われたことがある？」無理に冗談めかして言う。

顔をほころばせ、ブレントはエリーの隣に横になると彼女を引き寄せた。「よく言われるよ。もっと独創的な褒め言葉を考えてくれないと」

エリーは笑い、彼の肩に頭をもたせかけた。「あなたってすごいわと言ったらどう？」

「すごい、だけかい？」がっかりしたような口ぶりだ。

「最高」

「少しはいい。でも、もっとぴったりの言葉があると思うんだが」

「そうね」エリーは手を彼の頬に添えた。「だけど、それを口にしていいものかどうかわからないの」

「どうしてだい？」

「あなたはいまでもじゅうぶん自信家なんだもの。これ以上、自己評価が高くなるのもどうかと思うわ」

「いいから、言ってごらん」ブレントが顔を近づけ、また唇にキスをした。やがてキスは喉へとおり、さらに下を目指していく。「言うんだ」

キスされたところが燃えるように熱かった。いま止めなかったら、さっきの行為をもう一度繰り返すことになる。繰り返してはいけないのだ。もちろん幾度だって彼と結ばれたいが、回数を重ねるごとに子供のできる確率も高くなる。

子供はほしい。

いいえ、ブレントの子供がほしい。けれどもふたりのあいだに生まれた子供が、庶子という負い目を背負って生きていくようなことがあってはならない。

「言ってごらん」彼がまたしてもうながした。エリーは彼の顔を両手で包みこむようにして愛撫をさえぎった。

「あなたは完璧よ。どこをとっても非の打ちどころのない、すばらしい人。わたしが体を捧げたいと思うのは、あとにも先にもあなただけよ」

「その言葉を忘れないでもらうよ、レディ・エリッサ。ほかの男に体を捧げるなんて、このぼくが許さない」

エリーはブレントの額から髪をかきあげると、一本の指で片方の眉をなぞり、上顎から顎先にいたる鋭角的な線に指を這わせていった。彼は完璧な顔立ちをしていた。彼の血を引いていればまちがいなく美しい子供たちが生まれてくることだろう。そしてエリーは愚かにも、彼の子供を宿すかもしれない危険を冒したのだ。

「愛を交わすたび、ぼくは満ち足りた思いでベッドを出ることになる」ブレントは続けた。「そしてきみは、ふたりが年をとって白髪になっても、ぼくのことを完璧ですばらしいと言ってくれるんだ」

エリーの心臓が動きを止めた。

彼女のとまどいを感じとったのか、ブレントが体を起こして床に足をおろした。

「どうした？」そして、エリーを見る。

「もう二度とこんなことはできないのよ」本気であるのをわかってもらおうと、エリーはまっすぐに彼の瞳を見つめて言った。「わたし、父のいない子供を産むつもりはないもの」

「どんな子供にだって父親はいる」

「わたしの言う意味はわかるでしょう」

ブレントが立ちあがった。彼に見おろされ、エリーは首元までシーツを引っぱりあげた。

「永遠にきみを自分のものにすると心を決めないまま、ぼくが愛を交わしたと思っているのか？」

彼はシャツをつかんで頭からかぶった。「すでにきみの体にぼくの子が宿っている可能性もあることを、ぼくが気づいていないとでも思うのか？」

彼の口調には怒りがにじんでいた。エリーへの怒りだ。

彼はベッド脇の椅子に座り、ブーツを履いた。「こうしてベッドをともにし、ほかの男性と結婚する機会を奪ったと知りながら、ぼくがきみのもとを去ると思っているのか？」

上着の袖に腕を突っこんだ。「ぼくのことを、それほど女に見境のない男だと思っているのか？　結婚を決めてもいないのに、きみと寝るような男だと？」

エリーはそら恐ろしくなってきた。彼はなぜ結婚が不可能なのか、まるで理解していない。どう言えばわかってもらえるだろう。「わたしたちは結婚できないわ、ブレント。無理よ」

「きみが公爵の娘で、ぼくがただの伯爵だからか？　自分より身分の低い男とは結婚できないと？」

「ばかを言わないで。そんなこと、結婚できない理由とはなんの関係もないわ。あなたもわかっているはずよ」

「そうか」彼は両手を脇に垂らし、闘いに備えるかのように大きく息を吸った。「ぼくの評判を気にしているのか。ぼくを信頼するのが怖いということか？」

「問題はあなたじゃないわ！　そうじゃなくて――」

「約束するよ」エリーが決定的なひとことを口にする前に、ブレントは彼女の言葉をさえぎった。「きみを裏切るようなことは決してしない。誓約書がほしいというなら喜んで書く」

「問題はあなたじゃないと言ったでしょう」エリーは繰り返した。「問題は――」

ブレントがふたたび彼女をさえぎった。「両親の結婚がどんなものだったか、なぜぼくがこれまで結婚しなかったか話しただろう。ぼくは彼らと同じ過ちを繰り返すようなばかじゃない。自分の結婚は、まったくちがったものになると確信してる」

彼はベッドのそばまで歩いた。「ぼくはいい夫になるよ、エリー。愛してる。ずっと大事にして、きみの求めにはなんでも応じるし、きみのためならなんだってするつもりだ。きみはただ、ぼくにどうしてほしいか言えばいい」

頭から血が引いていくようで、エリーはめまいを覚えた。彼は本気なのだ。本気で彼女が彼との結婚を考えていると思っている。こんな自分が彼の世界に溶けこめると、ロンドンに行く勇気をかき集められると、社交界で立派に妻の役をこなせると思っているのだ。どうしたら、ヨーロッパでも一、二を争うハンサムな男性の腕に寄りかかり、足を引きずって歩きながら、死ぬほど恥ずかしい思いをせずにすむというのだろう。まわりの目や噂を無視し、あんな完璧な男性がなぜ障害者と結婚したのかとさまざまな憶測が飛び交うのに気づかぬふりができるというのだろう。

エリーは喉のしこりをのみ下した。

完璧な人。

それがもっとも的確に彼を評する言葉だ。ブレントは完璧な人。いっぽう自分は……。

完璧とはほど遠い。

「なにを考えてる？　きみの瞳に浮かぶその表情は、どうも気に入らないな」

「そろそろ顔を洗いたいと考えていたところよ」エリーはしわくちゃになったシーツをさらにうえまで引きあげて言った。「服も着たいし」

「どうして言い訳に聞こえるんだ？」

「疑り深いからじゃない？」

ブレントはこぶしを腰にあて、目を細めて彼女を睨んだ。「ぼくはもうきみの体に刻印を残した。好むと好まざるとにかかわらず、きみはぼくのものだ」

エリーは全身から冷や汗が噴きでるのを感じた。結婚を承諾するつもりだと言わなければ、ブレントはこの部屋から出ていってくれそうにない。しかし、服も着ないまま深刻な話しあいなどできるものではなかった。

「お願いだから服を着る時間をちょうだい。そのあとで話しましょう。ただ、わかってほしいのは――」

ノックの音がして扉が勢いよく開き、エリーは途中で言葉を切った。

「お嬢さま！　まあ！」ジェニーはくるりとブレントのほうを向き直った。「閣下、部屋から出てくださいまし！」

「どうかしたの、ジェニー？」

シーツの下に隠れようかとも思ったが、ジェニーは異常に興奮していて、エリーがベッドから出て全裸で寝室の真ん中に立っても気づきそうになかった。

「おいでになったんです！」

「だれが来たの？」

「公爵閣下と公爵夫人が！」

「お父さまとお母さまが？」

エリーは部屋の反対側に立つブレントにさっと目を向けた。これほどせっぱつまった状況でなかったら、彼の顔から一気に血の気が引くさまを面白がる余裕もあったかもしれない。

「ブレント？」なんと言っていいかわからず、エリーは声をかけた。

「ああ、とりあえず失礼するよ。ご両親と最初にお会いするのがきみの寝室というのでは、いささかまずい気がする」

エリーは胸元に引きあげたシーツをつかみ、部屋を出る彼を見送った。

「ジェニー、ドレスを着るのを手伝って！　それから従僕のひとりを呼んできて。階下へおりるのに手を貸してもらわないと」

「お嬢さま、その足で歩くなんて無理です」

エリーはシーツを体に巻きつけたままベッドの端に体を滑らせた。「でも、チャーフィールド卿にひとりで両親と対面させるわけにはいかないわ」

24

人に見られたときに走っていると思われないことを祈りながら、ブレントは廊下を急ぎ足で進んだ。階段で少し足を速める。自分の寝室とは反対側の棟でいったいなにをしていたのかときかれたら、説明に相当苦しむことになる。

階段をおりきったときにはほっとした。音をたてんばかりに脈打つ心臓に静まれと念じながら、大理石のタイルを敷きつめた玄関広間を横切った。

「おや、そこにいたのか、チャーフィールド」

振り返ると、ハリソンが近づいてくるところだった。

「従僕に、部屋まできみを呼びに行かせたんだが」

「ぼくは……その……」

「まあいいさ。父上と母上が到着したところでね」

ほどよく驚いた顔をしてみせたが、史上最悪の大根役者という気分だった。

「さあ、両親に会ってくれ」

「喜んで」ブレントはハリソンのあとについて玄関広間を突っきり、主に家族の居住空間となっている棟へ入っていった。

「きみがエリーと出発してから一時間もしないうちに、召使いが伝言を持ってきたんだ。父上と母上がこちらに向かっていると。それを聞いてなるたけ早く飛んできた。キャシーもアンドリューを連れて明日には到着する」

書斎に近づくとブレントは無意識に上着を直し、せいいっぱい身だしなみを整えようとした。落ち着いた、理知的な人間と思われたいところだが、良心の呵責が邪魔をして平常心を保つのがむずかしかった。

部屋に着くとハリソンが扉を開けた。ブレントも友人のあとについてなかに入る。エリーの両親が目の前にいた。

エリーの母親は薔薇色のベルベットの長椅子に腰かけていた。まさに公爵夫人という風情で。

髪や目の色はエリーとちがっていて、双子の妹たちと同じだ。黄金色の髪に、あたたかな色合いのブルーの瞳。その瞳のきらめきは、彼女が鋭い知性とユーモアの持ち主であることを物語っている。そうした内面は、長女のエリーに受け継がれたようだ。エリーも聡明な女性だから。

公爵夫人がほほ笑むと、エリーがほほ笑むたびそうなるように、部屋がぱっと明るくなった。

公爵は暖炉のかたわらに立っていた。石造りの巨大な炉は、彼のがっしりと背の高い体の背景として申し分なかった。ブレントが想像したとおり、圧倒的な存在感を持つ人物だった。

公爵は客に挨拶するために背筋をのばした。

「父上、母上、チャーフィールド伯爵を紹介させていただきます。チャーフィールド、こちらがぼくの父と母、シェリダン公爵夫妻だ」

「公爵夫人」ブレントは挨拶し、シェリダン公爵夫人が差しだした手に深々とお辞儀をした。

「公爵閣下」次にエリーの父親にお辞儀をする。

「チャーフィールド伯爵、あなたとお会いできて、言葉にできないほどうれしく思っておりますのよ」公爵夫人が言った。「ハリソンから、とんでもない事件があってエリーが危険な目に遭い、あなたに救っていただいたと聞きました。公爵とわたくしは直接お会いしてお礼を申しあげたかったんですの」

「ほんとうにありがとう」公爵も言った。「もしエリーになにかあったら、妻もわたしもどうしていいかわからなかったところだよ」

ブレントが真顔になる。「レディ・エリッサに危害が及ぶと考えただけで、だれしもが耐えがたい思いをすることでしょう。お嬢さまはどなたからも好かれている方ですから」

シェリダン公爵夫妻は顔を見あわせてにっこりした。

公爵夫人が円形に置かれた椅子を示した。「どうぞお座りになって。ハリソン、紳士方にブランデーと、わたくしにはワインを一杯持ってきてくれるかしら」

「承知しました」ハリソンは小ぶりの食器棚まで歩き、レバー式の取っ手がついた扉を開けた。クリスタルのデカンタの栓を抜いて三つのグラスにブランデーを注ぐ。四つめのグラスには別のデカンタから深紅の液体を注いだ。

公爵は夫人の向かいの椅子に座るようブレントに手ぶりで示し、みずからは長椅子の妻の隣に腰かけた。ハリソンはそれぞれにグラスを手渡してから、ブレントの隣の椅子に座った。

「ところでハリソン」公爵夫人が言った。「どうしてザ・ダウンでパーティを催すことにしたのか、その理由を説明してくれないかしら」

「ここでパーティを開こうとするのがどうしておかしいのか、よくわからないですね。なんといっても、ここは人を招待するには申し分ない――」

公爵夫人が片方の手をあげてハリソンの説明をさえぎる。

「なにか隠しているのはわかっているのよ。ごまかすのはやめたほうがいいわ。わかっているでしょうけれど、お父さまとわたくしは、あなたのことをほかのだれよりもよく知っているのよ」

公爵はグラスをテーブルの妻のグラスの横に置いてから、クッションに体を預けた。「母親には洗いざらい話したほうがいいぞ」胸の前で腕を組んで言う。「一部始終をききだすまでこの人はあきらめないだろうからな」

ハリソンはブランデーをもうひと口飲み、椅子の背にもたれた。「数カ月前、うちの双子が――」

「あの娘たちがことの発端なんじゃないかとは思っていましたよ」公爵夫人は目をぐるりとまわして言った。

「あのふたり、今度はなにをやらかした？」と公爵。

「エリーのためを思ってしたことなんですが」ハリソンが話しだすと、公爵夫人は長椅子に座ったまま身を乗りだした。

「エリーになにをしたですって？　あの子は勘がいいから——」

「いえ、母上。エリーのことなら大丈夫です。ふたりがしたことに関しては、まったく気づいていません」

ブレントは思わずくすりと笑った。気づかれないようグラスを口元へ運んだが、一瞬遅かったようだ。シェリダン公爵がなにがおかしいのだという顔でちらとこちらを見た。そして、その表情が示すとおりこう言った。「エリーの目をごまかすのは簡単ではないぞ。そうだろう、チャーフィールド卿」

「たしかに……そうですね」

「続けて、ハリソン。あの双子が今度はどんないたずらを考えだしたの？」

「まあ、長い話なんですが、手短に言うと——」

「そんなことができるのかね？」公爵が小声でつぶやく。

「双子は、エリーにはロマンスが必要だと考えたんです」

「ロマンス！」シェリダン公爵夫妻は同時に声をあげた。驚きのまじった声からして、ふたりがそれを突拍子もない考えと思っているのは明らかだった。

「ええ、ロマンスです。架空の求愛者をつくりだし、せっせとエリーに手紙を書きました」

「何者だ？」

「それはどうでもいいことです、父上。その架空の求愛者は姿を見せる必要がなかったんですから」

「なら、どうしてパーティを開くことにしたんだ？」

「エリーが内緒の恋人に会ってほしいと頼んだからです。実際に会ってみたくなったんでしょうね。でも、会う相手は実在しない」

「エリーが恋人に会ってほしいと頼んだ真の動機がわからないわけではないでしょう」公爵夫人がたずねた。

「もちろんです、母上。エリーは架空の恋人に本気で惹かれはじめたんです」

しばしの沈黙ののち、公爵夫人は答えた。「いいえ、ハリソン。そういうことではないわ」

「では、どういうことなんです？」明らかに当惑した顔でハリソンがたずねる。

「まったく、殿方というのは」公爵夫人はため息をついた。「女性のことがまるでわかっていないのね」

ハリソンは手がかりを期待して父親のほうへ視線を移した。だが、公爵も肩をすくめただけだった。

「いいこと、つまりね」公爵夫人はもどかしげにため息をつきながら言った。「エリーは双子の仕業だと見抜いたのよ。求愛者など実在しないと知っていたの。そうでしょう、チャーフィールド伯爵？」

ブレントは、グラスの奥の笑みをそれ以上隠しきれずに公爵夫人を見た。「たしかにレディ・エリッサは、ふたりが姉に胸のときめく経験をさせたくて仕組んだことではないかと思ったようです」

「やんわりした言い方だこと。ともかく、エリーは妹たちの仕業だと気づいていたのですよ。続けて、ハリソン。それであなたはどうしたの？」

「ぼくら六人でこのパーティを企画しました。求愛者は、実はペイシェンスとリリアンがつくりだした架空の人物だと知ったら、エリーがひどく傷つくだろうと思ったのです。彼女を傷つけたくなかった。そこで、パーティを開き、それぞれがパートナーにしたい相手を招待することにしました。もちろん、グッシー伯母とエスター伯母もお招きしましたが」

「あのふたりもかかわっているの？」公爵夫人がたずねた。

「いいえ。この件に関してはなにも知りません。パーティが終わったあと、あらぬ噂が広まることのないように、お目付役としてふたりを招待したんです」

「なるほど」公爵は言った。「少なくともそれは賢い判断だったな」

「ぼくたちとしては、エリーが楽しんでくれればそれでよかったんです。たしかに双子の言うことにも一理はある。エリーにだってロマンスが必要かもしれないと思いました」

公爵夫人の眉間の皺が深くなった。「男女の仲をとり持つというのはきわめて危険な試みなのよ、ハリソン。うまくいく場合もあるけれど、裏目に出て自分に火の粉が振りかかる場合もあるの」

ハリソンはここではじめてほほ笑んだ。「ぼくのはじめての挑戦は大成功に終わったと断言できますよ。覚えていますか？　母上は誕生日に願いごとをすると、いつもぼくらに言っていましたよね。せめて息子のひとりが一年以内に花嫁を連れてきてくれますようにと」

「ええ」公爵夫人は顔を輝かせ、さらに身を乗りだした。

「ここ数年分の願いが一気にかなないそうですよ」

「まあ！」公爵夫人が口元で両手を握りあわせた。「だれなの？　どの子？　数年分と言ったわね？　ひとりじゃないということかしら。ねえ、だれなの？」

「もちろん、まだ絶対とは言えませんが、たぶんぼくら全員です」

「全員！」両親が口をそろえて叫ぶ。

喜びの涙がシェリダン公爵夫人の頬にこぼれ落ち、公爵の顔に満面の笑みが広がった。

「息子たちはどのお嬢さんを選んだのかしら」夫人がきいた。「みんな幸せになると思って？」

ブレントは椅子にもたれ、ハリソンが兄弟たちの選んだ女性の名をひとりひとりあげていくのを聞いていた。いずれも知っている女性だったらしく、公爵夫妻は息子たちの選択に大いに満足しているようだった。そして、ハリソンがレディ・レイザントンの置かれた状況や四年前のできごとの真相について説明し、彼女との結婚を考えていると告げたときには、いっそう顔をほころばせた。

だが、夫妻は一度もエリーのことは持ちださなかったし、彼女がだれかに好意を寄せることはなかったのかとたずねもしなかった。エリーが男性と恋に落ちる——もしくは男性がエリーと恋に落ちることなど、現実にはありえないと考えているのだ。

「それで、うちの子供たちのたくらみに、きみはどんな役割を果たしたんだね、チャーフィールド卿？」シェリダン公爵がきいた。

いきなりの展開で、ブレントはとりとめのない物思いから覚めた。ハリソンと例の取引を交わしたときのことを思いだしていたのだ。サマーパーティに出席し、妹のエスコート役をつとめれば、かねてからほしかったものを譲ると言われた。あのときは名馬エル・ソリダーの血を引く子馬を手に入れるためなら、すべてを投げだしてもいいと思ったものだ。

ところがいまは、ハリソンがザ・ダウンで飼育するみごとなアラブ馬の子を千頭進呈すると言われても、それがエリーと別れることを意味するなら断固として辞退する。理想の女性に出会えた自分はなんと幸運なのだろうと思う。つまるところブレントは、優秀な子馬よりはるかに貴重な宝物を手に入れたのだ。

「ぼくは――」

「チャーフィールドはぼくらに協力してくれたんです」ブレントが説明する前にハリソンが言った。

「なんだかいやな予感がするのはどうしてかしら」公爵夫人は疑わしげに顔を曇らせている。

「心配いりませんよ、母上。ぼくがチャーフィールドと交わした取引はみんなのためになったんですから」

「エリーも含めて？」

「ことにエリーにとっては。ぼくらはチャーフィールド伯爵を雇い、パーティでエリーのエスコートをしてくれるよう頼みました。ともかくエリーの関心を内緒の恋人から引き離したかったんです」

「チャーフィールド伯爵を雇ったですって？」公爵夫人がきき返した。声音にも顔つきにも不安の色が濃くなっている。「冗談だと言ってちょうだい」

「チャーフィールド伯爵に金を払って、エリーに好意を持っているふりをさせたというのか？」公爵も憤りをこめてうなるように言った。

ブレントは口を挟もうとした。そういうことではなかったのだと説明しようとした。たしかに取引からはじまったものだが、まったくちがう形で終わったのだ。

自分はエリーをほんとうに愛している。結婚したいと思っている。早くそう告げなくては。まずエリーに話すべきなのはわかっていたが、会話の流れ全体が彼の手には負えなくなってきていた。このままでは、当初の取引がいかにも悪趣味で浅薄なものと受けとられてしまう。みんなが共謀してエリーを笑いものにしたかのように見えてしまう。

ブレントとしては、意図的にエリーに残酷なことをしたと思われるのだけは避けたかった。きょうだいたちが同情心から、エリーにロマンスを味わわせようとしたと思われるのも。

彼女の両親にこれ以上悪い印象を与える前に、なんとかして自分の意図をはっきりさせておかなくてはとブレントはあせった。彼女といっしょにいるところを人に見られて恥ずかしいと思ったことなどない。エリーを愛している。彼女なしにはこの先の人生を生きてはいけない。結婚を申しこむつもりでいるし、ノーという答えを受け入れるつもりもない――早くそう告げなくては。

「気でもちがったか！」公爵はハリソンをどなりつけた。「おまえのしたことをエリーが知ったらどんなことになるかわかってるだろうな？」

「彼女に知られることはありませんよ。それに父上が言ったようなことじゃないんです。チャーフィールド伯爵は、お金をもらってエリーをエスコートしたわけじゃない」

扉のほうで物音がし、全員が振り返った。

ブレントは心臓がどさりと床に落ち、粉々になった気がした。

エリーが入り口に立っていた。片方の手に杖を持って体を支えながら。

必死に階段をおり、長い廊下を歩いてきたのは明白だった。顔が蒼白でこわばっている。けれども、そこに浮かんでいるのは疲れだけではなかった。医者にやめておくよう言われたにもかかわらず歩いたことによる痛みだけでもなかった。瞳のなかの徹底的に打ちのめされたような表情――それがなにより、ブレントには気にかかった。

その表情を、なんとか言葉で言い表そうとしてみた。自分がしたことを思い起こしてみれば、頭に浮かぶ言葉はある。ただ、ひとつではなかった。いくつもあった。傷心、怒り、失望、幻滅……。

もっとも、それらもエリーの気持ちを的確に表現しているとは言いがたい。彼女の顔に刻まれたむきだしの苦悩を言葉にするのはどうしたってできそうになかった。

彼女は深く傷ついている。そしてその原因は自分なのだ。

「お金でなかったら、代償はなんだったの？」

「エリー、そういうことじゃないんだ」ブレントは立ちあがり、彼女のほうへ足を踏みだした。

「なにをもらうことになっていたの？　ハリソンが持っていてあなたにないものなんて想像がつかないわ。二週間、人前で障害者の相手をするのを承諾するくらい、あなたにとって大事なものってなに？」

「エリー、そうじゃない。そんなふうに言わないでくれ」

「なんなの？　わたしの値段はいくらだったの？」

ブレントは答えたくなかった。答えたら、もはやなにを言っても自分の過ちをなかったことにはできなくなる。

「なんなの？」エリーが繰り返す。

涙がひと粒彼女の頬を伝い、ブレントの心臓は粉々に砕け散った。

「エル・ソリダーの繁殖権だ」

エリーは深く息を吸った。そのせいで体のバランスを崩すほど。「なるほどね」

取引の材料が馬だったという事実を受け入れがたいのか、彼女はしばらくためらうそぶりを見せた。

「エリー、頼む、説明させてくれ。はじまりはたしかにそうだった。でもいまは――」

ブレントはまた一歩足を踏みだしたが、エリーがさっと手をあげて彼を押しとどめた。

「近寄らないで。二度とわたしに近づかないで」

「エリー、座らないか」ハリソンが懇願するように言った。「話を聞いてくれ。ぼくたちはきみを傷つけるつもりじゃなかったんだ」

「わかってるわ、ハリソン。だれひとり、そんなつもりはなかったんでしょうね」

エリーは向きを変えて数歩行き、扉の前まで来ると足を止めた。

「お父さま」振り向くことなく言う。「チャーフィールド伯爵は間もなくお帰りになるわ。だれかにお手伝いをさせたらどうかしら」

返事は求めていない口調だった。

25

ロンドンのタウンハウスの書斎で、ブレントは革製の肘掛け椅子に座り、巨大な暖炉のなかの薪を眺めていた。時間が経つにつれて赤々とした光は薄れ、まず白く熱した灰に、やがてはところどころに熱を持った赤い箇所が見え隠れするだけの真っ黒な煤と化していく。冬が訪れ、もう夜は肌寒い。それでもブレントは寒さを感じなかった。このところ、ほとんどなにも感じない。

六カ月と三週間と五日――そして、マントルピースのうえの時計のチャイムが十二回鳴ったことからして――八時間が経った。ブレントの世界が崩壊してから。とはいえ、想像を絶する苦悩の六カ月を煩悶のうちにやり過ごしたものの、この先もたぶん死ぬまで同じような苦しみの日々が待っているだけだ。

決して空になることのないグラスに手をのばし、長々と飲んだ。いずれアルコールの効果で苦痛をまぎらわせる必要がなくなる日も来るのだろうが、いまのところその日はずっと先になりそうだ。傷はまだ生々しく、喪失感も大きすぎて、痛みを麻痺させるなにかがなくては生きていくこともままならなかった。

椅子の脇の床に置いていたデカンタをとりあげたとき、玄関からノックの音が聞こえた。夜遅い訪問者が、ブレントがひと目会いたいと焦がれるたったひとりの人物である可能性は皆無ながら、気がつくと体が反応していた。息をつめて耳を澄まし、彼女の声が聞こえるのを待った。

扉の向こうの玄関広間から、低い男性の声が聞こえてきた。彼は頭を椅子の背にもたせかけて目を閉じた。執事のマークハムが扉を開く。

「お客さまがいらしています、閣下。フェリングスダウン侯爵閣下でございます」

ブレントの胸の鼓動がいささか速くなった。「ここへ通してくれ」

エリーになにかあったにちがいない。そうでなければ、ハリソンがこんな時間に訪ねてくるはずがない。

「エリーの具合が悪いのか？」ハリソンが部屋に入るなり、ブレントはきいた。

「挨拶もなしか。ひさしぶりだな、チャーフィールド」部屋を見まわしながらハリソンが近づいてきた。「きみはいつもこんな陰気な部屋にこもってるのか？」

腹が立ったと同時に、体の緊張が解けた。エリーは元気なのだ。そうでなかったら、ハリソンは開口一番にその話をしただろう。

「余計なお世話だよ。暗い部屋がいまの気分にぴったりくるんだ」

「ずいぶんと変わったものだ。記憶によれば――」

「きみの記憶には興味がない」ブレントは椅子に体を沈め、グラスに口をつけた。

「ぼくも一杯もらってもいいか？」

「お好きなように」ブレントは床からクリスタルのデカンタを持ちあげて掲げた。テーブルの隅に使用人が置いていったトレイに、グラスがひとつのっていた。ブレントはそのグラスを客に渡した。

「ぼくたちが後味の悪い別れ方をしたのはわかってる」ハリソンはグラスにブランデーを注ぎながら言った。「でも、ぼくとしてはできるものなら罪滅ぼしをしたいと思ってるんだ」

デカンタをテーブルに置き、ブレントの向かいの椅子に座って酒をひと口飲む。

「いまさらきみにしてほしいことはなにもない」

「そう思うのもよくわかる」ハリソンは静かな、後悔に満ちた声で言った。「ぼくは、きみたちふたりが本物の恋に落ちるかもしれないとは考えなかったんだ」

ブレントはかっとなった。「どうしてだ？　妹は恋愛とは無縁だと本気で信じていたのか？」

ハリソンが愕然とした顔をした。「ちがう！　エリーは世界一すばらしい妻に、そして母になると、だれもが思っていた。問題はきみのほうだった」

「ぼく！」ブレントは背筋をのばし、あいているほうの手で肘掛けをぎゅっとつかんだ。「思いあがった腰抜けめ！　決闘を申しこみたいところだが、きみには銃につめる火薬さえもったいないくらいだ」

「そうかっかするな、チャーフィールド。エリーがきみのような男性に関心を持つとは思わなかった。それだけだ。ましてや、恋に落ちるとは夢にも思わなかったんだ」

「たしかにそうなんだろうな。ザ・ダウンから出ていくよう命じたとき、彼女は少しもためらわなかった。まばたきひとつしなかった」

「傷ついていたんだよ」

「会ってくれとぼくが二十回以上も頼みに行っても、一度として心を動かされなかった」

「きみの熱意が足りなかったんじゃないか」

「冗談じゃない。扉を叩き割る寸前だったんだぞ。ようやく玄関広間まで入れてもらえたが、きみの父上にきっぱり言われたよ。ぼくはここでは歓迎されていないとね」

「ああ、父はあれだけしつこい男は見たことがないと言っていた」

「そう言われたところで、うれしくもなんともないが」ブレントはグラスの残りを一気に喉の奥に流しこんだ。「きみの父上は執事に負けないくらい冷ややかだったよ」

「ひょっとして、きみは戦略をまちがえているのかもしれないぞ」ハリソンがゆったりと脚をのばした。まるで朝までここに腰を落ち着けるつもりでいるかのように。

ブレントはもう我慢の限界だった。ハリソンに帰ってもらいたかった。「きみの忠告に耳を傾ける気はさらさらないね。きみさえいなければこんな思いをすることもなかった。きみと、きみのばかげた思いつきさえなければ」

「ぼくの記憶が正しければ、きみは大喜びでエル・ソリダーの子を手に入れる機会に飛びついたはずだが」

「それはきみの妹に出会う前の話だ。彼女を愛するようになる前のことだ！」

「そうだ。愛を知ると、だれしもものの見方が変わってくる」ハリソンはグラスを持ちあげても一口飲んだ。「それが愛の力というものだ」

「きみは詳しいらしいな。なにしろ愛する女性をとり戻したんだから」

「だが失われた時間を思うと、ときにつらくてたまらなくなる」

ハリソンの言いたいことはよくわかった。息子のことを言っているのだ。決して認知することのできない子。ウェバリーの姓を持っていても、体には自分と同じプレスコットの血が流れている子だ。本来ならば未来のシェリダン公爵となるべく生まれたのに、彼はこの先もレイザントン侯爵と呼ばれ続けることになる。ハリソンが失った時間の重みは、ブレントにもよくわかった。

「それで、きみはなにをしにここへ来た？」夢が砕け散って以来、今宵ほど強烈に喪失感を覚えた夜はなかった。

「キャシーとぼくが味わった思いをきみには味わわせたくないから来た」

「ぼくが同じ思いをしていると？」

「わからない。だからこそ、きみにききたい」

「質問にはいっさい答えたくないね」

「ぼくに力になってほしければ、答えたほうがいいぞ」

ブレントはためらった。エリーを失って以来はじめて、ほんのりと希望の光が差してきている気がした。「どんな質問だ？」

「妹を愛しているのか？」

「前にも、愛していると言っただろう」

「どれくらい？」

「そんなことはきみに関係ない」

「きみがエリーをとり戻したいなら、そのために力になってほしいなら、ぼくにも関係のある話だ。どれくらい愛してるんだ？」

ブレントは手で髪を梳き、前かがみになって膝に肘をのせた。足元のカーペットの模様を見つめ、やがて深いため息をつく。「彼女をとり戻せないなら、これ以上あと一日も生きていけないと思うくらい愛している。自分がすでに死んでいて、どうして心臓がまだ鼓動を続けているのかわからないと感じるくらい愛してる」

ブレントは目を閉じ、ごくりと唾をのんだ。「エリーがここにいてくれないなら、もう生きていたくないと思うくらいだ」

それから長いあいだ、聞こえる音といえば、火床で薪がときおりはじける音だけだった。やがてハリソンは、ブレントが意識を集中させざるをえないような静かな声で言った。

「ぼくはエリーのことが心配だから来たんだ」

「エリーは元気だと言わなかったか？」

「ぼくはなにも言ってない。もっとも、病気ではないよ。きみはそう受けとったんだろう」

「ぼくがききたいことはわかってるはずだ。彼女になにがあった？」

「きみと同じ病気だよ。このようすからすると」

ブレントは体を起こし、ハリソンがあとを続けるのを待った。

「両親には、この件には干渉しないと約束した。その約束を守るつもりでいたんだが、きみたちふたりがキャシーとぼくの犯した過ちを繰り返しているようで、黙って見ていられなくなったんだ。ぼくにできることがあるから、なおのこと」

「なにをするつもりなんだ？」

「なにも」

「でも、きみは——」

「ぼくは干渉するつもりはないと言った。だからなにもしない。行動を起こすべきなのはきみのほうだ、チャーフィールド」

椅子から立ちあがって扉へ向かうハリソンを、ブレントは当惑の目で見守った。ハリソンが廊下に出る前に足を止めた。

「聞いていると思うが」肩越しに振り返って言う。「明日の晩、ダンレヴィ伯爵夫妻が舞踏会を開く。その場で娘のレディ・ブリアンナとジョージの婚約発表をする予定だ」

ブレントはいらだって答える気にもならなかった。ダンレヴィ伯爵もその娘も、エリーの兄のジョージのことも、どうでもいい。

「おそらく盛大な催しになるだろう」ハリソンは続けた。「うちの家族も全員出席する」

ブレントのブランデーまみれの脳にハリソンの意図が伝わるのにしばらくかかった。だが、ひとたびいまの言葉の意味がのみこめると、心臓が飛びあがった。

「エリーがロンドンに?」ブレントははじかれたように立ちあがった。「どうして来てすぐにそれを言わなかった?」

ハリソンは真顔になった。「エリーが舞踏会に行くとは言っていない」

「でもさっき――」

ハリソンが片方の手をあげた。「口は出さないと両親に約束したんだ、チャーフィールド。ぼくは約束を守る男だ。忘れるな。ぼくはダンレヴィ伯爵が明日の晩に舞踏会を開き、娘の婚約発表をすると言っただけだ。そして、うちの家族は出席するだろうと」

それだけ言うとハリソンは向きを変え、部屋を出ていった。

エリーと人生をともにするという夢が砕け散ってからはじめて、ブレントはたしかな希望の光を見た気がした。

ロンドンはいまも、エリーが若くて無垢な少女のころにはじめてその華やかさを垣間見たときとまるで変わっていなかった。当時と同じく、彼女が感じたのは失望だった。

エリーも大人になり、当時ほど繊細ではなくなったが、それでも通りを歩いていてまわりの視線を感じると、やはり傷ついた。背後でこそこそ交わされる会話に腹が立つことはもうないものの、自分のことを噂されていると思うといい気持ちはしなかった。

「まあ、これを見て」リリアンが仕立屋で見つけた優美なピンク色の絹布を指差して言った。「この生地、ものすごくすてきな夜会用ドレスになると思わない?」

「同感よ」ペイシェンスがうなずく。「でも、わたしが今シーズンにつくった服をまた着られるようになるころには、どれも流行遅れになっていそうな気がするの」

シェリダン公爵夫人と姉妹ふたりがペイシェンスの発言の意味を理解するのに少し時間がかかった。が、三人とも同時に同じ結論を導きだし、いっせいに歓声をあげ、祝福をこめてひとりひとりが彼女を抱きしめた。

ほかの客はレディがふたりだけだったのは幸いだった。彼女たちのいささか品位に欠ける振る舞いが、またたくまに周囲の注意を引いたからだ。

「いつからわかっていたの？」公爵夫人にせきたてられるように店から出るなり、リリアンがきいた。

「つい最近よ。先週夫に話したばかり」

「早くお父さまに孫ができると伝えなくては」

「お母さまはどう？」エリーは片方の手で杖をつかんだまま、もう片方の手を母の腕にかけた。「孫ができるってどんな気持ち？」

「うれしいに決まっていますよ。一年以上前に双子が結婚してからというもの、この日を心待ちにしていたんですもの。赤ん坊が好きでなかったら、お父さまだってわたくしだって七人も子供をつくったりしないでしょう」

公爵夫人の最後のひとことは娘たちのひそかな笑いを誘った。三人とも両親が深く愛しあっていることを知っており、公爵夫妻はたぶん子供以上に子供をつくる行為が好きなのだろうと、よくこっそり話をしていたからだ。

とはいうものの、エリーはブレントと愛を交わすまで、愛する男性に体を捧げるというのがどれほどすばらしいことか、ほんとうにはわかっていなかった。

胸に巣食うしつこい痛みがまたうずきはじめる。彼のことを考えるたびに心が引き裂かれそうになる。この痛みはいつになったらやわらぐのだろう。

いまもまだ毎日毎時間、彼のことばかりを考えている。忘れられる日が来るのだろうか。母や妹たちはまだ談笑を続けていたが、エリーはどうしても消えない悲しみに気づかれたくないあまり顔をそむけ、通りの反対側を見やった。そのとたん、心臓が止まりそうになった。

ブレントがこちらに向かって歩いてくる。彼のことを考えていたせいで実際に彼が現れたかのように。

ペイシェンスとリリアンもすぐにブレントに気づいたらしく、ふっと笑い声がやんだ。公爵夫人が最後に気づき、プレスコット家の四人の女性たちを重苦しい沈黙が覆った。

「こんにちは、公爵夫人」会話ができるくらい近くまで来ると、ブレントは言った。「レディ・パークリッジ、レディ・バーキンガム、レディ・エリッサ」

エリーの心臓が激しく打っていた。彼はどうしてなに食わぬ顔で挨拶などできるのだろう。あれだけ人の心を傷つけておきながら。だいいち自分は、話しかけられるだけでまた彼に心を惹かれてしまうような、弱い人間だったのだろうか。

悔しいけれど惹かれずにはいられない。それほどまでに彼を愛している。

「こんにちは、チャーフィールド伯爵」公爵夫人は腕に食いこむエリーの指を引きはがすようにしながら、威厳に満ちた口調で答えた。

続いて挨拶を返したリリアンもペイシェンスも、愛想のよい口調とは言えなかった。驚くことではない。だが、ブレントは女性たちの冷ややかな態度に気づいたとしても、顔には出さなかった。

「レディ・エリッサ、お元気でしたか？」

「ええ、ありがとう」思ったより落ち着いた声が出せたのでほっとした。「いま買い物をしてきて、これから家に戻るところですの」すがるように母親を見る。「お母さまもういいかしら？　わたしは帰りたいわ」

「もちろんよ。それでは失礼しますね、チャーフィールド伯爵」

「よろしかったらぼくが娘さんをエスコート――」

「けっこうよ」エリーは母や妹たちがびくりとするくらい強い口調で言った。ばつの悪そうな顔をしていないのはブレントだけだった。彼女の反応を予想していたらしく、彼はすんなり受け入れた。

「わかりました」ブレントがことさら丁重にお辞儀をする。「では、よい一日を」

「さようなら」公爵夫人と妹たちが言った。

ブレントが通りを歩いていき、エリーたちは反対の方角へと向かった。

「大丈夫、エリー？」声が聞こえないくらいまで離れると公爵夫人がきいた。
「もちろん」嘘だった。
心のなかは激しく動揺していた。

26

ダンレヴィ伯爵が住むロンドンの屋敷は、招かれた客たちが目的地に着く数ブロック前からそれとわかるほど、屋内も屋外も煌々と明かりに照らされていた。エリーは舞踏室のいちばん奥の壁際に席をとり、祝いごとにふさわしい華やかな飾りつけを見やった。今宵はまさに祝宴だ。そしてダンレヴィ家にとっては、娘がシェリダン公爵の次男の妻としてふさわしい女性であることを社交界に示す絶好の機会でもある。彼らが贅を尽くすのも当然だった。

エリーにとってはあいにくなことに、このあとまだ三回こうした晩が控えている。

四人兄弟はみなザ・ダウンのサマーパーティに招待した女性と婚約することになった。ジョージはダンレヴィ伯爵の娘であるブリアンナ・ソーントンと、ジュールズはキンバル子爵の娘アメリア・ヘイスティングスと、スペンスはクレストンリッジ侯爵の娘ハンナ・ブラムウェルと。二週間後に両親は盛大な舞踏会を開いて、長男であるハリソンとレディ・レイザントンの婚約を発表することになっていた。

エリーは彼らの幸せを心から喜んでいたが、この先の二週間を楽しみに思うことはできなかった。公の行事に参加すると、浴びたくもない注目を浴びてしまうことになる。

「あのふたり、いかにも幸せそうね」ペイシェンスがエリーの隣に腰かけながら言った。「わたしも思いだすわ。婚約発表の舞踏会の日がどれだけ幸福だったか」

「ほんとうに幸せそう」エリーも同意した。「ブリアンナはジョージにぴったりの女性よ。このあいだジョージとお父さまの会話が終わるのを待っていて、彼女とふたりきりになったことがあったの。すごく知的な方なので感心したわ。ジョージは彼女といると気が抜けないと言っていたけれど、その理由がよくわかったわ。彼に負けないくらい世のなかのことをよく知っている女性だもの」

「ジョージが軽薄なレディを選ぶはずがないわ。四人兄弟のなかでもハリソンの次に生真面目なタイプだから」

エリーは笑った。「いちばん真面目じゃないのはスペンスかしら。つまりレディ・ハンナは――」

「スペンスと同じタイプということよ。彼女のように人生を楽しんでいる女性には出会ったことがないわ」

「スペンスが彼女を選んだのも当然ね」

「ジュールズは？」

「そこも心配はいらないわ。わたし、先を越されなくてよかったと思ってるの。ジュールズとアメリアなら、一年以内にお母さまにふたりめの孫をつくって差しあげそうよ」

「どうしてそう思うの？」ジュールズとアメリアが友人たちを交えて話しているほうを見ながらエリーはきいた。

「だってエリー、ふたりが見つめあうときの目つきを見てごらんなさいな。去年の夏、あなたとチャーフィールド伯爵が見つめあっていたときみたい――」

ペイシェンスははっと両手で口元を覆い、それからエリーの握りしめた手に手を重ねた。

「ああ、エリー、ごめんなさい。わたしったらどうしてこう無神経なのかしら――」

「いいのよ、ペイシェンス。わたしがばかだっただけ」

「あのろくでなし」ペイシェンスが吐き捨てるように言う。

「ぼくの話をしてるんじゃないといいが」背後でベルベットのように滑らかな深い声がした。

ブレントの声だとエリーにはすぐにわかった。夢のなかで繰り返し耳にしているから、思いだすのは簡単だった。もっとも、ここでその声を聞くことになるとは思わなかったが。招待客のリストを調べ、彼の名前が載っていないことは確かめてあったのだ。

「実を言うと」ペイシェンスは冷ややかにつんと顎をあげて答えた。「あなたのことよ」

「なら、ぼくがいるからといって会話を中断しなくてけっこうですよ。人の批判は直接聞くほうが、また聞きするより自分のためになると常々思っているのでね」

ブレントがまわりこんできてエリーの隣の椅子に腰かけ、手にしていたふたつのパンチのグラスをひとつ、彼女に勧めた。そしてもうひとつをペイシェンスに差しだした。「なにかほかの飲み物を持ってきましょうか?」

「あなたに持ってきていただきたいものはないわ」妹に使えるとは思わなかったような口調でペイシェンスが言い放った。

ブレントは彼女の無礼な物言いには気づかないふりをしてほほ笑んだ。「レディ・エリッサ、きみは？」
「向こうへ行ってちょうだい」兄たちの注意を引けないものかとブレントの背後を見渡す。気づいてくれるとしたらハリソンだが、実際のところエリーは兄に助けに来てほしいのかどうかもよくわからなかった。

「向こうへ行ってと言ったでしょう」エリーは目をあげることもできなかった。彼の顔をまともに見たくなかった。目を合わせたくもない。

「それはわかってる」彼はグラスを手にしたまま言った。「でも、ぼくはどうしてもきみに会いたかった」

「チャーフィールド伯爵――」ペイシェンスは言いかけたが、ハリソンがやってきて、おそらく痛烈な皮肉になったであろう発言をさえぎった。

「大丈夫か、エリー？」

「いいえ、ハリソン。大丈夫じゃないわ」

「助け舟がいるんじゃないかと思ったよ」ハリソンはペイシェンスのほうを向いて腕を差しだした。「ペイシェンス、飲み物をとりに行かないか。エリーはチャーフィールドと少々話したいことがあるらしい。きみの繊細な耳には耐えられない話になりそうだ」

ペイシェンスが驚いた顔をした。

エリーは恐怖と狼狽が入りまじった表情を浮かべた。

ペイシェンスが目をぱちくりさせる。「エリーが言ったのはそういう意味ではないと思うけど、ハリソン」

「そういう意味だとも。去年の夏ああいうことがあったあとだから、エリーにはこの六カ月間に胸にためていた怒りを思いきりぶつける機会が必要なんだ。そうだろう、エリー？」

頼むからブレントとふたりきりにしないでと叫びたかったが、エリーが口を開く前にハリソンはさっさとペイシェンスを立たせ、部屋の反対側へ行ってしまった。

ふたりが立ち去ってブレントととり残されると、エリーは不安で胸がいっぱいになった。

「これはまたわたしに恥をかかせようという、あなたとハリソンのたくらみかしら」ブレントのほうを見ることなく言った。「いやがらせをする機会を得るために彼にいくら払ったの？大金でないことを祈るわ。すぐに向こうへ行ってもらうつもりだから」

目を合わせることはできなかった。そうする勇気はなかった。彼を見るたび心の痛みが激しくなる。

「去年の夏のことを説明させてくれ、エリー」

「説明してもらうことはなにもないわ。あなたはご褒美としてハリソンの優秀なアラブ馬を約束され、断れなかったのよ」

「たしかにはじまりはそうだったが、結末はまったくちがった。きみの家族はきみのことを心配して――」

「人に心配してもらう必要なんてないわ」

「彼らにはそれがわからないんだよ。みんな、きみが内緒の恋人に愛着を持ちはじめているのではと心配したんだ」

「こんな話はしたくないの」エリーは気になる皺をのばすかのように、震える手でスカートを払った。

「でも、話しあわなくては。きみにわかってもらいたいんだ――」

「これ以上なにもわかる必要などないはずよ！」

目に涙がこみあげてきたが、彼の前では泣きたくなかった。「離れてちょうだい。あなたがここに座っていることに何人かが気づいているわ。気をつけないと変な噂が立つわよ」

「真実を、変な噂とは言わない」

「もうやめて、ブレント。いまさら演技なんてしなくていいのよ。あなたは立派に役をこなしたんだから、ハリソンが約束した代償を受けとる資格があるわ。わたしはもう文通相手の名前すら覚えていないし、春にはエル・ソリダーの血を引く馬があなたの厩舎におさまっているはずよ」

「ハリソンの申し出なら断った」

「それなら、あなたはばかね」

「あんな取引に応じたことこそばかだった。だが、あのときはきみに出会っていなかったし、きみのことをなにも知らなかった。きみと出会うまでは。二週間をともに過ごし、ためらうことなくさよならできると思っていたんだ」

「やめて、ブレント。みんなが見てるわ」

「見させておけばいい。ぼくとしてはこの先一生、きみといるところをみんなに見てほしいんだから」

「ばかなことを言わないで」

「こっちを見てくれ、エリー。愛していると言うときには、きみにぼくの目を見ていてほしい」

胸が引き裂かれるというのはまさにこういうことを言うのだろう。逃げだしたいのに逃げだせない。どこかに隠れてしまいたいのに、飛びこみたい先はただひとつ、ブレントの腕のなかだけだ。

「出会ったその日に、ぼくはきみにさよならなどできないと悟った。ずっとそばにいたいと思った。この先死ぬまで」

「わたしにそれを信じろというの？　まわりを見てごらんなさいな、ブレント。女性という女性があなたをうっとりと見つめているのよ」

「ほかの女性のことなどどうでもいい」

「では、年頃の娘を持つ母親たちのとまどった顔をごらんなさい。いったいあなたが身体障害者になんの話があるのだろうといぶかしんでいるわ」

「二度とそんな言葉を使っちゃだめだ」ブレントが彼女の手をとり、しっかりと握った。

エリーは彼の手から指を引き抜こうとしたが、彼は放してくれなかった。

「愛してる、エリー」

「やめて」強引に手を引き抜いた。「あなたは望みのものを手に入れたんでしょう。もうわたしのことは放っておいて」

「ぼくと踊ってくれ」

エリーの心臓が喉元まで跳ねあがった。「いやよ！」

「では、ぼくと歩いてくれ」

「いや」

「テラスに出よう。少しばかり新鮮な空気を吸って、それから戻ればいい。キスしようなんて思っていない。きみが望むのでなければ。約束するよ」ブレントが目をきらめかせて言う。

「どうしてこんなことをするの？」エリーは振り向いて彼を見つめた。「いまさらなにを証明したって意味などないわ。遅すぎるのよ」

「遅すぎるなんてことはない。遅すぎたのなら、ぼくはきみを失うことになる。この先きみなしで生きていくなんてとても耐えられない。それほどまでに愛しているんだ」

エリーはごくりと唾をのんだ。心のごく一部が彼を信じたいと訴えている。心の片隅に、ほんとうに愛されていると信じたい気持ちが頭をもたげていた。ブレントを愛するあまり、その言葉を信じられる要素があるなら飛びつきたくなってしまう。

しかし別のところから、こんな自分が彼に愛されるはずはないと戒める声が聞こえてくる。舞踏室にいるだれもが、あれほど完璧な男性がシェリダン公爵の足の悪い娘に特別な感情を抱いているなどとは信じないだろう。顔を見ればわかる。全員がこちらを見ていた。

「頼む、エリー。いっしょに来てくれ。今夜はそれだけで満足するよ」

心の葛藤がいっそう激しくなり、やがてエリーは闘いに負けたことを悟った。いっぽうにはブレントの優しい言葉と愛の誓い。それに対して、彼の嘘にやすやすとだまされた苦い思い出。

ブレントのことをこれほどまでに愛していなければ。

頭がおかしくなりそうだと思った瞬間、父と母がこちらに向かって歩いてきた。助けに来てくれたのだ。なのに……。

安心と同時に落胆を感じているのはどうしてだろう。

「公爵夫人」ブレントが立ちあがり、差しだされた母の手に向かって深々とお辞儀をした。

「それから、公爵閣下」今度は父親に挨拶をする。

「チャーフィールド卿、ここできみに会うとは少々驚いたと言わざるをえないな」父の口調は友好的とは言いかねた。

「ぼくはダンレヴィ伯爵の長年の友人ですから」

「仕事上のか？　それとも個人的に？」

「両方です」

「彼は豊かな銀山を持っていて、慎重に選んだ数名の友人に投資を許していると聞いたことがあるが、きみがそのひとりだとは知らなかった」

「ぼくも、あなたが投資なさっているとは知りませんでした」

ふたりがさまざまな話題について話しあうのを、エリーは脇で聞いていた。公爵がブレントの発言や意見に心ならずも感心しているのが、その表情からわかった。

実を言えば、それも驚くにはあたらない。ブレントはだれよりも知的で多才な人なのだ。成長するにつれ、エリーは父と対等に話ができる男性、兄弟たちと張りあえる男性と出会うことは不可能ではないかと思うようになっていた。だがブレントはそういう男性だった。家族のだれにも負けず劣らず立派で、完璧で……。

ブレントの端正な顔立ちと優雅な物腰が目の前で揺らめき、部屋がぐるぐるまわりはじめる。エリーは母の手に手をのばした。

「エリー、大丈夫？」公爵夫人はぎゅっと娘の手を握った。

エリーが顔をあげると、ブレントと父がさっと両脇に駆け寄ってきた。

「具合が悪いのか、エリー？」ブレントが彼女の右隣の椅子に腰かけた。

「なんともないわ。ただ……」

エリーは膝に目を落とした。ブレントの手が自分の手に重ねられている。「人が見てるわ、ブレント」

「かまわない。大丈夫かい？」

「ええ」エリーは父を見あげた。「わたし、帰りたいわ。お父さま、馬車を呼んでくださらない？　家に着いたら送り返しますから」

「すぐに呼ぼう」公爵がエリーに腕を差しだした。

「お屋敷までお送りしましょうか、レディ・エリッサ」

「ありがとう、チャーフィールド伯爵。でも、それには及びませんわ」

「ほんとうに？」

エリーは答えなかった。父の前腕に手を置き、体を引きあげた。片方の手を父の肘にかけ、もう片方の手で杖の柄をきつく握る。そして、出口に向かって足を踏みだした。

足が不自由なことが、今宵はやけに目立つような気がした。父と歩くときにつかめる一定のリズムが、なぜか今日はつかめない。一歩踏みだすごとに右の腰ががくりと落ち、スカートがいつも以上に大きく揺れた。杖をつくたびに銃声のような音が響く。父の腕に置いた手が、歩くたびにぐいと袖を引っぱってしまう。

人々のあいだを縫って歩き去る自分がどんなふうに見えているかは想像したくもなかった。ひどく醜いにちがいない。不快な、ぞっとする光景にちがいない。

　ブレントも見ていればいいと思った。見ていれば、彼もこの場にいるほかの人々のように、この見苦しく騒々しい歩き方に嫌悪を催すに決まっている。彼が見ているのはわかっていた。なぜなら……。

舞踏室にいる全員が彼女を見つめていたから。

ブレントは歩き去る彼女を見つめていた。舞踏室にいる全員が見つめていた。

エリーの言わんとしていたのはこのことなのだ。こういうぶしつけな視線に、彼女はこれまでずっと耐えてこなくてはならなかった。少なくとも、社交界で礼儀正しいと言われている人々が彼女を見ていた。礼儀を知らない者のなかには、露骨に顔をそむけたり、下を向いたりする輩もいた。

ブレントは両のこぶしを固め、ひとりひとりをどなりつけたいと思った。あからさまに無視するその態度を非難したかった。エリーがどれほどすばらしい女性か知りさえすれば、だれもがその魅力に気づくはずなのに。だが、だれもエリーを知ろうとしない。彼女の知性と勇気、優れた人柄に気づくほど近づこうとはしない。代わりに疫病かなにかのように避けて通る。

ブレントは口をあんぐり開けている人々から顔をそむけた。そしてふと、シェリダン公爵夫人がまだかたわらに立っていることに気づいた。

「失礼しました、公爵夫人。ぼんやりしていまして」

「そのようね」

公爵夫人はエリーが椅子に置き忘れた白いレースのハンカチを拾いあげると、スカートのポケットにしまった。「エリーは長年、こういうことに耐えてこなくてはならなかったの。公爵もわたくしも、エリーのことをまれに見るすばらしい娘だと昔から思っていたわ。ところが残念なことに、社交界の人々はあの子の障害にばかり目を向けてしまうのね。エリーがああも無礼な反応をまわりから示されるとわかっていたら、前回だってわたくしたちは無理にロンドンに連れてなど来なかった。今回は同じ過ちを犯したくなかったので、あの子に田舎に残ってもいいと言ったのよ。でも、兄弟の婚約を祝うのはとても大切なことだからと、エリーはみずから来ると言ったの」

ブレントは公爵夫人をじっと見た。彼女はなにか大切な話をしようとしている。だが、それがなんなのかわからなかった。

「前回エリーがロンドンを訪れたとき、わたくしは自分自身についてある発見をしたわ。たぶん、母親だけに起こる反応なのでしょうね……」

彼女は言葉を切り、瞼をわずかに伏せた。

「でなければ、だれかを深く愛している者だけに起こる反応とでもいうのかしら。力の及ぶかぎり、どんなことをしてでも愛する人を守りたいという衝動よ。ここの人々のエリーに対する態度を目にしたときのあなたは、そういう衝動を覚えているように見受けられたけれど」

「だとしたら？」ブレントはたずねた。

シェリダン公爵夫人は深く息を吸った。「あなたが良心の呵責をやわらげたいがためにエリーを追いかけているのなら、この話は無視していただきたいわ。エリーがこれ以上傷つくことはないと確信できるまで、わたくしは心が休まりませんからね」

「そうでなかったら？」

彼女はすぐには答えなかった。あとを続けていいものか迷っているようだった。「ほんとうにエリーを愛しているなら――」

エリーに付き添って舞踏室を出るシェリダン公爵のほうをちらりと見やる。

「本気でエリーのことを思っているなら、明日の朝、都合がつくかぎり早い時間に夫を訪ねていらっしゃい。本気でないなら、うちの家族にはなるべく近寄らないのが賢明でしょう」

ブレントは公爵夫人にきわめて優雅なお辞儀をした。「おっしゃりたいことはよくわかりました」

シェリダン公爵夫人はうなずき、向きを変えて立ち去ろうとした。

ブレントは彼女が一歩を踏みだす前に言った。「明日朝いちばんにおうかがいすると、公爵閣下にお伝えください」

夫人は一瞬足を止めたが、やがてそのまま歩き去った。

27

二週間にわたる祝宴の日々も終わろうとしていた。今夜の舞踏会でハリソンの婚約が発表される。プレスコット兄弟の婚約発表第四弾、最後を飾る一大行事だ。これでエリーも思い出を胸にザ・ダウンに帰ることができる。

ダンスフロアを滑るように舞う人々を見て、エリーはブレントの腕に抱かれて過ごした魔法のようなひとときを思いだしていた。あのえも言われぬすばらしい時間、エリーは自分が完全な肉体を持っているように感じた。彼の腕のなかにいると、ハンサムな男性に抱かれて踊るほかの女性たちとなんら変わらないと感じることができた。彼に腰を支えられ、クロッケーを教わったときも同じだった。彼といると、自分も普通の女なのだと思えてくるのだ。

どうしてブレントがあの期間、あれほど熱心に自分を楽しませてくれたのか、その真の理由を知らないままでいられたら。彼が思い出を壊さないでいてくれたら。

舞踏室の四方の壁が迫ってくるように感じ、エリーは椅子から立ちあがった。ハリソンとキャシーの婚約を祝う舞踏会がはじまろうとしていた。ありがたいことに、今夜をやり過ごせば田舎に帰ることができる。そこでは変人と思われることもないし、外出のたびにじろじろ見られることもない。今夜をやり過ごせば、かねてからハリソンと計画していた厩舎の増設にとりかかることができる。その作業に全精力を注ぎこむつもりだ。

近くの出口まで歩き、廊下を進んで父の書斎に入った。ひとりになりたかった。ひと晩中、家族はなんとかしてハリソンとキャシーの婚約祝いに彼女を引きこもうとし、母か父、そしてきょうだいのだれかが定期的に彼女のもとに立ち寄った。ようすを見に来る口実として食べ物か飲み物、またはどこかから小耳に挟んだ噂話を持ってくるのだ。グッシー伯母とエスター伯母さえ、エリーをひとりにしまいと必死だった。家族を安心させるために楽しんでいるふりをするのはかなり疲れた。自尊心が傷つき、そしてなにより気が滅入った。あまり気を使われると、自分が肉体的だけでなく、精神的にも自立できない人間のように思えてくる。

扉を開け、父の書斎に足を踏み入れる。ともかくジョージ、ジュールズ、スペンスの婚約披露パーティは切り抜けたのだ。ハリソンのパーティだって切り抜けられるはず。このあとは家に帰れる。そう思うとうれしいはずだった。

しかしザ・ダウンに帰るということは、もう二度とブレントには会えないということでもある。自分がそれを寂しく思っているのに、エリーはふいに気づいた。彼はどの舞踏会にも顔を見せ、ほぼひと晩中、彼女の気持ちをとり戻そう、彼女を笑わせようとした。そして、いっしょにいるところを人に見られて恥ずかしいと思ったことはない、ふたりは似あいの夫婦になると説いた。エリーも彼の冗談を面白がり、今度はどんな面白いせりふで愛情を表現するつもりなのかと期待するようになっていた。

昨夜のおどけた発言を思いだし、エリーは思わずほほ笑んだ。気持ちを動かされないよう、踏んばるのがせいいっぱいだった。

暖炉まで歩き、火床で赤々と燃える炎を見つめる。先週のクレストンリッジ侯爵の舞踏会では、あと少しで誘惑に負けそうになった。ブレントの陽気な人柄と冗談めかした挑発に徐々に心がほだされていく。ときおり社交界がいかに居心地悪いものか、批判や意地の悪い噂に耐えつつ毎年数カ月をロンドンで過ごすのがいかに不愉快かを、忘れているときすらあった。

「きみがここにいると聞いて」

エリーは身を固くした。ブレントの存在はいつも直感でわかることができる。しかし考えごとに没頭していたせいか、今回はふいを突かれた。彼の姿を見ても動揺しないよう心の準備をしてから振り返る。

準備をしたつもりだったが、できてはいなかったようだ。エリーの心臓が宙返りした。彼は例によって息をのむほどハンサムで、その瞳に浮かぶ表情がエリーの全身をぞくぞくさせた。だが今夜はそこに、なにかせっぱつまったものがまじっていた。以前一度だけ見たことのある表情。あれはエリーが階段のてっぺんでウェバリーに抱えあげられたときだった。

彼女はごくりと唾をのんだ。

彼女を失うかもしれないと彼が思ったときに見せた表情。

「ハリソンから、きみが数日のうちにロンドンを発つと聞いた」

「ええ。ザ・ダウンに戻るつもりよ。わたしは田舎暮らしのほうが好きなの」

「ぼくもだ。実を言うと、使用人はもう荷造りをはじめている」

エリーは驚きを隠せなかった。「嘘でしょう」

「どうして？」ブレントが両眉をつりあげた。「なぜそう思う？　ぼくだってロンドンより田舎で生活するほうが好きだ。ぼくをつかまえて適齢期の娘と結婚させようともくろむ母親たちもいない」

エリーはくすりと笑った。

「それに馬がいる」

彼女はまだ笑みを浮かべていた。

「それに、だれにも見られずに失恋の痛手を癒やすことができる」

笑みが消えた。

ブレントは悠然と部屋を横切り、暖炉の反対側で足を止めた。マントルピースに肘をつき、彼女と向きあった。「どうしても話しておきたいことがあって、きみを捜していた」

「ブレント、お願い――」

「最後まで聞いてくれ、エリー。お願いだ。今日だけは、ぼくに話をさせてくれ」

緊張のあまり胃がひっくり返りそうになり、エリーは杖の柄をきつく握った。

「この数週間、ぼくは甘い言葉できみに許しを請おうとしてきた。まだ青二才のころから磨きをかけてきた自分の魅力を総動員すれば、きみがぼくの仕打ちを忘れ、怒りをやわらげてくれるものと思っていたんだ。でも、それはまちがいだった」彼はマントルピースに飾ってあった小像のひとつをあちこちへ動かしながら言った。「結局のところ、きみの前で心のうちをさらけだすほかないと悟ったんだ」

ブレントは体の脇に手をおろし、彼女をまっすぐ見た。「愛しているよ、エリー。きみほど愛した人はほかにいない。ぼくはずっと前から理想の女性と出会うことを夢見てきた。心から愛せる女性、ともに子供を育て、ともに老いていきたいと思える女性と。でも、それは夢物語にすぎなかった。そういう人が現実に存在するとは思わなかったんだ」

彼はボタンをはずした上着の前を広げ、ポケットに手を突っこんだ。「そんなとき、きみと出会った。夢に描いた女性がそのまま現実に、ぼくの目の前に現れたかのようだったよ。ところが、ハリソンと交わしたばかげた取引があった。きみがそのことで腹を立てるとは考えもしなかったんだ。そもそも、この取引のことが発覚する理由はなかったし、ひょんなことからきみが知ったとしても、ぼくと同じで気にしないと思った。それくらい、ぼくを愛してくれていると思いこんでいた」彼はいったん言葉を切った。「でもちがった」

ブレントが口をつぐんだのを機に、エリーは自分の感情をコントロールしようとしたがむずかしかった。彼が冗談めかした挑発をし、夏のできごとを笑いにまぎらそうとしている分には拒絶するのも簡単だった。ところが、真剣な顔で愛していると告白され、きみを失うことには耐えられないと言われると、胸がまっぷたつに引き裂かれるようだった。

「愛しているとわかってもらうためなら、ぼくはなんだってするよ。この先一生、きみと生きていきたい。ぼくの子供を産んでもらいたい。これ以上はなにも言えないし、なにもできないな」彼は笑った。「もちろん結婚を強要するわけにはいかない。だから残された道はひとつしかないと思う」

恐怖がエリーの胸を貫いた。

ブレントは暖炉からエリーの父の巨大なオーク材の机まで歩き、また戻ってきた。「今宵はきみのお兄さんの祝いの席だ。ハリソンの婚約が発表されるまではここにいようと思う。そして、帰る前、最後にもう一度だけきみに結婚を申しこむ。きみの答えがどうであれ、ぼくはそれを受け入れるよ」

エリーはなにか言いたいと思い口を開いたが、言うべき言葉が見つからなかった。見つかったところでどうにもならなかっただろう。ブレントが手をあげて、彼女の発言をさえぎった。

「頼むからまだ答えないでくれ。今夜ひと晩はきみと楽しく過ごしたいんだ。人であふれた部屋をきみと並んで歩き、そうすることにぼくがどれほど誇らしさを感じているか、きみに、みなに知ってもらいたい。ひと晩中きみのそばを離れたくない。もし、今夜が――」彼はいったん言葉を切って言い直した。「ただ、今夜だけはきみといたい」

エリーの目に涙があふれた。自分がブレントを拒絶するほんとうの理由がいまはっきりとわかった――そう思いながらまばたきして涙を払う。彼がハリソンと交わした取引のせいではない。もちろん、はじめて知ったときはひどく傷ついたが、ハリソンが妹を傷つけたくないがためにそんな計画を練ったのだとわかると、いつしか痛みもやわらいでいった。ブレントにしても褒美に釣られて役を演じることに同意したものの、その時点ではエリーと出会っていなかったのだ。ふたりが恋に落ちるなど、知る由もなかったわけだ。

エリーは嗚咽をこらえた。そう、ブレントは彼女を愛してくれている。心の奥のどこかではずっと前からわかっていた気がする。たぶんはじめて彼にレースを挑んだときから。あのときでなかったら、あのすぐあとから。

問題は自分なのだ。彼の愛を受け入れることを恐れる自分――。体が不自由なせいで、男性から愛されているという事実が信じられない。結婚の申しこみを受けたらどうなるかばかり考え、思いこみをどうにもできない。彼の妻となったら、きっとこうした催しに始終顔を出さなくてはならなくなり、夫に恥ずかしい思いをさせるはめになる。人々はなぜ、チャーフィールド伯爵のようなハンサムで完璧な男性が、あんな欠陥品を選んだのだろうといぶかしむ。やがて彼も、障害ゆえに妻を憎むようになる……。

涙がひと粒、こぼれ落ちた。エリーは彼を見あげた。

ブレントは一歩彼女に近づき、その頬から涙を払った。「泣かないで、愛する人。自分がきみに愛される価値がないことはわかってる」身をかがめ、彼女の頬にキスをする。「すまない」

それから彼女に腕をまわして抱きしめた。

身を振りほどく勇気はエリーにはなかった。彼の体に腕をまわしながらはじめて自問する。自分にはブレントとの人生に向きあう覚悟があるだろうか、と。不安や疑念を克服し、彼の妻となれば得られるであろう幸せや喜びを心から楽しむことができるだろうか。

もし、それが無理で、今夜がふたりの最後の夜になるなら、一生忘れられないような一夜にしたい。もし――。

「ひと晩だけ、ぼくのものになってくれるかい、エリー？」

無数の恐怖と不安が脳裏を駆け巡った。好奇心丸出しの人々が見守るなかで自分の姿をさらすだけの勇気があるのかどうか、われながらよくわからない。それでも……今夜だけはブレントの腕に抱かれていたい。この先ずっと大切に胸にしまっておけるような思い出をたくさんつくりたい。愛する人に愛された、完璧な一夜の思い出を。

それでも、エリーはためらっていた。

今晩だけ。

やがて、彼に向かって手を差しだした。

ブレントの顔にまぶしいばかりの笑みが広がる。

エリーの手をとり、近くに引き寄せた。

「ありがとう、エリー」

ふたりは並んで部屋を出た。まるでふたりでひとりというように、完璧に足並みをそろえて。

ブレントは彼女の腰に手をまわし、体を密着させてしっかりと支えてくれていた。

ふたりが舞踏室の入り口に立つと、会話のざわめきがいっそう大きくなった。エリーの胸の鼓動が速くなり、頭のなかで血管ががんがんと脈打った。人々の視線が突き刺さる。みんながら目を丸くして、チャーフィールド伯爵の腕に手をかけて部屋に入る彼女を見守っているようだ。舞踏室の奥へ進むと、その視線はさらに執拗になって――。

エリーは顔をあげ、ブレントの目を見つめた。なにを期待していたのか自分でもよくわからないが、彼の目にあふれんばかりの愛と崇敬の念を見て息をのんだ。

「笑って、愛する人。ここのみんなに、ぼくらが似あいのふたりだと知ってほしいんだ」

エリーはほほ笑んだ。その笑みが愛の深さを示してくれるよう祈りながら。

ブレントがにっこり笑い、彼女の手を口元へ持っていく。「おいで、愛する人。きみはぼくのものだとみんなにわかってもらえるように」

エリーはいまの気持ちを表す言葉を探したが、頭に浮かんだのはひとこと……〝完璧〟だった。成人してはじめて、エリーは自分のことを完璧だと感じた。ブレントがいてくれるから。

彼の愛と支えがあれば、エリーは完全な体をとり戻せる。

彼に愛されてさえいれば。

舞踏室の雰囲気はほかの社交行事とさして変わり映えしなかったが、今宵はブレントにとって経験したことのない、特別な夜だった。今宵はエリーが隣にいる。

ブレントは会う人会う人にほほ笑みかけ、彼らが浮かべる混乱した表情を見て声をあげて笑いだしたくなった。エリーの言うとおりだ。みな、ブレントが彼女を愛しているなんてことがありうるとは思わないのだ。たしかに、彼らが驚きを隠せないでいるのがわかる。どうしてだれも彼も、これほどまでに盲目なのだろう。どうしてエリーの強さが見えないのか。どうしてエリーこそ彼が愛するにふさわしい女性で、彼女に愛される資格がないのは彼のほうだということがわからないのか。

シェリダン公爵がハリソンの婚約を発表するために設置した演壇にあがり、大声で叫びたい気分だった。自分はついに理想の女性を見つけた、生涯をともにしたいと思える女性を見つけたと。そしてなにより、自分がどれだけ彼女を愛しているかをこの場の全員に伝えたかった。

舞踏室をひとまわりするあいだ、ブレントはエリーから目を離さなかった。彼女の家族がさっそくそばに来て声をかけていったが、彼らはエリーが壁際の物陰にぽつんと座っているのではなく、パーティに参加していることを喜び、興奮に目を躍らせていた。

「あなたったらとてもきれいよ」キャシーがそっとエリーを抱きしめて言う。「ほんとうにとってもきれい。並んでいるとチャーフィールド伯爵も色あせて見えるわ」

ブレントは笑った。「さすが、あなたの見る目はたしかだ、レディ・レイザントン。レディ・エリッサはぼくよりはるかに輝いてる」

ふたりはさらに家族とおしゃべりをし、また人ごみのなかを進んだ。まわりの視線やささやき声にエリーが神経をとがらせているのがわかる。見知らぬ人が近づいてくるたび、腕に置かれた彼女の手にぐっと力がこもった。外へ続く開いた扉の前まで来ると、ブレントはひんやりしたテラスに彼女を連れだした。

「疲れてきたようだね？」ふたりだけになるとブレントはきいた。

「そうでもないけれど、ただ……」

「緊張した？」彼女のあとを引きとって言う。

「少しね。たぶん」

エリーはほほ笑んだが、その目にはかすかに心細さがのぞいていた。最初の晩にハリソンが妹のエスコートをブレントに頼んだときと同じ不安がちらついている。彼女は注目を浴びることに慣れていないのだ。「きみはすばらしいよ」

「それは失態を演じていないからよ。いまのところは」

「大丈夫さ。今夜はなにがあっても気にしなければいいんだ。朝には笑い話になる」

そんなことは無理に決まっているとばかり、エリーは目を見開いた。

「こっちへおいで」彼女を引き寄せて手から杖をとり、手すりにもたせかけた。それから腰に腕をまわした。「愛しているよ、エリー」

「あなたは――」

ブレントが彼女の唇に指を一本あてて黙らせた。

「大切なのはきみとぼくの気持ちだけだ。ほかのことはすべてどうでもいい」

「そうはいかないわ、ブレント。なにかが起こるのは時間の問題なのよ。まわりの人たちがわたしを見るときの表情に気づいたでしょう――哀れみよ。みんな、わたしが歩くときのぎこちない足取りをじっと見ていた。あなただって気づいていないはずはないわ」

「きみのことを知らないからだ。そして、ぼくのようにきみを愛していないから」

エリーはほほ笑んだ。「わたしもあなたを愛してる。でも、愛だけではじゅうぶんじゃないのよ。兄弟たちもわたしを愛してくれている。だけど、わたしがなにかしようとして失敗すると哀れみの目で見るの。罪悪感と後悔の念を顔ににじませてね。いずれあなたも同じ表情を浮かべる日が来るわ。そうなったら、わたしは耐えられないと思う」

「だったら、どうしたらいいんだ？　ぼくらは孤独に別々の人生を生きるのか？　きみが傷つくのが怖いからという理由で？　互いの愛情を示す方法は何千とあるというのに、ときおり少々気まずい思いをするからといって、そのすべてを放棄するのか？」

ブレントが指で彼女の頬をなぞる。「エリー、たまに不愉快なことがあったって気にしなければいい。大事なのは愛しあっているという事実だよ。相手を愛していれば、そしていずれできるであろう子供たちを愛することができれば、それでいいんだ」

ブレントは言葉を切り、両手で彼女の顔を包んだ。「ぼくを信じてくれ。ぼくだって内心びくびくしてる。心から望んだわけではない生活のなかで、きみがぼくを恨むようになるかもしれないと思わないわけではない」

エリーの額にそっとキスをする。「お互いにとって、これは一種の賭けなんだ。でも、ぼくは喜んで賭けに出る。このままではいられないから、きみも一歩を踏みだしてくれればと思うよ。愛してる。きみと人生をともに生きていきたい。ただ、きみも同じ気持ちでいてほしいんだ」ブレントは深く息を吸うと、彼女との未来を打ち砕くかもしれない最後通告をする覚悟を決めた。

「ぼくは婚約発表まで待つと言った。きみの父上がハリソンとレディ・レイザントンの婚約を発表したあとに、最後の結婚の申しこみをするつもりでいる。きみの答えがなんであれ、ぼくは受け入れるよ。ノーならば、きみの人生から去っていき、二度と戻ってはこない」

彼はエリーを引き寄せて抱きしめた。「だが、頼むからよく考えてほしい。ノーと答えたら、ふたりがどれほどのものをあきらめなくてはならないかを」

「ブレント、わたし――」

「静かに」ブレントはささやいた。もう一度エリーにキスをしてから顔をあげた。「聞いてごらん、ワルツがかかってる」

エリーはかぶりを振った。「だめよ。無理だわ。ここではいやよ。人に見られる」

「大丈夫さ、エリー。ぼくがいるじゃないか」

エリーの瞳に問いが浮かんでいた。疑念、そして恐怖も。しかし挑戦されて尻ごみすることは、彼女の誇りが許さないはずだ――ブレントはそう願った。「だれも見やしない」手を差しのべて待った。

エリーが開いたままのドアのほうを見やる。「いまも兄弟のだれかが見てるわ」

「ジョージか？」

彼女はにっこりした。「スペンスよ」

「よし。きみがどれほどすばらしい踊り手か、彼にとっくりと見てもらおう」

エリーはじっとブレントの目を見つめ、やがて震える手を持ちあげると、彼の上着の前をなぞって首に腕を巻きつけた。

ブレントが先ほどのように彼女を近くに引き寄せて体を支え、腰に腕をまわした。

ぴったりと体を密着させ、音楽に合わせてゆったりと動く。

エリーは弟が立っていたあたりに目をやった。「ジュールズも見てるわ」

「振り返るな」ブレントはささやいた。「きみとぼく以外、だれのことも気にしなくていい」

エリーは顎をあげ、彼のまなざしを見返した。

ブレントが彼女を抱いたまま、音楽に合わせて体を揺すっている。

「あのふたり、まだあそこにいる？」何度かターンをしたあとできいた。

ブレントはほほ笑んだ。「ああ、きみのご両親と双子も加わった」

エリーは思わず家族が立っているほうを見やった。

きょうだいたちの畏怖の念に満ちた表情がエリーの心をこれほど強く揺さぶるとわかっていたら、ブレントは彼女を抱く手に力をこめただろう。エリーの瞳の深く豊かな色に心を奪われていなければ、公爵夫人が目から涙をぬぐうしぐさに彼女の緊張の糸が切れることも予想できただろう。けれども、ブレントは自身でも説明のつかない感情にわれを忘れており、なにが起きるか気づいたときにはもう遅かった。エリーがつまずき、前にのめった。

ブレントがとっさに腕をつかんだが、すでに彼女は床に倒れこむ寸前だった。

エリーは必死に腕を振りまわして体の均衡をとり戻そうとしたものの、片方の足が不自由な身ではどうしようもなかった。

ブレントはすんでのところで彼女を抱えあげ、そのまま腕に引き寄せた。「大丈夫かい?」

エリーは開いたドアを見た。家族全員がその場に立っている。大勢の見物人も集まってきていた。人々の顔に浮かぶ表情をひとことで表現するなら、困惑だった。そして、エリーの表情は屈辱に満ちていた。

エリーが彼に向きあった。「これで満足したでしょう、ブレント? うちにお招きしたお客さまが期待するのはこんな余興かしら。チャーフィールド伯爵夫人が部屋から部屋へと不格好によろよろ歩く姿かしら」

恥ずかしさを押し隠そうと頬を真っ赤にして。

「エリー、やめてくれ。なにもそんな——」

ブレントが言い終わる前に、ハリソンとジョージが彼女の脇に立った。ジュールズとスペンスもすぐ後ろに控えている。四人は片側ふたりずつで、エリーをいちばん近くの椅子まで運んで座らせた。

家族が彼女の無事を確かめるのを待ってブレントは近づいていった。「エリー?」

エリーは彼を見た。見るからに決まり悪そうな傷ついた表情で。「わたしにはあなたが期待する役はできないわ。もう頼まないで」

ブレントがさらに一歩近づく。彼女が顔をあげざるをえないほど近くまで。「役というのはなんだい? ぼくがきみになにを期待していると思ってる?」

「完璧な妻よ」エリーは宙で手をひと振りした。「社交シーズンをロンドンで過ごしたとき、わたしは人生最大の屈辱を味わったと思ったわ」彼女は笑った。「でもちがった。ほかのみんなと同じ健常者のふりをするほうが千倍も恥ずかしいことね」

「恥ずかしいだって？」ブレントが大声をあげたので、エリーの家族がいっせいに彼を見た。「どうしてこの世のだれより凛々しく、勇気があって、魅力的な女性が恥ずかしい思いをするんだ？　医者には無理と言われたのに歩けるようになり、到底不可能と言われながら乗馬まで習得した女性が、ちょっとつまずいたくらいでどうして恥ずかしい思いをする？　きみはぼくの支えがあれば、できると信じてマレットを振った。ワルツも踊った。なのに転びかけた程度のささいなことで、どうしてそんなに落ちこむんだ？　きみなら、失敗なんぞ笑い飛ばし、立ちあがってもう一度挑戦するんじゃないのか」

エリーは愕然とした表情で彼を見つめていた。彼女の家族も同じ顔つきをしていた。「たぶん、わたしはもうそういう女性じゃないのよ」

ブレントは彼女の瞳の奥をのぞきこんだ。言いすぎたかもしれない。彼女に多くを期待しすぎたのかもしれない。だが、自分さえそばにいれば、彼女にできないことなどなにもないということをわかってもらいたかった。「だとしたら残念だよ、愛する人」

エリーは首を振り、すがるような目で父親を見た。「なかに戻りたいの。手を貸して、お父さま」

父親の手を借りて立ちあがるエリーを、ブレントは見守った。それから彼女をとり囲むようにして連れ去る家族のあとに続いた。ドアの前でふと足を止める。このパーティが終わるまで持ちこたえる自信はなかった。

ハリソンの婚約発表まで待つと約束した。しかし、この心臓がそれまで生きながらえることができるかどうかわからなかった。


エリーは父の腕にしがみつくようにして舞踏室に戻った。つまずいたとき、家族はいつものようにさっとそばに駆けつけてくれた。けれども今夜はその優しさが、いつになく彼女を惨めな気持ちにした。

「双子から、おまえがクロッケーを習ったと聞いたよ」演壇からいちばん遠い壁際まで来ると父親が言った。長兄の婚約を発表する時間が近づいていた。「ハリソンに負けないくらい上手になったそうじゃないか」公爵は笑った。「今度わたしがザ・ダウンに滞在するときには勝負しよう。忘れるな」

「お父さま――」

父は指を持ちあげて続く言葉をさえぎると、ほかの招待客から丸見えにならないようエリーを隅に連れていった。そして彼女が杖で体を安定させるのを待って、正面に立った。胸の前で腕を組み、威厳に満ちたまなざしで娘を見つめる。「おまえはチャーフィールド卿を愛しているのか？」

エリーはうつむき、右側の床の一点を見つめた。

「わたしはきいているのだぞ、エリッサ。彼の申しこみを断って、ふたりがこの先それぞれ悲しく寂しい人生を送ることになってもいいのか？」

エリーは首を振った。「わたしのせいであの人が恥ずかしい思いをすることになり、やがてはわたしを憎むようになったら？」

「おお、エリッサ。いつものおまえならそんなことは考えもしなかったはずだぞ。チャーフィールド卿が差しだすチャンスを両手でしっかりとつかみ、人生を心ゆくまで楽しんだはずだ。自分にできるかぎりのことをして、愛する男性を世界中でいちばん幸福な夫にしたはずだ。突きつけられた挑戦から逃げることなく喜んで応じ、逆に挑戦をしかけたはずだよ」

父はエリーの顎の下に指をあて、顔を上向かせた。そして、彼女の視線をとらえて言った。

「おまえはいつだってわたしの自慢の娘だった。自分が人に恥ずかしい思いをさせているなどと考えているのは、おまえだけなのだよ。母親はそう思っていない。わたしもだ。おまえを愛する者はだれひとり、そんなことは考えもしない」

エリーはごくりと唾をのんだ。「ああ、お父さま。わたしはどうしたらいいの？」

「なんにせよ、自分が納得できる生き方をすればいいのだよ」

28

ブレントは舞踏室の隅に立ち、従僕から受けとった飲み物をちびちびと飲んでいた。正気を失うまで飲むのはまだ早い。それはもう少しあとのことだ。エリーが自分の人生から永久に去ってしまったと決まってからだ。

舞踏室の反対端にエリーの家族が集まっていた。彼女は父親のかたわらに立っている。ブレントには一度ならず恥ずかしい思いをさせられた、愛しているなどという言葉は到底信じられない、と訴えているところにちがいなかった。

やがて公爵が両手をエリーの肩に置き、身をかがめてなにか言った。彼女は顔をそむけ、こみあった舞踏室のなかにブレントの姿を認めた。それから首を振ると父親に一歩近づき、抱擁を交わした。

ブレントの心臓は砕け、粉々になって足元に散らばった。ハリソンの婚約が発表されるまで、まともに立っていられるかどうかすらわからなかった。

今夜がエリーの姿を目におさめることのできる最後の機会でなければ、帰っていただろう。だが、これきり会えないのだと思うと、一分でも長くこの場にいたかった。

演壇にあがったエリーをじっと見つめる。シェリダン公爵夫妻は壇の中央に子供たちとともに立ち、婚約者や配偶者がそのまわりを囲んだ。フェリングスダウン侯爵は父の右側に、未来の花嫁レディ・レイザントンと並んで立っていた。

エリーのきょうだいもそのパートナーも目に入らなかった。ブレントが見ているのはエリーだけだった。

今宵の彼女はいつになく美しかった。

赤褐色の髪に映える深いグリーンのドレスを着て、絹のような長い巻き毛に小さな真珠の紐をからませている。その髪を手で束ね、そっとなでてみたいとブレントは思った。

エリーはいつものように杖に寄りかかっていたが、杖はもう体の一部のようで、ないと逆に不自然に見えるほどだ。

彼女は自分のものにはならない。

演壇にあがってからのエリーの視線は、一度もブレントのほうを向かなかった。彼のほうもそんなことは期待していなかった。父親に腕をとられて舞踏室に戻ったとき、エリーは自分の気持ちをはっきり告げたも同然だったからだ。

彼女がすでに答えを決めたことはわかっている。

問題は、自分がその決断を受け入れて生きていけるかどうかだ。

激しく痛む胸のうちからすると、簡単なことではなさそうだった。十年か二十年もすればいくらかつらさもやわらぐかもしれないが、それもどうかわからなかった。恐ろしいのは、逆に傷が深くなっていくことだ。そんな苦しみに耐えて生きていくだけの勇気が自分にあるとは思えない。

深く息を吸い、そのまま呼吸を止めた。

シェリダン公爵が演壇の前方に進みでた。間もなくハリソンの婚約が発表される。幸せなふたりを祝福しようと、みなが前につめかけるだろう。これでエリーがこの場にいる理由はなくなり、当然ながらブレントもとどまる理由がなくなる。

彼は背筋をのばし、ほかの招待客同様楽しんでいるふりをした。

シェリダン公爵が口を開いた。「ようこそ、みなさん」ざわめきを静めるように両手をあげる。「この特別な夜にお越しいただいたことを感謝します」

いっせいに拍手がわき起こった。

「公爵夫人とわたしのように、ほんの数カ月のあいだに家族が二倍に増えるところを目のあたりにできる幸せな親はそういないでしょう」

どっと笑い声があがり、拍手の音とともに舞踏室にこだました。公爵は妻の手をとった。

「そして今宵は、だれも想像しなかったような喜ばしい二週間の最後を飾る、特別な夜なのです」

またひとしきり拍手が起こった。

「みなさん、この舞踏会の趣旨はご存じでしょう。もちろん、それはご推察のとおりです」

歓声があがる。

「けれども、その発表は今宵われわれが祝うことのひとつでしかありません。もうひとつ同じように、ひょっとするとそれ以上に喜ばしい話をお伝えすることができそうなのです」

舞踏室がふいにしんとなった。その予定外の発表を聞き逃すまいと、全員が演壇に近づいたようだった。

「この特別な秘密を明かす前に、ここにいるたったひとりの方にしかわからないであろう話をさせてください」

公爵は言葉を切り、ブレントの立っているほうへ目を向けた。

ブレントの脈が速くなった。

「答えは……」息苦しいほど長い間を置いたあとで、公爵はあとを続けた。「イエスだそうだ」

ブレントの心臓が一瞬動きを止めた。息ができなくなる。エリーに視線を移した瞬間、今度は心臓が破裂しそうになった。彼女はほほ笑んでいた。まちがいようのない、愛と思いやりをその顔に浮かべて。

行動を起こすまで一瞬の間があり、やがてブレントは脚が震えるのを感じながら人ごみを縫って演壇に向かった。

彼が壇上にあがると公爵は続けた。

「ひと晩にひとりではなくふたりの子の婚約を発表する——親としてこれ以上光栄なことはありません。公爵夫人とわたしはまことに幸運です」

公爵は言葉を切った。ブレントが演壇にあがったわけを人々が理解できるよう、間を置いてくれているのだ。

「息子のフェリングスダウン侯爵ハリソン・プレスコットとレディ・レイザントンの婚約とともに、娘のレディ・エリッサとチャーフィールド伯爵ブレンタン・モンゴメリーの婚約を発表できることを、わたしは非常にうれしく思っています」

驚きの声に続いてぱらぱらと拍手が起こったが、ブレントは聞いていなかった。ただエリーを抱くこと、キスすることしか考えられない。

「後悔はさせないよ、エリー」一秒ごとに大きくなる祝福の声と割れるような拍手にかき消されないよう、ブレントは彼女の耳元で言った。

「どうしてわたしが後悔するの？」エリーが片方の手の指で彼の頬にふれ、もう片方の腕を首にまわした。「愛されているのに」

ブレントは彼女を抱きしめた。杖はどこへ行ったのかわからなかったが、そんなことはどうでもよかった。

これからは、自分が常にエリーの支えとなるのだから。

訳者あとがき

ヒストリカル・ロマンスの新鋭、ローラ・ランドンの『Shattered Dreams（本書原題）』の全訳をお届けします。

ヴィクトリア朝イングランド。栄華を誇る大英帝国の首都ロンドンでは豊かな文化が花開き、社交シーズンともなれば着飾った紳士淑女が日夜お茶会やピクニック、オペラに晩餐会、舞踏会と飛びまわっていたころのこと。公爵の娘として生まれながら、不幸な事故で片方の足が不自由となったエリーは、人目を忍ぶようにひっそり田舎で暮らしていました。家族はこのうえなく自分を大事にしてくれるし、なにしろ愛する馬がいる。社交界に出て人々の好奇の目にさらされるより、はるかに幸せ——そう思っていたのです。結婚を夢見ないわけではないけれど、現実的な彼女はいまの生活にじゅうぶん満足していました。ある男性と出会うまでは——。

いっぽう、ロンドン一人気のある独身男性と言われるブレントは、言い寄ってくる女性たちに飽き飽きし、関心事は馬だけという日々を送っていました。ところが、あるとき旧友から、パーティで妹の相手役をつとめれば、ブレントにとって垂涎の的である名馬の繁殖権を譲ろうと持ちかけられます。自分の厩舎にかの名馬の血を引く子が誕生するならなにごともいとわないと、ふたつ返事で承諾しますが、パーティに向かう途中、みごとに馬を駆る女性を見かけ……。

これだけでも、ちょっとわくわくしてくる展開ですが、実は本書にはサイドストーリーがあります。

パーティの席上、主催者でもあるエリーの兄ハリソンが、かつて自分を捨てた恋人キャシーと思わぬ再会を果たすのです。招待したはずはないのに、突然現れた彼女の真意は――。ふたりを引き裂いた事件の真相は――。

こちらの物語も本筋と言ってもおかしくないくらいドラマティック。ほんとうならスピンオフで二編できそうなところですが、あえて一編にまとめているところが心憎い。ふたつのロマンスをからませ、ミステリアスな味つけをした、二度、三度とおいしい、オトクな（？）作品なのです。

ローラ・ランドンは高校教師をへてアイスクリームショップを開店。ところが十年後に突如執筆に目覚め、ヒストリカル・ロマンスを書きはじめたという異色の経歴の持ち主です。いまはお店は閉め、作家活動に専念しているとのこと。今後の活躍も期待できそうですね。

マグノリアロマンス／既刊本のお知らせ

身分違いの恋は公爵と

マヤ・ローデイル 著／草鹿佐恵子 訳

定価／960円（税込）

彼を見た瞬間、わかったの。
運命の人だって！

花婿から捨てられてしまったソフィーは、ロンドンで暮らすことに決めた。収入が必要な彼女が選んだ職業は、新聞記者だ。そして皮肉なことに、結婚式を紹介するコラムの担当になった。とある取材中に気分が悪くなって教会から逃げ出したソフィーは、紳士に出会う。長身でハンサム、それにとてもチャーミングな彼は、まさに運命の人！　けれど、彼は、自分とは身分違いの公爵で、婚約者がいることも知ってしまい……。

愛のあやまちは舞踏会の夜に

マヤ・ローデイル 著／美島　幸 訳

定価／870円（税込）

最初に出会ったとき、まさにその瞬間に恋に落ちてしまったのよ。

結婚相手を探すために、アメリカからロンドンにやってきたエミリアは、舞踏会の夜、ハンサムな男性から目を離せなくなり、階段を踏み外してしまう。彼は公爵の跡継ぎであるハントリー侯爵で、最悪の放蕩者だ聞かされる。図書室で侯爵にキスされた彼女は、彼を忘れられなくなる。なのに、別の舞踏会で侯爵に再会したとき、触れられても心がときめかないうえに、彼はエミリアを忘れてしまったみたいで……。

聖人を誘惑して

ケイト・ムーア 著／草鹿佐恵子 訳

定価／800円（税込）

わたしに求婚してもいいのよ。

男爵家の娘のクレオは、父親の死後、管財人である伯父からの手当をほとんど受けられず、貧しい暮らしを強いられていた。このままでは、大切な弟を学校に行かせてやれないどころか、伯父に取りあげられてしまう。困りきったあげく、銀行の頭取室で出会った侯爵の庶子でナイトの称号を持つザンダーに、彼女は結婚を持ちかける。結婚すれば、自分の金を自由に使えるようになるからで――。

マグノリアロマンス／既刊本のお知らせ

伯爵の求婚
グレース・バローズ 著／芦原夕貴 訳
定価／1050円（税込）

きみに公爵夫人に
なってもらいたいと思っている。

公爵の跡継ぎでもあるウエストヘイヴン伯爵は、掃除係のメイドに手を出していると勘違いされて、メイド頭のアンナに火かき棒で殴られてしまう。彼は傷がよくなるまでアンナに世話をしてもらっているうちに、貴族階級の出身で、学があり美しいアンナなら、自分の花嫁としてぴったりだと思うようになる。しかし、アンナはなにか秘密を抱えているのか、どうしても求婚にうなずこうとはせず……。

美女は野獣を誘惑する
レスリー・ディケン 著／出水　純 訳
定価／870円（税込）

彼を恐れるべき？
それとも誘惑するべき？

人里離れた屋敷に住むアシュワース子爵が妻を求めているというわさを聞き、恐ろしい婚約者のもとから逃げだしたヴィヴィアン。十年前、危険な男から救ってくれた彼なら、今回も助けてくれるだろうと思ったのだ。しかし、再会した子爵は以前とは違ってへんくつになっており、ハンサムな顔には醜い傷跡があった。屋敷から立ち去るよう子爵から告げられたヴィヴィアンだが、この屋敷を出たら行くところがなく……。

秘められた恋の行方
ローレル・マッキー 著／遠藤康子 訳
定価／900円（税込）

僕の愛と献身は、
死ぬまで君のものだ。

退屈な夜会を抜け出したイライザは、幼なじみのウィリアムとこっそり会い、くちづけをかわす。しかし、彼がイングランド連隊に入ったと知らされ、恋する気持ちを忘れることに決めた。なぜなら、イングランド系アイルランド人である彼女は、居を構えるアイルランドに忠誠を誓っているからだ。数年の月日が流れ、伯爵の未亡人となったイライザの前に、少佐となったウィリアムが現れて——。

かなわぬ夢を抱いて

2012年08月09日　初版発行

著　者　ローラ・ランドン
訳　者　田中リア
装　丁　杉本欣右
発行人　長嶋正博
発　行　株式会社オークラ出版
〒153-0051　東京都目黒区上目黒1-18-6　NMビル
営　業　TEL:03-3792-2411　FAX:03-3793-7048
編　集　TEL:03-3793-4939　FAX:03-5722-7626
郵便振替　00170-7-581612(加入者名:オークランド)
印　刷　図書印刷株式会社

定価はカバーに表示してあります。
乱丁・落丁はお取り替えいたします。当社営業部までお送りください。

ISBN978-4-7755-1878-6